KB150893

통영 바다에서 길어 올린 인생 이야기

남자의 고향

통영 바다에서 길어 올린 인생 이야기 —

남자의 고향

김장주 지음

ⅰN 더난출판

고향을 그리워하는 모든 이들을 위하여

제대를 하면 해보고 싶은 것이 참 많았다. 수첩에 꼼꼼하게 메모를 해놓았었다. 제대 후에는 순전히 나를 위해 시간을 보내고 싶었다. 어린 시절부터 지금까지 나는 온전하게 내 시간이 없었다. 여름방학이면 홍합을 채취하고 말리느라 친구들과 마음 놓고 물놀이나 낚시 한 번을 즐기지 못했고, 겨울방학이면 새벽부터 굴을 따거나 여름에 채취할 홍합 채묘를 준비하느라 눈코 뜰 새 없이 바빴다.

그런데 내가 군복무를 끝마친 건 하필이면 미륵도의 언덕배기 밭에 보리 베기가 한창일 때였다.

나보다도 더 나의 제대를 기다리는 사람이 있었다.

아버지.

집에 도착한 다음날 새벽부터 바다 일을 나갔다. 굴 양식장을 만드는 일이었는데, 17헥타르나 되는 대규모 작업이었다. 여름 내내 나는 바다에서 지냈다. 이른 새벽 물새들과 함께 바다로 출근했고, 이끼섬과 살푸섬 사이로 내려앉는 노을의 배웅을 받으며 집으로 돌아왔다. 비록 내가 하고픈 것은 하지 못했지만 그해 여름의 경험으로 나는 더욱 바다를 사랑하게 되었다. 바다 위 뗏목에서 소나기를 맞으며 점심을 먹던 일, 수십만 마리의 꽃게들이 이끼섬 앞바다를 지나 어디론가 유영해가던 모습, 낚싯줄을 발가락에 묶어놓고 낮잠을 자다가 팔뚝만한 농어에 발가락이 잘릴 뻔했던 일.

뜨거웠던 그 여름의 기억 때문에 복학한 뒤에도 고향에 대한 그리움으로 가슴앓이를 해야 했다. 졸업하고 서울에서 직장생활을 하며 고향에 대한 나의 가슴앓이는 더욱 심해졌다. 한번은 바다가 그리워 무작정 인천 작약도를 찾아가기도 했다. 하지만 서해바다는 고향 바다와는 많이 달랐다. 청각과 우뭇가사리가 파도에 하늘거리고 아이들이 갯바위에서 다이빙하는 바다, 텀벙거리며 멍게를 따 먹던 그런 바다가 그리웠다.

집으로 돌아와 글을 썼다. 고향 바다와 그 바다를 닮은 사람들, 그리고 그들이 즐겨 먹던 고향의 먹거리에 대한 글이었다. 그 글을 읽으면서 생각했다. 나와 같은 사람들이 많지 않을까. 그래서 홈페이지 (www.tongyeong.pe.kr)를 만들기로 했다.

지금은 블로그와 인터넷카페 등이 활성화되었지만 그때는 그렇지가 못했다. 지금은 잘 쓰지도 않는 '디카'란 것도 없던 때였다. 아날로그 카메라로 찍은 사진은 스캔 작업을 거쳐야 했고, 인터넷도 전화선에 연결된 모뎀을 통해 사용하던 시대였다. 자료는 말할 것도 없이 부족했고, 당시 통영시는 홈페이지도 없었다. 통영에 대한 기초적인 자료를 구하기 위해 통영 시청에 직접 팩스를 보내 도움을 요청했다. 한 달 후쯤 통영시장에게서 한 뭉치의 서류가 도착했다. 그 자료 덕분에 한결 수월하게 홈페이지를 만들 수 있었다.

그렇게 하여 시작한 일명 '김장주의 통영여행'은 통영을 대표하는 사이트 중 하나가 되었다. 통영시청에서도 여행객에게서 통영 관련 질문이 오면 내 사이트를 알려줄 정도였으니 말이다.

홈페이지를 운영하면서 잊을 수 없는 일들도 제법 많았다. 그중에서도 두 가지가 기억에 남는다. 충렬초등학교의 한 학급이 내 홈페이지를 대상으로 수업을 한 것과 〈월간조선〉에서 5대 포털에 의뢰해 선정한 100대 개인홈페이지에 '김장주의 통영여행'이 뽑힌 것이다. 충렬초등학교 학생들이 남긴 귀엽고 재치 넘치는 글을 읽으면서 웃고 울었던 기억은 평생 잊지 못할 것이다. 100대 개인 홈페이지 중 국내 여행 관련 홈페이지는 내가 운영하는 것이 유일했기에 의미가 깊다.

홈페이지를 운영하는 것은 시간과 노력을 만만찮게 투자해야 하는 일이었다. 오랜 시간이 흐르면서 그만큼 아내의 잔소리도 많아졌다.

"남편 등이 이젠 남편 얼굴 같아."

퇴근하여 집에 온 남편이 아내의 얼굴은 나 몰라라 하고 컴퓨터 앞에만 앉아 있다는 불평이다. 아내의 이런 불평은 내겐 예삿일이었는데, 이젠 이런 소리를 듣지 않게 되었다. 몇 년 전 새로 시작한 사업이 바빠지면서 더는 홈페이지를 운영할 수 없게 된 것이다. 그렇다고 '김장주의 통영여행'을 아예 없애버린 것은 아니다. 그동안 꾸준하게 찾아와준 사람들 중엔 고향이 그리울 때, 부모님과 친구들이 보고 싶을 때 내 홈페이지를 찾는다는 사람들이 제법 많았다. 홈페이지 폐쇄는 그들에게 못할 짓을 하는 것이었고, 고민 끝에 블로그를 만들어 주요 내용을 그곳으로 옮겨놓았다.

그들의 발걸음은 지금도 꾸준하게 이어지고 있다. 일면식도 없지만 통영 여행에 대해 문의하는 사람들도 제법 많다. 애틋함으로 더욱 반가운 사람들도 있다. 통영이 고향은 아니지만 고향에 대해 얘기할 수 있는 사람들, 나이가 지긋한 중년 남자들의 발길이다. 고향은 달라도 그들과 필담을 나눌 때면 고향 친구들과 술 한잔하는 것처럼 기분이 좋다.

언젠가 이런 문구를 책에서 읽은 적이 있다.

'남자는 결국 길을 떠난다.'

중년의 나이에 들고 보니 이 말이 새삼스럽지가 않다. 길을 떠난 남자에게 늘 돌아갈 곳이 있는 것은 아니다. 다행히 나는 돌아갈 고향이 있지만 그렇지 못한 사람들도 꽤 많은 것 같다. 고향마을이 예전의 고향이 아닌 것처럼 변했거나 아예 흔적도 없이 사라져버려 고향을 잃어버린 사람들. 이런 사람들에게 내 블로그가 고향마을 어디쯤에 있는 마당이나 평상이었으면 싶다. 고향앓이에 가슴 시린 이들에게 내 글이, 그곳에 드나드는 사람들의 글이 또 다른 고향의 풍경이고, 맛이고, 향기였으면 좋겠다.

2015년, 가을

김장주

차례

2장 고향의 맛

"청정한 통영의 바다는 맛의 보고"

3장 어부박물관

"세상에서 가장 작고 투박한 박물관"

1장
미륵도의 추억

"그곳에 그리운 사람과 삶이 있다"

내 고향 명지 마을은 36가구가 사는
작은 마을인데, 그곳에서 30명이 넘는
아이들이 북적거리며 자랐다.
어른들이 바다로 나가고 나면 마을은
온전하게 아이들의 왕국이었다.
팽이치기, 헤엄치기, 낚시하기, 군밤 해먹기,
술래잡기, 자치기 등 동네가
조용할 날이 없었다.

통영 미륵도와 연결되어 있는 게섬(통영시 산양읍 풍화리)은 하늘에서 보면 게의 형상을 하고 있다. 게의 다리 사이마다 마을이 있는데, 바다를 배경으로 살아가는 전형적인 어촌 마을이다.

그중에서도 내가 태어난 명지 마을은 몬당(언덕)에서 내려다보면 특이하게도 바다가 우리나라 지도 모양을 하고 있다. 1인당 바다 면적이 꽤 넓어서 어업이 활발한 부자 마을로 꼽힌다.

바다에서 잘 산다는 의미는 바쁘게 산다는 말과 같다. 명지 마을은 36가구가 사는 작은 마을이지만 한두 살 터울의 내 친구들은 무려 30명이 넘는다. 이른바 베이비붐 세대이기 때문이다. 작은 마을에 30명이 넘는 아이들이 북적거리며 자랐으니 얼마나 동네가 시끌벅적했겠는가. 어른들이 바다로 나가고 나면 마을은 온전하게 아이들의 왕국이었다. 팽이치기, 헤엄치기, 낚시하기, 군밥 해먹기, 술래잡기, 자치기 등 동네가 조용할 날이 없었다.

대부분의 친구들은 중학교 졸업 후 장어 통발배를 탔다. 처음 배를 타면 하는 일이 '화장'이다. 7~8명 남짓한 선원들의 밥을 짓는 일이다. 이렇게라도 배를 타는 것은 당시 장어 통발배 선원들의 수입이 대단했기 때문이다. 보름 정도 일하면 웬만한 직장인의 한 달치 월급보다 많았다. 게다가 선원은 늘 부족했고, 선주는 두세 달치 선금을 주면서 사람을 데려갔기에 선원들의 주머니는 항상 두둑했다.

장어 통발배가 쉬는 날은 한여름 보름 정도가 고작이었다. 무더위 때문인데 이때는 보통 배를 점검하거나 수리한다. 여름방학이면 나는 밤마다 배 타는 친구들을 만났다. 친구들을 만나는 건 좋았지만 유일하게 학교를 다녔던 나는 친구들의 대화에 잘 섞이지 못했다. 친구들의 화제는 늘 통발배 이야기였기 때문이다.

친구들의 대화에서 소외된 나는 어느 날 어머니께 떼를 썼다. "어머이요, 나도 방학 때 보름만 장어 통발배 화장으로 좀 보내주이소."

그날 밤 나는 어머니에게 빗자루로 얻어맞았다.

"문디 자슥이 배가 부르니까, 뭐? 통발배를 타?"

생각해보면 바쁘게 살았다. 바빴던 만큼 친구들과는 소원했다. 그래서였을까. 나는 친구들이 보고플 때면 '미륵도 아이들'이라는 제목으로 글을 쓰기 시작했다. 멸치배를 습격했던 어느 날 밤의 이야기, 연싸움과 팽이치기에 얽힌 이야기, 누가 더 잠수를 잘하나 시합했던 이야기, 고추왕을 뽑던 이야기 등 숱한 이야기들이 저절로 쏟아져 나왔다.

내게 있어 친구들에 대한 글을 쓴다는 건 친구들과 얘기를 나누는 것과 같다. 떵떵거리며 잘 살고 있는 친구, 건강이 안 좋아진 친구, 삶의 부침이 유독 심했던 친구. 이 모든 친구들이 내게는 하나같이 소중하다. 그들이 없었으면 나의 어린 시절도 없었다. 그들은 한때 미륵도의 봄여름가을겨울을 즐겼고, 지금도 대부분 그곳에서 삶을 꾸려가고 있다. 그런 그들에게 내 글이 소심한 안부인사가 되었으면 하는 바람이다.

말하는 도둑고양이

통영의 늦가을은 온통 빼때기를 말리느라 정신이 없었다.
부모님 몰래 빼때기를 훔치려고 드럼통에 머리를 처박고,
물구나무를 섰다가 천둥 같은 소리를 내며 굴러떨어졌다.

빼때기를 아는가? 지역에 따라 빼때기, 절간고구마, 고구마말랭이 등으로 불리기도 하지만 통영에서는 일반적으로 '빼때기'라고 불렸다.

빼때기는 껍질을 깎아낸 생고구마를 얇게 썰어 햇볕에 말린 것이다. 먹어본 적이 없다고 해도 아마 본 적은 있을 것이다. 마당이나 낮은 지붕, 길가에 비닐이나 천 같은 것을 깔아놓고 얇게 썬 고구마를 말리는 모습. 이것이 바로 빼때기다.

주로 농토가 부족한 바닷가나 섬에 사는 사람들이 빼때기를 많이 먹었는데, 우리 동네에서도 빼때기를 간식이 아닌 주식으로 먹을 때가 있었다. 하루 세 끼 중 반드시 한 끼를 빼때기를 끓여 만든 빼때기 죽으로 먹었고, 특히 겨울에는 빼때기가 없으면 꼼짝없이 배를 곯아야 했다.

이 빼때기를 1970~80년대에는 보리나 쌀처럼 정부에서 수매해주기도 했다. 소주의 원료인 주정을 생산하기 위한 재료로 쓰였기 때문이다. 주정용 빼때기는 겉모양이 중요하지 않으므로, 밭에서 수확하자마자 껍질째 절편기로 썰어 밭 위에 흩뿌려놓곤 했다. 이때 걱정거리가 비였다. 말리는 도중에 비가 오면 좋은 등급을 받을 수 없기 때문이다.

통영에서는 주정용이 아닌 순전히 먹거리로 빼때기를 만들었다.

보통 늦가을에 만들기 시작하는데, 그 이유는 서리를 맞아야 당도가 올라가서 맛이 훨씬 좋아지기 때문이다. 당도가 높으면 색이 갈색으로 변한다.

잘 말린 빼때기는 당분이 높고 씹을 때 구수한 맛이 난다. 내가 어릴 적만 해도 이 빼때기 맛은 악마의 유혹과도 같았다. 먹을 것이 충분하지 못했던 이유도 있지만, 그 맛이 뛰어난 것도 한 이유였다.

겨울철에 주머니에 넣고 다니면서 과자 먹듯이 먹으면 세상 부러울 것이 없었다. 경우에 따라서는 빼때기를 숯불에 가볍게 구워 먹기도 했는데, 고소한 맛이 더욱 강해져 그 맛이 일품이었다.

어른이 되고, 빼때기가 통영만이 아닌 다른 지역에도 있다는 걸 알게 되었다. 제주도나 부산, 경상도와 충청도, 강원도에도 빼때기가 있었다. 재밌는 것은 제주도에서도 빼때기로 불린다는 것이다. 그리고 그곳 사람들도 빼때기가 제주도 토종 음식이라고 알고 있었다.

고구마가 우리나라에 들어온 것은 조선 영조 39년 예조참의로 있던 조엄 덕분이다. 조엄이 통신정사로 일본으로 가던 중 대마도에 들

동글동글하고 당도가 높은 통영 고구마

렸는데, 그곳에서 구황작물로 이용되고 있는 고구마를 발견했고, 그것을 부산진 포구를 통해 들여왔던 것이다.

고구마를 처음으로 심은 곳도 부산 동래와 제주도였다고 한다. 그러니 경상도가 아닌 제주도에서도 빼때기를 제주도 토종 음식으로 알고 있을 법도 하다.

진위 여부는 모르겠으나 거기나 여기나 '빼때기'로 불린다는 것이 신기하다. 한 가지 분명한 건 제주도의 고구마와 통영의 고구마가 다르다는 것이다. 생김새부터가 확연하게 다르다.

통영의 고구마는 맛이 달기로 유명한데, '씨보다 밭이 중요하다'는 말이 있듯이 통영, 그중에서도 욕지도에서 나는 고구마는 감자처럼 생김새가 똥글똥글했다.

이 고구마로 빼때기를 만들려면 무를 자르듯이 일일이 칼로 썰어야 했는데, 이 일이 여간 힘든 일이 아니었다. 한두 바구니도 아니고, 한겨울을 지나 봄까지 먹을 양이었으니, 대충 가늠해도 그 양이 짐작이 가능할 것이라 여겨진다.

어린 우리야 이런저런 꾀를 피웠기에 고생이 덜했지만 여자들, 특히 어머니의 고생은 이만저만한 게 아니었다. 어머니의 이런 고생을 덜어준 게 바로 '과학의 발달'이다.

어느 날 고구마를 무채처럼 썰어주는 기계가 동네에 등장했다. 처음으로 개인용 컴퓨터가 나왔을 때만큼이나 대단한 구경거리였음은 두말할 나위가 없다.

마을사람들은 앞다퉈 이 기계를 구경했다. 실제로 고구마가 썰어져

나오는 것을 보고는 너도나도 그 기계를 이용하려고 했다.

지금 생각해보면 별것도 아니지만 그 당시만 해도 최첨단 기계였다. 더욱이 어머니의 고생을 놀라울 정도로 줄여주었으니 그야말로 획기적인 발명품이었던 게 분명하다. 그 효율성과 대단함은 아무리 강조해도 부족하지 않을 것이다.

작동 원리는 간단하다. 고구마를 집어넣고 돌리면 세 날로 된 회전 칼날에 고구마가 납작하게 잘려서 아래쪽으로 뚝뚝 떨어지게 되는 것이다.

문제는 이 기계가 동네에 한두 대밖에 없었다는 것이다. 당연히 이 기계를 빌리자면 줄을 서야 했고, 또 며칠 전부터 예약을 해야 했다. 그 대가로 기계 주인이 받은 건 빼때기 한 자루였다.

지금도 기억이 생생하지만 통영의 늦가을은 온통 빼때기를 말리느라 정신이 없었다. 밭과 집 마당뿐만 아니라 빈 공간만 있으면 빼때기를 말렸다.

다 말린 빼때기는 보관하기도 사용하기도 편한 '드럼통' 속으로 들어갔다. 바닷가에서는 선박용 기름을 많이 사용했기 때문에 드럼통이 흔했다. 그래서 당시 통영에서는 빼때기를 넣어둔 드럼통이 몇 개인가에 따라 그 집안의 살림살이를 가늠할 수 있을 정도였다.

통영의 섬이 다 비슷비슷하겠지만, 미륵도 사람들도 고구마를 추수한 직후에는 고구마만 먹어야 했다. 초겨울에는 고구마와 빼때기죽을 병행해서 먹었고, 늦겨울이면 빼때기죽만을 먹었다. 그리고 그때쯤이면 가을에 가득했던 드럼통 속의 빼때기가 점차 바닥을 드러내기 시작

고구마를 자르던 기계.
세 날로 된 회전 칼날에 고구마가 잘려 떨어지면
사람들은 신기함을 감추지 못했다.

했다. 빼때기로 봄까지 버텨야 했지만 보통은 그러기가 쉽지 않았다.

빼때기죽은 주로 점심 끼니로 먹었다. 하지만 아이들에게 빼때기는 그 자체로 좋은 간식거리였다.

학교에 갈 때 가방은 늘 불룩했다. 가방 안에는 책 반, 빼때기가 반 들어 있었다. 그것을 쉼 없이 먹었다. 학교에 가면서도 먹었고 쉬는 시간, 심지어는 수업시간에도 먹었다.

수업시간에 입안에 빼때기를 넣고 오물거리다 선생님께 들켜 여러 번 벌을 받기도 했다. 하지만 그 정도는 아무것도 아니었다.

아이들에게 중요한 것은 부모 몰래 빼때기를 가방 안에 넣는 것이었다. 빼때기를 훔치다 들키면 불호령이 떨어지기 일쑤였다. 특히 어머니의 불호령은 눈물 콧물이 쏙 빠질 정도로 대단했다. 그런데도 나와 동생은 어떡하든 빼때기를 가방 안에 넣어야 했고, 그럴 때마다 엄마와의 치열한 눈치싸움은 매번 스릴이 넘칠 정도로 아슬아슬했다.

빼때기가 필요한 날 아침이면 나와 동생은 빠르게 눈빛을 주고받곤 했다. 아무 말 안 해도 우리는 눈빛만으로도 충분히 뜻이 통했다.

빼때기를 가방에 넣으려면 역시 타이밍이 중요했다. 빼때기를 가방에 담기에 가장 좋은 시간은 식구들이 모두 방 안에 모여 아침밥을 먹을 때였다. 이 절호의 기회를 놓치면 빼때기를 빼돌릴 기회는 두 번 다시 찾기 힘들었다.

그러나 밥을 먹다가 둘이 동시에 밖으로 나갈 순 없는 일이다. 어머니의 의심을 피하려면 어느 한쪽이 먼저 움직이고, 시간의 간극을 두었다가 나중에 다른 한 사람이 움직이는 게 좋았다.

그날도 마찬가지였다.

밥을 먹던 동생이 눈치껏 먼저 일어나 나갔고, 나는 오 분쯤 지나고 나서야 밖으로 나갔다.

나는 곧장 작은 부엌 쪽으로 갔다. 거기에 드럼통이 있었던 것이다.

부엌의 문을 열고 들어가자마자 두리번거리며 안을 살폈다. 이상하게도 당연히 보여야 할 동생이 보이지 않았다.

나는 작게 동생의 이름을 불렀다.

"핵주(혁주를 그렇게 불렀다), 핵주야⋯."

그제야 어디선가 목소리가 들렸다.

"해⋯ 행님아⋯."

묘하게도 소리가 울리는 것 같았다.

"핵주야⋯."

다시 동생을 불렀다.

"여, 여기다⋯."

그제야 소리가 나는 곳이 어딘지 찾을 수 있었다. 여러 개의 드럼통 중하나였다. 그곳에서 동생의 발이 꼼지락꼼지락 움직이고 있었다.

"핵주야!"

화들짝 놀라 동생의 발을 붙잡고 물었다.

자초지종은 이러했다.

빼때기를 꺼내기 위해 마침 뚜껑이 열려져 있는 드럼통 안으로 손을 집어넣었는데 잡히는 게 없더란다. 할 수 없이 동생은 물구나무를 선 자세로 드럼통 안으로 들어갔다. 벌서듯이 그런 자세로 몸을 유지

하면서 가까스로 손을 이용해 드럼통 안의 빼때기를 밖으로 내던졌던 것이다. 그제야 바닥에 동생이 던져놓은 빼때기들이 여기저기 흩어져 있는 게 보였다.

"행님아, 나 좀 잡아주라."

하지만 동생을 도와줄 뾰족할 방법이 없었다. 나는 부엌문 쪽을 보고는 다시 동생이 던져놓은 빼때기의 양을 확인했다. 흡족할 만한 양이 아니었다.

"좀 서둘러. 빨리!"

마음이 급했다. 곧 어머니가 부엌에 들이닥칠 것만 같았다.

"나도 열심히 하고 있다 아이가!"

동생의 불퉁스러운 목소리가 드럼통 안에서 웅웅거리며 울렸다.

'에라, 모르겠다.'

나는 별 생각 없이 동생처럼 드럼통 안으로 몸을 집어넣었다. 두 놈이 물구나무를 서서 열심히 빼때기 서리(?)를 한 것이다. 누가 그 모습을 봤으면 웃을 수밖에 없는 장면일 것이다. 하지만 그때 우리 형제는 오로지 한 가지 생각밖에 없었다. 욕심껏 빼때기를 취하는 것, 그리고 어머니에게 들키지 않는 것.

그런데 곧 문제가 생겼다.

두 명이 드럼통 안에서 바둥거리니 드럼통이 가만히 있지를 못하고 좌우로 자꾸 덜컹거렸던 것이다. 그러거나 말거나 동생과 나는 빼때기를 주워 드럼통 밖으로 던지느라 여념이 없었다. 그리고 그에 대한 결과는 곧 비참한 현실로 바뀌었다.

"어어?"

내 입에서 이런 소리가 나오자마자 동생의 입에서도 비슷한 소리가 튀어나왔다.

"어? 어어어…. 악!"

쿠당탕탕.

드럼통이 기우뚱거리며 그만 넘어지고 말았다. 그것도 하필이면 솥뚜껑이 얹혀 있는 부뚜막 쪽이었다.

두 형제가 들어간 드럼통인지라 그 무게가 상당했던 모양이었다. 드럼통이 부딪치자 흙으로 만든 부뚜막이 힘없이 무너져 내렸고, 솥뚜껑도 바닥에 주저앉고 말았다.

드럼통과 솥뚜껑이 부딪치는 소리는 그야말로 천둥이 치는 것처럼 나와 동생의 귀를 멍멍하게 만들었다. 그리고 그 소리를 못 들을 정도로 우리 식구들은 귀가 어둡지도 않았다.

"이기 무신 소리고."

아버지의 목소리는 천둥소리보다도 더욱 크게 우리에게 들렸다. 우리는 바짝 긴장하여 드럼통 안으로 몸을 쪼그라뜨렸다.

그 상태에서 샛눈으로 보니 손에 몽둥이를 든 아버지가 부엌에 서 계셨다. 이른 아침에 도둑이라도 든 거라고 생각하셨던 것일까?

아니다. 그때에도 도둑고양이(길고양이)가 꽤 있었다. 말려놓은 생선도 그렇지만 빼때기도 곧잘 훔쳐 먹곤 했었다.

그래도 그렇지 어떻게 우리를 도둑고양이로 생각했던 것일까.

"이 도둑고양이 놈들이 또 빼때기를 훔치러 온기라. 오늘은 콱 잡고 말끼라.”

아버지는 손에 침을 튓 뱉더니 몽둥이를 힘껏 허공으로 들어 올렸다.

동생을 보니 이미 오만상을 쓰며 눈을 감고 있었다. 나도 얼른 질끈 눈을 감았다.

꽝!

꽝!

아버지가 드럼통을 몽둥이로 내리쳤다. 순간 고막이 터질 정도로 귓바퀴가 아팠다.

우리는 참지 못하고 비명을 질렀다.

“악!”

“아, 아부지! 그, 그만요! 사, 살려주이소!”

아버지는 그쯤에서 몽둥이질을 멈췄지만 능청스럽게 이렇게 소리쳤다.

“이놈의 도둑고양이들이 말도 하네?”

졸지에 말하는 도둑고양이가 됐지만 그쯤으로 끝난 게 천만다행한 일이었다. 어머니한테 된통 야단을 맞아야 했지만 아버지께서 나서서 말려주셨던 것이다.

물론 말하는 도둑고양이에 대한 특단의 조처는 있었다.

드럼통 근처에는 절대 접근하지 말 것.

그날부터 우리는 그 좋아하는 간식을 먹을 수가 없었다. 다른 아이들이 먹으면 부러운 듯 바라봐야 했고, 친구들의 비위를 맞춰가며 한 움큼씩 얻어먹어야 했다. 그래도 그때의 빼때기 맛은 생각만 해도 절로 입안에 침이 고일 정도로 여전히 잊지 못하고 있다.

나이를 점점 먹어가면서 느끼는 것이 역시 음식은 추억이라는 것이다. 자고 먹고 싸우는 등의 여러 추억이 있지만, 역시 변하지 않는 입맛은 고향과 맞닿아 있다. 입맛이 변하지 않으면 고향은 거기에 있다. 입맛을 기억하는 한 고향의 향기는 여전히 내 기억 어딘가에 남아 있는 것이다.

지금도 나는 가끔 빼때기죽을 직접 만들어 먹는다.

아무래도 장작불에 얹은 가마솥에서 만드는 것이 아니기에 맛은 조금 다르다. 그래도 정성 들여 만든 빼때기죽을 먹을 때마다 어린 시절의 기억이 주마등처럼 스쳐간다.

빼때기죽을 만드는 방법은 비교적 간단하다.

먼저 가마솥에 물을 충분히 붓고, 빼때기와 돈부[1]를 넣어 두어 시간 장작불로 푹 고아 익힌다. 빼때기 속까지 흐물흐물해지면 설탕이나 사카린으로 단맛을 가미하는데, 이때부터는 주걱으로 잘 저어주어야 한다. 걸쭉한 맛을 내기 위해 찹쌀가루나 좁쌀을 넣는 집도 있는데, 나는 담백한 맛을 즐기기 위해 돈부만 넣는 것을 선호한다. 이건 간단한 팁인데, 빼때기죽을 만드는 시간을 줄이고 싶다면 소다를 넣어 끓이는 것도 한 방법이다.

간혹 빼때기죽이 아닌 빼때기떡을 만들어 먹기도 했는데, 떡을 만들자면 빼때기를 방앗간에 가져가 가루로 만들어야 한다. 그 가루로

---

1 콩의 일종. 열매는 붉은색과 흰색이 있다. 길이는 0.5×0.3cm 정도.

정성 들여 가마솥에서 만들어낸 빼때기죽.
요즘엔 다이어트 식품과 어린이 간식으로 많이 찾는다.

반죽을 하고, 여기에 소금과 설탕을 첨가한다. 이것을 가마솥에 푹 쪄내면 바로 빼때기떡이다. 진한 갈색의 빼때기떡은 한겨울에 맛보는 별미라고 할 수 있다.

집에서 직접 만들어 먹기가 쉽지 않은 사람들은 사서 먹으면 된다. 요즘은 진공포장된 빼때기죽을 인터넷 사이트를 통해 구입할 수 있고, 또 빼때기 전문점에 전화하면 택배로 보내주기도 한다. 물론 빼때기죽 전문점은 대부분 통영에 위치하고 있다는 걸 인지해주기 바란다.

몇 년 전부터 빼때기죽의 맛과 영양이 언론에 알려지면서 찾는 사람이 부쩍 늘었다. 다이어트 식품이나 어린이 간식으로 특히 인기라고 한다. 고구마 자체가 알칼리성 식품으로, 무기질을 비롯한 식이섬유와 당분이 높으니 그럴 수밖에 없다. 변비가 있는 사람에게도 효과가 좋은데 생고구마의 하얀 유액(알라핀) 덕분이라고 한다.

군밥과 돌배

농촌에서 '서리'라고 하면 수박 서리 등을 떠올리겠지만
우리 동네에서는 빨랫줄이나 담장에 널려 있던 바다메기를
서리해 먹거나 군밥을 해 먹는 추억을 빼놓을 수 없다.

지금은 포장도로가 깔려 집 앞까지 차가 들어가지만 예전에는 결코
수월한 길이 아니었다. 수월의 멧골에서 명지까지는 바위산이었고,
금방이라도 굴러 떨어질 것 같은 집채만 한 바위가 도처에 있는 아슬
아슬한 길이었다. 옛날에는 버스길이 마을 앞까지 뚫릴 것이라고 생
각하는 사람은 아무도 없었다. 우주선이 달나라에 가는 것만큼이나
어렵다고 생각했다. 당시에는 학교가 있는 개안(모상)이나 숭어들까
지만이라도 길이 생긴다면 더할 나위 없이 기쁠 것이라고 생각하던
때였다. 산이 가로막혀 있어서 터널을 뚫지 않고는 불가능한 일이라
고 여겼던 때문이다.

그런데 어느 날 불도저가 산을 박차고 들어오더니 마을에 도로를
만들기 시작했고, 또 버스가 들어오기 시작했다. 버스가 처음 들어오

던 날, 마을사람들이 모두 나가서 환호성을 질렀는데 그때의 감동을 아직도 잊을 수가 없다.

멧골을 지나 미시령보다도 더 아슬아슬한 언덕길을 넘어서면 탁 트인 바다와 병풍처럼 이어진 해안의 굴곡들이 한눈에 들어오는 마을이 나타난다. 바로 여기가 미륵도의 남쪽 끝자락에 자리 잡은 풍화리 명지이다. 멀리 이끼섬이 보이고 배들이 바다 아지랑이 위로 꿈속처럼 떠 있는 모습들을 보고 자란 나의 가슴에는 바다 햇살만큼이나 강렬한 향수가 담겨 있는 곳이다.

통영사람들은 이곳 풍화리를 게섬이라 부른다. 하늘에서 보면 그 모양새가 마치 게의 형상을 닮은 탓이다. 마을은 게의 다리 사이마다 형성되어 있다.

게섬 사람들은 하나같이 바다를 삶의 배경으로 살아간다. 게섬에는 해산물이 풍부해서 굴 양식과 멸치잡이가 성행했다. 바다사업을 크게 하던 옛날 어장애비(어장사업을 크게 하는 사람)들은 돈을 가마니에 넣고 다녔다고 할 정도였으니 얼마나 부유했는지 짐작이 갈 것이다.

통영 경제의 중심에 있던 미륵도, 그중에서도 게섬 끄트머리에 있는 명지(또는 명지개)가 바로 내가 태어나고 자란 동네다. 이곳은 전형적인 어촌 마을로, 멸치막과 넓은 백사장이 있을 뿐만 아니라 바다 면적이 넓고 물의 흐름이 빨라 어느 지역보다도 해산물이 풍부하다. 일년 사시사철 고기를 잡고, 조개를 채취하고, 양식(굴, 홍합, 고막, 가두리)을 하면서 바쁘게 살아간다.

우리 집은 할아버지의 할아버지 적부터 굴양식과 멸치어장을 해왔

다. 당연히 나의 어린 시절은 바다에 묻혀 일했던 기억밖에 없다. 하지만 늘 일만 했던 건 아니다. 아이들은 아이들 나름의 즐거움이 있는 법. 그중 하나가 '군밥'이었다.

U자형으로 들어온 바닷물 끄트머리 땅에 집들이 있고, 집 위쪽으로는 깎아지른 언덕 밭이 있었다. 이곳 밭에는 고구마, 마늘, 시금치, 보리, 참깨 등을 심었는데 웬만한 농촌보다도 품질이 우수했다. 땅이 기름진 것도 이유겠지만 해풍과 일조량이 많은 덕분이기도 하다.

우리 마을에서는 두 가지가 유명했다. 고구마와 시금치다. 통영에서 고구마 하면 욕지도를 첫손으로 꼽지만, 우리 동네 고구마도 그에 못지않은 맛이다. 고구마와 함께 자랑할 만한 것이 시금치와 마늘이다.

우리 동네의 고구마와 시금치, 마늘을 맛본 사람들은 누구나 할 것 없이 엄지를 척 치켜세운다. 다른 곳에서 먹어보지 못한 맛이라며 침을 튕기며 칭찬한다. '군밥'은 바로 이 시금치와 마늘의 맛을 가장 잘 즐길 수 있는 방법이었다.

농촌에서 흔히 '서리'라고 하면 수박 서리 등을 떠올리겠지만 우리 동네에서는 빨랫줄이나 담장에 널려 있던 바다메기를 서리해 먹거나 군밥을 해먹는 추억을 빼놓을 수 없다.

깊은 밤, 아이들이 모이면 재미난 일들을 꾸미게 마련이다. 역시 당시에는 먹는 것이 제일 큰 즐거움 중 하나였다. 군밥은 서리해서 만든 밥과 반찬인데, 재미도 재미지만 맛도 좋았다.

우리 동네에서는 시금치와 마늘, 쌀 등이 재료였는데, 이것을 순순히 내어줄 어른은 사실 거의 아무도 없었다. 그래서 아이들은 서리를 해야만 했다.

밭에서 마늘과 시금치를 뽑아올 사람, 쌀과 감치를 가져올 사람 등 각자 임무가 정해지면 아이들은 일사분란하게 움직였다. 손전등도 없이 달빛에만 의지하여 시금치인지 잡초인지 모를 반찬거리를 한 자루 뽑아오다가 언덕배기 밭에서 구르는 아이도 있었고, 마음이 급해 시장에 팔아도 될 만큼 많은 양을 가져온 아이도 있었다. 또 어떤 아이는 쌀을 한 자루나 메고 오거나 김치를 항아리째 들고 온 아이도 있었다. 밥을 하는 건 여자애들이 주로 맡았다. 금방 한 뜨끈뜨끈한 밥과 커다란 양재기에 시금치와 마늘을 넣고 고추장으로 무쳐 먹으면 그 맛이 일품이었다.

다음 날 마을 스피커를 통해 큰 소리가 들리기도 했다.

"어떤 연놈들이 군밥을 해먹었는지 잡아다가 모가지를 비틀 끼라."

그 욕을 들으면서 아이들은 겁을 먹기는커녕 전날 밤의 군밥 맛이 생각나 입맛을 다시곤 했다. 아이들이 입맛을 다신 것은 군밥만이 아니었다.

학교에서 집으로 가려면 마을을 세 개나 지나야 하는데, 마지막 마을인 멧골에 봉구영감 집이 있었다. 그리고 집 옆에는 커다란 돌배나무가 한 그루 있었다.

당시만 해도 바닷가 마을에서의 과일나무는 천연기념물과도 같은 존재였다. 명절이나 제사 때가 아니면 과일 구경하기가 하늘의 별따기만큼이나 힘들었던 시절이었다. 조금 과장해서 나무에서 과일이 열리는 것을 처음 본 사람도 있을 정도였다. 당연히 돌배가 익을 즈음이면 애어른 할 것 없이 군침을 흘리지 않는 사람이 없었다.

유혹에 약한 것은 어른보다는 아이가 더한 법이다. 성찬이와 재봄이는 특히 그랬다. 어떻게 하든 돌배 맛을 보겠다고 벼르고 있었다.

그러던 어느 날 교실에서 한바탕 야단법석이 일었다. 그 발단은 성찬이와 재봄이였다. 두 녀석이 교실로 들어오자마자 누군가 코를 막으며 소리쳤다.

"아이구 야야, 이기 무슨 냄새고?"

녀석은 창문을 열어젖혔다. 다른 아이들 역시 얼굴을 찡그리며 방금 교실로 들어온 성찬이와 재봄이를 노려보았다.

"이거, 똥냄새 아이가?"

"누가 옷에다 똥쌌나?"

아이들이 주거니 받거니 냄새를 추적했다. 이런 와중에 성찬이와 재봄이는 짐짓 모른 척했다. 하지만 재봄이는 웃음이 많은 아이였을 뿐 아니라, 웃음을 잘 참지 못했다.

갑자기 재봄이 녀석이 킥킥거리며 웃기 시작했다. 아이들의 시선이 일제히 재봄이에게로 쏠렸다. 성찬이가 얼른 재봄이에게 사납게 눈짓했다. 재봄이는 짐짓 정색한 얼굴을 했지만 그래봤자 잠깐뿐이었다. 자기 손으로 입을 틀어막았지만 결국 손가락 사이로 웃음이 비어져 나왔다.

결국 재봄이는 와자하게 웃음을 터뜨렸다. 그리고 그 즈음 교실의 아이들 역시 냄새의 진원지가 어디인지 눈치챘다.

"약속해놓고 이게 뭐꼬?"

성찬이가 재봄이에게 화를 냈다.

지난밤에 성찬이와 재봄이는 한 가지 굳게 약속했다. 손가락을 걸고 맹세까지 했다.

"니, 다른 아들한텐 절대로 말하몬 안 된다. 알았제?"

"알았다, 약속하구마. 니도 약속하제?"

"당연하지."

그러나 약속은 채 하루도 지나지 않아 엉망이 되고 말았다.

성찬이의 표정은 점점 휴지처럼 구겨졌고, 반면에 재봄이는 무엇이 그리 재밌는지 점점 웃음소리가 커졌다.

사건은 전날 밤에 일어났다.

봉구영감은 자신의 돌배나무에 대한 자부심이 대단했다. 그만큼 돌배나무를 애지중지했고, 돌배가 익어갈 즈음에는 혹시라도 남의 손이 탈까봐 안절부절못했다.

당연히 감시의 눈초리는 매서웠다. 조금만 이상한 소리가 들려도 돌배나무 쪽을 흘깃거렸고, 아이들이 돌배나무 근처에라도 어슬렁거리면 사납게 소리쳐 내쫓곤 했다. 아이들은 그럴수록 더욱 군침을 흘렸다. 군침을 흘릴수록 돌배는 더욱 먹음직스럽게 익어갔다. 근처만 지나도 단내가 진동하는 것 같은 착각을 불러일으킬 정도였다.

"저건 변소가 있어서 더 맛있을 기다."

성찬이는 걸핏하면 이렇게 말했다.

성찬이의 말에 반박하는 아이는 한 명도 없었다.

돌배나무 옆에는 변소가 있었는데, 성찬이의 주장은 돌배나무가 크

게 자라고 과실이 잘 열리는 게 다 이것 때문이라고 했다. 시골에는 집 변소 말고 근처 밭 같은 곳에 으레 변소가 있곤 했다. 그곳은 일종의 거름 저장소였다. 옛날에는 사람의 변이 거름이었고, 당연히 변을 허투루 버리지 않았다. 집 변소가 가득 차게 되면 밭에 있는 변소에 변을 옮겨다 놓았다. 성찬이의 주장은 밭에 있는 변소의 변이 거름이 되면서 돌배나무의 잎이 무성하고 해마다 열매가 탐스럽게 열린다는 거였다. 물론 누구도 이런 주장에 의심을 품거나 반박하는 아이는 없었다. 변소 옆에 있는 것이 무엇이든 잘 자란다는 걸 아이들 모두 경험으로 알고 있었으니까.

"저걸 꼭 먹어봐야 하는데…."

"그러게…."

아이들의 속내는 다 똑같았다. 하지만 대놓고 돌배를 따먹고 말겠다며 큰 소리를 치는 아이는 성찬이뿐이었다. 돌배를 맛보기 위해서는 봉구영감의 눈초리를 피해야 하는데 이게 결코 녹록하지 않은 일이라 다른 아이들은 끽소리도 못했던 것이다.

원래 하지 말라는 걸 하고 싶은 게 사람의 마음이다. 더욱이 아이들은 한참 먹성이 좋은 시기였다. 누가 시킨 것도 아닌데 성찬이를 비롯한 아이들은 걸핏하면 돌배나무 근처를 배회했다. 도둑고양이처럼 소리를 죽이고 다가갈 때도 많았다. 여차하면 한두 개의 돌배라도 따서 맛볼 생각이었을 것이다.

하지만 그런 기회조차 좀처럼 생기지 않았다. 조그마한 인기척이 들려도 집에서 튀어나오는 사람이 봉구영감이었다. 그가 없을 땐 그

부인이 뛰어나와 아이들을 경계했다. 결코 만만치가 않았다.

"햐, 쉽지 않네."

재봄이는 입맛을 다시면서도 고개를 절레절레 저었다. 하지만 눈빛만은 어떤 결기로 번득였다.

그러던 어느 날, 성찬이는 기분이 좋은지 입가에 미소가 길게 걸려 있었다. 곧 이유를 알 수 있었다.

"내일이 그믐이야."

달빛도 죽어 있는 그믐. 성찬이는 그날을 돌배나무를 공격(?)할 디데이로 정했다. 그리고 거사에 참여할 지원자를 모집했다.

"자, 신청자는 손들어!"

손을 든 아이는 달랑 재봄이 혼자였다. 재봄이는 성찬이를 믿었다. 성찬이는 동작이 빠르고 또 날다람쥐처럼 나무도 잘 탔다. 성찬이라면 짧은 시간에 많은 돌배를 딸 수 있을 것이라고 의심 없이 믿었던 것이다.

성찬이는 단 한 사람의 지원자에 실망하지 않았다. 오히려 좋아라 했다. 그 이유는 단순했다. 사람이 많으면 들키기 쉽고, 또 여러 명이 돌배를 나누면 그만큼 몫이 적어지기 때문이다. 이왕 거사를 하기로 마음을 정했는데, 몫이 적으면 시시해져서 거사를 할 마음마저 사라질지 모른다는 거였다.

훌쩍 시간이 지나고, 다음 날. 칠흑 같은 어둠을 틈타 도둑고양이 두 마리가 돌배나무 근처에서 만났다. 성찬이와 재봄이였다.

두 아이는 숨을 죽인 채 봉구영감 집을 가만히 지켜보았다. 뙤창문 밖으로 희미하게 불빛이 새어나오고 있었다. 불빛이 꺼지는 순간 행동을 개시하기로 한 것이다.

불빛이 꺼진 것은 그로부터 한 시간쯤 지나서였다. 기다리다 지쳤는지 재봄이는 가늘게 코를 골며 쪽잠을 자고 있었다.

"재봄아…"

성찬이가 재봄이의 어깨를 조심스럽게 흔들었다. 퍼뜩 눈을 뜬 재봄이가 이내 고개를 끄덕였다. 이심전심이었다. 말을 하지 않았어도 어둠이 잔뜩 묻은 성찬이의 눈동자를 보는 순간 의미를 간파했던 것이다.

둘은 살금살금 기어서 은밀하게 돌배나무 쪽으로 다가갔다. 이미 역할분담은 되어 있었다. 나무 위로 올라가는 건 성찬이고, 밑에서 망을 보는 건 재봄이. 성찬이가 돌배를 따서 아래로 던지면 재봄이가 준비해온 자루에 담기로 한 것이다.

성찬이는 낮이 아닌 밤인데도 정말로 날다람쥐라도 되는 것처럼 순식간에 돌배나무로 올라갔다. 올라가자마자 돌배를 따서 성찬이에게 던졌다. 그런데 생각보다 배를 따는 게 더뎠다.

돌배를 따던 성찬이가 나직하게 재봄이를 불렀다.

"재봄아, 니도 올라 오이라. 돌배가 억수로 많다."

자루에 들어가는 배가 생각보다 더디게 늘었고, 한 사람보다는 두 사람이 배를 따는 게 보다 효율적이라고 생각했던 모양이다. 재봄이는 돌배나무로 올라가기 위해 끙끙거리며 애를 썼다.

그런데 바로 그때였다.

벌컥 대문이 열리더니 누군가 기침하는 소리가 들렸다. 대문을 열고 나온 사람은 다름 아닌 봉구영감이었다. 재봄이는 하얗게 겁에 질렸다. 봉구영감을 보자마자 돌배나무에 오르는 걸 포기하고 털썩 밑으로 뛰어내렸다.

그런데 하필이면 그곳이 예상과는 전혀 다른 곳이었다. 땅바닥에 엉덩방아를 찧을 줄 알았는데 어쩐 일로 부드럽게 내려앉는 것까지는 좋았다. 그 느낌도 나쁘지 않았다. 마치 폭신하게 쌓인 낙엽 위로 떨어진 느낌이랄까.

"이… 이기…?"

이상한 것은 몸이 점점 밑으로 가라앉는 것이었다. 그리고 뭔가 몸에 닿는 느낌이 축축했다.

"이… 이건…!"

똥통에 빠진 거였다.

"이… 이 일을 우짤꼬."

위를 보니 성찬이도 나무에서 내려오고 있었다. 재봄이는 봉구영감에게 들키지 않도록 한껏 목소리를 낮춰 위급상황임을 알렸다.

"빠-졌-다."

그 목소리는 모기소리보다 작았다. 성찬이가 듣지 못한 것 같았고 재봄이는 좀 더 크게 다시 말했다.

"성찬아… 빠, 졌, 다!"

그리고 그 순간 시커먼 성찬이의 몸이 재봄이의 눈앞으로 불쑥 다가왔다. 잠시를 못 참고 성찬이가 나무에서 뛰어내린 것이다. 재봄이는 반사적으로 몸을 피했다. 그렇다고 온전하게 성찬이의 몸을 피한 건 아니었다. 둘은 사이좋게 부둥켜안고 그만 똥통 깊숙이 얼굴을 처박고 말았다.

"빠졌시몬 빠졌다 캐야재!"

고개를 쳐들고 성찬이가 재봄이를 원망했다. 그 와중에도 봉구영감의 눈치를 보느라 목소리는 작았다.

"빠졌다 캤다 카이!"

재봄이도 지지 않고 맞섰다. 그렇게 두 아이는 봉구영감이 집에 들어가기를 기다리며 무려 삼십 분 동안 똥통 안에서 아웅다웅 다퉜다.

시간이 지나 두 아이는 바닷물로 몸을 씻었다. 그리고 흐릿한 달빛을 받아 빛나는 바닷물 속에서 한 가지 약속을 했다. 누구에게도 똥통에 빠진 얘기는 하지 않기로. 그런데 비밀을 약속한 첫날부터 엉망이 되고 만 것이다.

재봄이의 웃음에 결국 성찬이도 웃음을 터뜨리고 말았다. 그제야 아이들도 다시금 와자하게 웃음을 터뜨렸다. 재봄이와 성찬이는 전날 밤의 사건에 대해 아이들에게 간략하게 말해주었고, 얘기를 듣던 아이 중 하나가 이렇게 물었다.

"그 돌배는 먹었나?"

웃고 떠들던 재봄이와 성찬이가 갑자기 서로의 눈치를 보았다.

다른 아이가 채근하듯이 다시 묻자 재봄이가 기어드는 소리로 대답했다.

"쪼금…"

"똥은?"

"씻었지. 바닷물에…."

그 말을 듣고 누군가 소리쳤다.

"그게 돌배가 아니라 똥배였네."

교실에서 또다시 웃음이 터졌고, 그 얘기는 한동안 아이들의 이야깃
거리로 회자되었다.

곰석이의 비밀

곰석이는 놀랍게도 햇볕이 쨍쨍한 오후에 나가
볼락을 무려 한 뭇이나 낚아왔다.
아이들은 그런 곰석이를 '뽈래기의 왕자'라고 불렀다.

어떤 선생님이 아이디어를 냈는지 몰라도 내가 다닌 풍화초등학교
에서는 낚시대회가 있었다. 일 년에 한 번이지만 아이들은 이날을 소
풍보다 더 기다리곤 했다. 이유는 단순했다. 바닷가 아이들에게 낚시
는 익숙한 놀이였기 때문이다. 물고기를 잡는 것은 자기가 최고라며
저마다 으스대곤 했다.

그중에서도 곰석이(금석이의 별명)의 자신감은 대단했다. 그야말로
하늘을 찌를 듯했다. 곰석이의 자신감에 대해 동네 아이들도 어느 정
도는 인정해주고 있었다. 곰석이가 누구인가? 바로 '뽈래기의 왕자'
가 아니던가.

마을에서 그리 멀리 떨어지지 않은 바다에 많이 서식하던 어종은 뽈래기(볼락)였다. 볼락이란 놈은 원래 의심이 많아서 해가 지기 전후나 해가 뜨기 직전에만 입질이 있고 낮에는 꿈쩍도 안 하는 놈이다. 그런데 곰석이는 놀랍게도 햇볕이 쨍쨍한 오후에 나가 볼락을 무려 한 뭇(열 마리)이나 낚아왔다. 그런 일이 한두 번이 아니었다. 어느 때는 열 마리가 안 됐지만 또 어느 때는 열 마리를 훌쩍 넘기기도 했다.

자연스러운 일이겠지만 언젠가부터 아이들은 곰석이를 '뽈래기의 왕자'라고 불렀다. 그뿐만 아니라 은연중에 우리 마을 최고의 낚시꾼은 이미 곰석이라고 정해지게 되었다. 아이들 중에는 어른보다 더 낚시를 잘하는 게 곰석이라고 말하는 이도 적지 않았다.

아이들은 물론이거니와 곰석이 부모도 그 재주가 궁금했던 모양이다. 하루는 곰석이의 아버지가 은근슬쩍 낚시 재주에 대해 캐물었다. 하지만 곰석이는 시치미를 뚝 뗐다. 말도 안 되는 이런저런 핑계로 답변을 회피했다.

"용왕님이 살피주는 기지 뭐."

"어제 좋은 꿈을 꿋다 아입니꺼."

"제 낚시 실력이 워낙 좋아서 그렇지예."

여러 핑계 중 그래도 아이들이 믿을 만한 것이 낚시 실력이었다.

바닷가에서 나고 자란 아이들은 저마다 수영과 낚시 실력을 뽐내게 마련인데, 곰석이가 실제로도 수영과 낚시 실력이 좋았던 것은 사

실이었기 때문이다.

하지만 좋아도 너무 좋았다.

그것도 한낮에 볼락을 열 마리씩이나 잡아온다는 게 가능한 일이겠는가?

예나 지금이나 그리고 나이가 많건 적건 간에 낚시꾼의 변하지 않는 공통점이 '뻥'이다. 낚시꾼 둘이 모이면 저수지에서 참치와 상어를 잡고, 셋 이상 모이면 고래를 잡는다는 얘기는 낚시꾼들의 입에 자주 오르내리는 농담이다.

나도 낚시를 좋아한다. 물고기를 잡는 손맛보다는 그냥 바다에 나가는 것이 좋아 낚시를 즐기는 편이다. 물고기 맛을 보려면 굳이 낚시를 할 필요는 없다. 동생이 정치망 조업을 하기에 먹고자 하면 철에 따라 각기 다른 어종의 물고기를 얼마든지 맛볼 수 있기 때문이다.

낚시를 하다 보면 낚시꾼들의 허풍을 듣는 재미도 제법 쏠쏠하다. 낚시는 아무래도 시간과의 싸움이다. 그러다 보니 허풍으로 서로의 지루함을 달래기도 한다.

이제껏 내가 들은 낚시꾼 농담 중에 가장 웃겼던 것은 어탁 이야기다. 낚시꾼 셋이서 낚시를 하면서 여지없이 허풍을 자랑하고 있었다. 그러다 어탁 얘기가 나왔는데, 한 친구가 자기 집에는 대대로 전해지는 보물이 하나 있는데 그게 어탁이라는 것이다. 얼마나 훌륭한 어탁이기에 그런가 싶어서 질문이 이어졌는데, 이 친구가 곤란한 표정을 지으면서 이렇게 말했다.

"사실 작품의 질보다는 크기 때문에 보물이 된 것 같아."

"그 크기가 얼마나 대단하길래?"

"나도 다 펼쳐보지는 못했는데 아버지 말로는 초등학교 운동장 반을 채웠대."

"세상에 그런 크기라면?"

"고래야."

그 친구의 천연덕스런 대꾸에 우리는 한동안 입을 헤 벌리고 어종이 무엇인가 고민했었다. 그러다 친구의 허풍임을 깨닫곤 허허 웃고 말았다.

일반인들은 이런 얘기를 듣는 순간 큰 소리로 웃음부터 터뜨려놓았겠지만 낚시꾼들은 '물고기'부터 생각하는 것이 예삿일이다. 그러니 이런 허풍에도 한 박자 늦게 웃음을 터뜨리게 되는 것이다.

고래 어탁은 확실히 '뻥'이지만 곰석이의 볼락은 눈앞에 보이는 현실이었다. 학교에서 낚시대회가 있는 날, 우리는 일인자인 곰석이네 집으로 갔다. 아이들이 몰려갔을 때에도 곰석이는 꿈나라였다.

"곰석아. 니 핵교 안 갈끼가? 오늘 너거 낚시대회 한담서?"

뒤늦게 곰석이의 어머니가 재촉했다.

후다닥 자리를 털고 일어난 곰석이는 집에 와 있는 친구들을 방으로 불러들였다.

"거 뭐꼬?"

재봄이와 임성이는 평소와 다른 모습이었다. 낚싯대를 챙겼고, 손에는 물고기를 담을 바구니도 들고 있었다.

"오늘 낚시대회 있다 아이가. 까뭇나?"

재봄이가 잊을 게 따로 있지 어떻게 이런 날을 잊을 수 있느냐는 듯 약간 불퉁스럽게 말했다.

"뭐라꼬?"

곰석이는 깜짝 놀랐다. 부리나케 일어나더니 학교 갈 준비를 서둘렀다. 옷을 입은 채 대충 씻고 난 곰석이는 제일 먼저 낚싯대를 챙겼다. 어디서 구했는지 몰라도 재봄이와 임성이의 낚싯대가 제법 그럴 듯하게 보였다. 바구니도 큼지막했다. 못 넣어도 한 동(100마리)은 담을 수 있는 크기였다.

"욕심도 많다. 그거 꽉 채울라꼬?"

곰석이가 바구니를 보며 놀리듯이 말했다.

"어제 줴이는 꿈을 꿨다 아이가."

임성이가 대꾸했다.

"재봄이 니도?"

"응. 나도."

셋은 서로의 얼굴을 바라보며 낄낄거리며 웃었다.

웃고 난 뒤 곰석이가 말했다.

"난 이상한 꿈을 꿨어."

"이상한 꿈?"

재봄이와 임성이가 귀를 쫑긋했다.

"내가 그물을 놨는데, 갑자기 큰 물보라가 일더마는 물고기 떼가 한꺼번에 몰려드는 기라. 가만히 봤더마는 대구 떼인 기라. 그 수가 많기도 많았지만 그 크기가 또 엄청난 기라. 왜 그런 생각을 했는지 몰라도 대구 떼를 보자 난 가만히 있지 못하고 물속으로 텀벙 다이빙을 했다 아이가."

"왜?"

그때 임성이가 끼어들며 물었다.

"나도 모르재. 흥분했는지도 모르고."

"그래서?"

재봄이가 뒷말을 재촉했다.

"물속에서 대구 떼와 엎치락뒤치락하면서 싸웠어. 주먹질을 하고 발로 차고 그러면서 하도 바닷물을 많이 먹어서 배가 빵빵 하더라. 나중엔 지쳐서 자꾸 바닷물에 가라앉는 기라. 그래서 '도와주이소, 도와주이소.' 하고 소리를 질렀재. 그러면서 꿈에서 깼고."

꿈속의 장면이 생각났는지 곰석이가 두 손을 허공에 대고 허우적거리듯이 흔들었다.

"이야, 그거 길몽이다!"

재봄이가 해몽했다. 평소에도 재봄이는 꿈에 대해 이러쿵저러쿵 제법 해몽을 잘했다.

"우와~ 대어상 받겠네."

임성이도 거들었다.

"그렇나?"

곰석이는 뒷머리를 긁적이면서도 내심 기분이 좋은지 입가에 슬며시 미소가 달라붙었다.

"어무이요. 오늘 저녁에 반찬은 따로 준비하지 마이소. 생선파티를 해야 할지도 모릉께나."

곰석이는 어머니께 이 한마디를 남기고 친구들과 어깨를 나란히 하며 집을 나섰다.

낚시대회.

곰석이는 참으로 기분이 좋았다. 사실 곰석이는 그렇게 좋아하는 낚시를 마음 놓고 한 적이 한 번도 없었다. 자기 집 어장 일이 많은 탓이었다. 어장 일에 매달리는 어른들 입장에서 아이들의 낚시는 놀러 다니는 행위였다. 두 눈 버젓이 뜨고는 못 참아줄 놀이였던 것이다.

이런 이유로 곰석이는 소를 먹이러 가는 친구와 낚시를 하러 가는 친구를 몹시 부러워했다. 하지만 오늘만큼은 하고 싶은 낚시를 마음껏 할 수 있는 날이었다. 더욱이 자신의 낚시 실력을 한껏 발휘할 수 있는 절호의 기회이기도 했다.

산을 넘어 모상에 있는 학교에 도착하니 모두들 낚싯대 자랑을 하느라 여념이 없었다. 그중 단연 튀는 낚싯대는 한 친구가 가져온, 대나무로 만든 접는 낚싯대였다. 그런 낚싯대를 처음 본 아이들이 대부분이었고, 아이들은 그 아이 곁에 몰려들어 낚싯대 구경에 여념이 없었다.

그럴 만도 한 것이 당시에 낚싯대라면 대부분 작은 조릿대(화살을 만들던 대나무)로 만든 것이었다. 대나무로 만든 접는 낚싯대는 일종의 신무기였다. 아이들의 호기심과 부러움, 질투심을 자극하기에 충분하고도 남았다.

임성이와 재봄이도 마찬가지였다. '신무기'를 둘러싸고는 손으로라도 만져보려고 아웅다웅했다. 결국 신무기를 만져본 재봄이가 감탄과 함께 염려를 쏟아냈다.

"햐, 대단하네. 곰석아, 니는 우짜노?"

그때까지 곰석이는 신무기를 본체만체했다. 관심이 없다기보다는 자존심의 문제였다. 학교에 오자마자 웅성거리는 아이들이 눈에 들어왔고, 먼발치에서도 대나무로 만든 접는 낚싯대가 한눈에 들어왔던 것이다. 곰석이의 발걸음은 저절로 그쪽으로 향했다. 재봄이와 임성이가 그런 곰석이를 눈치채지 못한 것은 그들이 곰석이보다 더 빨리 움직였기 때문이다.

"뭐가 걱정되는데?"

곰석이는 짐짓 아무렇지 않다는 듯, 재봄이의 질문이 무슨 뜻인지 전혀 모르겠다는 표정으로 되물었다.

"저거 안 보이나?"

"뭐? 뭐가?"

곰석이는 짐짓 주위를 두리번거리는 시늉을 했다.

그때 임성이가 끼어들었다.

"걱정이 와 안 되겠노? 걱정이 되니까 이런 기라."

곰석이는 쿵, 하고 헛기침을 뱉어냈다. 그러고는 비로소 속내를 드러냈다.

"걱정하지 마라. 내가 누고? 바다의 왕자 아니겠나?"

곰석이가 자기 손으로 가슴을 탕탕 쳤다.

그 모습을 보면서 재봄이와 임성이는 어리둥절한 표정을 지었다.

하지만 입으로는 한껏 곰석이를 응원해주었다.

"하모. 니가 누고? 곰석이 아이가. 바다의 왕자, 곰석이 말이다!"

낚시대회에 참가할 선수들을 위한 교장선생님의 훈화 말씀을 듣고 나서야 우리는 대회장(?)인 멧골 너머에(멧골과 명지 사이 있음) 있는 '구리 쎄 빠진 데'로 향했다. '구리 쎄 빠진 데'는 '구렁이 혀 빠진 곳'이라는 의미로 큰 구렁이가 물속에 있는 개구리를 잡아먹기 위해 혀를 길게 내밀었다가 혀가 빠져서 죽고 말았다는 전설이 있는 곳이다.

모상에 있는 학교에서 멧골까지는 제법 먼 거리였다.

"자, 출발!"

선생님의 신호가 떨어지고 호각소리와 함께 선수들은 한 줄로 맞춰 운동장을 빠져나갔다. 저마다 낚싯대를 어깨에 걸치고, 다른 한손으로는 바구니를 움켜쥐었다. 그렇게 해안을 따라 길게 만들어진 산길을 몇 구비 돌고 돌았다. 제법 오랜 시간의 도보였지만 지친 기색을 보이는 아이는 없었다. 아이들은 멧골에 도착할 때까지 쉼 없이 떠들어댔다. 아이들의 관심은 온통 상품에 있었다.

낚시대회답게 상품도 푸짐했다. 대어상과 다어상이 큰 상이고, 나머지 자질구레한 상들도 많았다. 상품은 대부분 공책이나 연필, 크레용 따위였다. 역시 아이들이 노리는 것은 대어상이었다. 대어상은 1등이고, 다어상은 2등이다. 실력과 상관없이 아이들은 이미 1등이라도 한 것처럼 저마다 턱을 꼿꼿하게 치켜들고 있었다. 재봄이와 임성이를 비롯한 아이들의 관심은 '신무기'와 곰석이의 대결이었다.

어쨌거나 대회장으로 가는 내내 의견은 둘로 나뉘었다. 낚싯대의 성능이 아무리 좋아도 낚시는 솜씨가 먼저라는 측과 솜씨도 신무기 장착에는 어쩔 수 없다는 측이었다.

재봄이와 임성이도 조심스럽게 의견이 갈리고 있었다. 그러거나 말거나 곰석이는 관심이 없는 척했다. 정말로 관심이 없는 것은 물론 아니었다. 자기도 긴장이 되는지 얼굴이 불그스름하게 상기되어 있었고, 낚싯대를 잡고 있는 손에도 잔뜩 힘이 들어가 있었다.

"걱정하지 마라. 곰석이 니가 일등해삐라 마."

재봄이가 추켜주었지만 곰석이는 고개를 한 번 끄덕이곤 말았다. 대신 어금니를 힘주어 물고 있었다. 목적지에 도착하자마자 선생님의 주의 말씀이 있었다. 역시 안전사고에 대한 말씀이었고, 다음은 간단한 대회 규칙 설명이었다.

낚시대회답게 학교에서는 일부러 물때를 맞춰 날짜를 정했다.

바야흐로 사리 때였다. 바닷물이 많이 빠진 탓에 몽돌밭이 길게 드러나 있었다. 하늘과 바다는 푸른색이었고 바람은 잔잔했다. 원래 이곳 '구리 쎄 빠진 데'는 바람이 닿지 않고 햇볕이 잘 드는 아름다운 곳이었다. 주변 갯바위에는 바다몰 같은 해초가 많아서 노래미, 망상어, 볼락들이 많이 서식했다.

선생님들은 햇볕이 잘 드는 곳에 베이스캠프를 마련했다. 아이들도 신났지만 선생님들도 잔뜩 기대에 찬 눈빛이었다. 그도 그럴 것이 아이들이 잡은 물고기 중 상당수가 선생님들의 배 속으로 들어가기 때문이다. 일종의 상납이다. 여러 선생님 중 나이 많은 선생님의 주의 말씀이 있고 나서, 곧 낚시대회 시작을 알리는 호각소리가 다시 바다

저편으로 길게 울려 퍼졌다.

"자, 시작! 삐익-"

흥분과 기대로 왁자지껄하던 아이들은 서둘러 낚시채비를 하여 바다에 바늘을 담갔다. 이내 사위가 쥐 죽은 듯 조용해졌다. 간간이 소리가 들리기 시작한 것은 채 오 분이 지나지 않아서였다.

"한 마리!"

제일 첫 외침은 역시 '신무기'를 장착한 곳에서 났다. 그것을 시작으로 여기저기서 물고기를 낚았다는 외침이 들렸다. 재봄이와 임성이도 마찬가지였다. 한 시간쯤 지나자 열 마리 넘게 잡은 아이들도 수두룩했다. 참노래미, 도다리, 망상어, 농어 등이었다.

아이들이 물고기를 걷어 올리면 선생님들은 열심히 크기를 재서 수첩에 적었다. 선생님들의 수첩에는 아이의 이름이 적혀 있고, 그 옆에는 잡은 물고기의 크기와 마리수가 적혀 있었다. 물론 잡은 물고기의 수만큼 바구니에 물고기가 담겨 있는 것은 아니었다. 선생님들은 물고기를 많이 잡은 친구의 바구니에서 한두 마리를 진상(?)받았고, 그 물고기는 그 즉시 회가 되어 베이스캠프에 있는 선생님들의 입을 즐겁게 해주었다.

아이들 대부분 신이 났지만 딱 한 사람은 그렇지가 못했다. 곰석이였다. 어찌된 일인지 곰석이는 한 마리도 걷어 올리지 못한 상태였다. 재봄이와 임성이는 걱정이 되어 곰석이를 응원하는 말을 자주 해주었지만, 시간이 지날수록 그 말조차 해주는 게 껄끄럽게 되었다. 사실 자기 물고기를 잡는 것만 해도 손이 바쁠 지경이었다.

어느새 시간이 훌쩍 흘렀다. 한두 시간 지나면 해가 이끼섬 위로 내려앉을 것이었다. 당연히 그 즈음이 대회 종료 시간이었다. 그때까지 곰석이의 바구니에는 고치노래미 한 마리만 달랑 들어 있었다.

"이기 다 대어를 잡으려고 그라는기라."

곰석이는 여전히 큰소리를 쳤다.

"꿈도 좋았고…."

재봄이와 임성이는 고개만 까닥 움직이는 것으로 호응해주었다.

기분 나빴는지 곰석이는 낚싯대를 들어 올려 자리를 옮겼다. 멀리 떨어진 갯바위 쪽이었다. 그곳에서는 간혹 대어가 잡히곤 했다. 말 그대로 곰석이는 승부수를 던진 것이다. 해가 지기 이십 분쯤 전 갑자기 갯바위 쪽에서 곰석이의 외침이 들려왔다.

"물었다!"

멀리서 보기에도 곰석이의 낚싯대가 둥글게 휘어져 있었고, 얼핏 봐서도 결코 작은 놈 같지는 않았다. 재봄이와 임성이는 자기 낚싯대를 남겨두고 얼른 갯바위 쪽으로 뛰어갔다. 그 와중에도 곰석이는 두 손으로 낚싯대를 잡은 채 열심히 물고기와 씨름하고 있었다.

"와! 엄청난 놈이네."

"진짜 큰놈인가 보네."

재봄이와 임성이의 감탄에 곰석이는 신이 나서 더욱 힘주어 낚싯대를 잡아당겼다. 하지만 물고기는 큰 원을 그릴 뿐 좀처럼 수면 위로 얼굴을 내밀지 않았다.

"한 자 반 되는갑다."

"무슨 소리. 두 자도 될 것 같은데."

아이들은 감성돔이나 농어가 물렸을 것이라고 예상했다. 곰석이도 똑같은 생각을 했을 것이다. 곰석이는 흥분했다. 젖 먹던 힘까지 다해 낚싯대를 잡아당겼다. 그런데 그때 뭔가 요상한 소리가 곰석이와 재봄이, 그리고 임성이의 귀에 들렸다.

뿌직.

분명 이런 소리였다. 그리고 그 소리의 정체가 무엇인지는 금세 깨달았다.

"야, 저기 뭐꼬?"

재봄이가 손가락으로 한 곳을 가리켰다. 하지만 임성이와 곰석이도 이미 그곳을 쳐다보고 있는 중이었다. 길었던 낚싯대가 반쪽으로 동강 나 있었다. 그렇다. 어이없게도 낚싯대가 부러진 것이다. 적당히 힘을 줬어야 하는데, 미련하게 사력을 다해 힘을 줬던 것이다.

잠시 멈칫했지만 곰석이는 포기하지 않았다. 곧바로 바다로 뛰어들더니 낚싯줄을 잡아 손으로 감기 시작했다. 하지만 그마저도 곰석이의 마음처럼은 되지 않았다. 한동안 팽팽하게 끌려오던 낚싯줄이 갑자기 헐렁하게 바뀐 것이다.

이번에는 낚싯줄이 끊어졌다. 그 순간 곰석이의 몸은 바닷물의 해초처럼 갯바위에 쓰러졌다. 그 상태로 곰석이의 울음소리가 터져 나왔다.

"어무이! 어무이… 내 고기, 내 고기 돌리도…. "

낚시대회 종료가 선언될 때까지 곰석이는 내내 갯바위에 엎드려 있었다. 놓친 고기에 대한 아쉬움은 베이스캠프에서의 시상식 때도 이어졌다. 대어상은 불과 30센티미터짜리 참노래미였다.

"아, 아깝다. 난생 처음 구경하는 팔뚝만 한 놈이었는데…."

곰석이는 몹시 안타까워했다. 그 아쉬움이 너무 컸는지 손을 번쩍 들고 '아차상' 같은 건 없는지를 물었다. 그러니까 놓친 물고기상 말이다. 선생님은 웃는 얼굴로 얼마나 컸는데 하고 물었다.

"팔뚝보다도 훨씬 컸지예!"

곰석이가 얼른 대답했다.

선생님은 믿을 수 없다는 듯 웃음 띤 얼굴로 고개를 절레절레 흔들었지만, 곰석이는 자신의 실력을 자랑하고 싶었는지 아이들 전부 들으라는 듯 큰 소리로 재봄이에게 이렇게 물었다.

"내 말이 맞재? 그 물고기 팔뚝보다 큰 농어였제?"

재봄이는 당황스러워했다. 사실 재봄이도 임성이도, 그리고 곰석이 본인조차도 물고기는 얼굴조차 구경하지 못했던 것이다. 그때나 지금이나 고래보다 더 큰 물고기가 낚시꾼이 놓친 물고기라는 말이 맞는 모양인지, 곰석이는 집으로 가는 내내 놓친 물고기에 대해 주저리주저리 떠벌렸다.

마을에 도착했을 즈음 곰석이의 놓친 물고기는 양팔을 한껏 벌릴 만큼의 엄청난 크기로 자라나 있었다. 아이들은 누구도 곰석이의 말을 믿지 않았지만, 그 누구도 곰석이의 말을 부인하지도 않았다.

그나마 다행이라면 낚시대회의 대어상도 다어상도 '신무기' 주인의 것이 아니었다는 점이다. 아이들과 헤어지면서 곰석이는 그 점을 몹시 마음에 들어했다. 물론 한마디 덧붙이는 걸 잊지 않았다.

"낚싯대만 부러지지 않았어도⋯."

그날 이후로 바다의 왕자, 곰석이에 대한 아이들의 생각이 조금 달라졌다. 그렇다고 위상이 완전히 무너진 것은 아니었다. 곰석이는 여전히 일주일에 한 번은 열 마리 안팎의 볼락을 잡아왔던 것이다. 도대체 이게 어떻게 가능했을까?

곰석이에게는 그만의 비법이 있었다. 그의 비법, 아니 비밀이 밝혀진 것은 좀 더 지나서였다. 한마디로 곰석이의 낚시실력과 볼락은 아무런 상관관계가 없었다. 곰석이는 볼락을 잡을 때 낚시가 아닌 자망을 이용했다. 곰석이는 우연찮게 벼락바 근처에 볼락이 많다는 것을 알게 되었고, 바위 둘레에 자망을 설치해놓은 것이다. 그리고 매일 자망을 살피는 게 아니라 항상 일주일에 한 번만 살폈다. 그러니까 곰석이에게 그곳은 자기만의 어장이었던 것이다.

검정 고무신과 십문칠

그날부터 맞지도 않는 고무신을 신으며 동네를 돌아다녔다.
새 검정 고무신을 슬리퍼처럼 질질 끌면서 신고 다녀야 했지만
그래도 기분은 최고였다.

'안성맞춤'이란 말이 있다. 어떤 물건이 '맞춘 것처럼 잘 맞는 경우'
를 두고 이르는 말이다. 이 말을 모르는 사람은 거의 없을 것이다.

'십문칠'(十文七)이란 어떠할까?

십문칠은 어떤 물건이 여기에도 맞고 저기에도 맞고 두루두루 잘
맞을 때 쓰는 말이다. 문(文)은 신의 크기를 나타내는 단위고, 1문은
약 2.4센티미터이다.

'안성맞춤'과 달리 '십문칠'은, 아마 이 글을 읽는 대부분의 사람들
이 생소하게 느낄 것이다. 하긴 나만 해도 어렸을 때 통영에서 들어본
이후로 다른 곳에서는 거의 들어본 적이 없다. 이 말을 주로 하던 사람
은 내 어머니셨다. 그러니까 어머니 때문에 나도 익숙해진 말이 십문
칠이다.

내가 어렸을 적에는 흰 고무신이 아닌 검정고무신을 신었다. 우리 어머니는 줄줄이 사탕처럼 꿰어 있는 아들들의 뒷바라지가 늘 걱정이었을 것이다. 옷이야 그럭저럭 대물림해도 별 문제가 없지만 신발은 그렇지 않기 때문이다. 옷은 맞아도 안 맞아도 대충 입을 수 있지만 신발이야 어디 그런가.

어머니에게는 하루가 다르게 커가는 아이들의 발 문수를 일일이 기억하는 것도 쉽지 않은 일이었으리라. 아니, 굳이 기억할 필요는 없었다. 신발을 사러 갈 때면 늘 사용하는 방법이 있었다. 어머니뿐 아니라 온 마을 사람들이 같은 방법을 사용했다. 바로 줄(굴 줄, 굴 껍질을 뀔 때 사용하는 나이론 줄)로 발바닥 길이를 재는 것이다.

보통 발바닥 길이는 장날 전날 밤에 잰다. 깜박 잊었을 경우에는 장날 새벽에 재기도 했는데, 그만 깜박 잊고 문수를 재지 못한 채 장에 나가는 경우도 더러 있었다. 그날이 그러했다. 장이 서기 전날 어머니는 나이론 줄로 내 발의 문수를 쟀고, 당연히 나는 한껏 가슴이 부풀어 있었다.

나는 어머니가 선창에 나가는 모습을 보며 한껏 손을 흔들어주었다.

"잘 다녀오이소."

어머니가 그렇게 집을 떠나고 얼마쯤 지났을까. 내 눈에 문득 띄는 것이 있었다. 청마루에 있는 나이론 줄이었다. 처음에는 내 눈을 의심했다. 설마 이 나이론 줄이 내 것인가 싶어 직접 발에 재보기도 했다. 그 줄은 바로 내 발의 문수에 딱 맞았다.

"어무이!"

나는 어머니를 부르며 집 밖으로 뛰어나갔다. 선창으로 달리며 객선이 떠나지 않기만을 바랐다. 하지만 한발 늦었다. 선창을 떠난 객선은 이미 하얀 물살을 가르며 저 멀리 멀어지고 있었다.

"어무이!"

나는 목청껏 어머니를 부르며 나일론 줄을 든 손을 마구 흔들었다. 혹시나 어머니가 이것을 보게 되지 않을까 하는 기대가 없지 않았다. 그러나 기대는 곧 물거품이 되고 말았다. 아무리 불러도 어머니는 내 쪽으로 고개 한 번 돌리지 않았다.

"어무이요."

나는 실망한 모습으로 집으로 돌아왔다. 온몸에 힘이 하나도 없었다. 기대가 컸던 만큼 실망은 더욱 컸다. 흐느적거리며 어렵게 집으로 돌아왔지만 기분이 좋아지기는커녕 더욱 우울하기만 했다.

어떻게 한 나절을 보냈는지 기억에도 없다. 아마 내 자신이든 동생에게든 화를 냈을 것이다. 어영부영 시간이 지나 오후 4시경이 되었다. 아침에 떠났던 객선이 선창에 도착할 시간이었다. 나는 부랴부랴 선창으로 나갔다.

내가 선창가로 어머니를 마중 나가는 일은 제삿날이나 명절이 가까웠을 때뿐이다. 그때는 먹을 것과 옷 등 어머니가 사오는 것이 풍족하기 때문이다. 하지만 오늘은 사정이 달랐다. 내 머릿속에는 온통 새 신발뿐이었다. 마음은 기대와 불안으로 반반이었다.

'어무이가 기억했을 끼다. 그러니까 끈을 청마루에 놔두고 갔겠지.'

역시 사람은 믿고 싶은 것만 믿는 것인지 몰라도 내 마음 역시 시

간이 지날수록 기대 쪽으로 무게가 기울어져 있었다.

'어무이, 제발…'

선창에는 장에 갔다 온 사람들과 마중 나온 사람들로 북적거렸다. 나는 가슴에 손을 모으고 객선에서 내리는 사람들을 한 사람씩 지켜보았다.

"어, 어무이!"

이윽고 나는 어머니를 발견하고 후다닥 달려갔다. 어머니는 장에서 산 물건들을 담은 다라이를 머리에 이고 있었다. 나는 그것부터 얼른 받아들었다.

"아!"

나는 입이 함지박만 하게 벌어져 있었다. 검정 고무신이 틀림없이 다라이 안에 있었던 것이다. 나는 눈가에 눈물이 핑 도는 것을 느꼈지만 애써 참으며 어머니를 보았다.

어머니는 내가 무슨 염려를 했고 무슨 생각으로 마음고생을 했는지 다 알고 있다는 듯 입가에 흐뭇한 미소를 매달고 있었다. 나 역시 목이 메는 걸 억지로 참으며 어머니를 향해 방긋 웃어주었다.

석가모니의 염화미소(拈華微笑). 바로 그것이었다고 나는 그때의 미소를 기억하고 있다. 그 당시에 어머니가 내게 지어주었던 그 미소는 두 번 세 번 반복해도 결코 덜함이 없는 참으로 아름답고 감동적인 미소였다. 그때를 생각하면 아직도 가슴 한쪽이 흐뭇해지곤 한다. 하지만 나의 감동은 그리 오래 가지 못했다.

나는 평소의 나답지 않게 참새처럼 시끄럽게 재잘거리며 집에까지

왔다. 어머니도 내 재롱이 마뜩했는지 연신 웃음을 흘렸다. 그럴수록 자꾸 발걸음이 빨라졌다. 어서 빨리 집에서 검정 고무신을 신어보고 싶은 마음뿐이었다. 마침내 집에 도착했고, 나는 다소곳하게 어머니 앞에 앉았다. 어머니가 검정 고무신을 내 손에 쥐어주기를 잠자코 기다렸다. 그 시간은 아주 잠깐이었지만 내게는 영겁처럼 길게 느껴졌다.

"옜다, 새 신발."

"어무이. 고, 고마습니더."

나는 고무신을 두 손으로 감싼 채 꾸벅 고개부터 숙였다. 감동으로 또다시 가슴 한쪽이 가늘게 떨려왔다. 나는 벌떡 일어났다. 어머니도 기대가 가득한 눈빛으로 내가 고무신을 신어보기를 기다리고 있었다. 나는 어머니를 한번 보고 난 뒤 검정 고무신을 발에 꿰었다. 그런데 이게 웬일인가? 검정 고무신에 내 발이 쑥 들어갔다. 커도 너무 컸다. 신발이 헐렁해서 뒤꿈치가 한참 여유가 있었다.

"어무이. 왜 고무신을 큰 걸로 사왔읍니까예?"

문수를 확인하니 10문7(255밀리미터 정도)이었다.

"깜박 까묵어서 줄을 안 가져가서 그랬다 아이가. 그래도 잊지 않고 생각나 말표 신발 집에 갔더만 우리나라 사람들은 대부분 십문칠을 신으몬 된다꼬 그냥 십문칠로 가져가라 카데. 그래서 그거 갖고 왔능기라."

"그래도 이건 너무 크다 아입니까."

"발이 안 맞으몬 다음 장날에 가서 십문오로 바까오께."

솔직히 그때 조금의 갈등이 있었다. 다음 장날까지 며칠을 기다리

자면 새 신발을 신지 못하는 건 당연한 일이었다. 그럴 순 없었다. 신발이 좀 커도 당장 신고 싶은 것이 어린 내 바람이었다.

"아, 아닙니더. 마 됐습니더. 발은 금방 자란다 아닙니까."

어머니가 항상 하시던 말씀이 그거였다. 아이들 발은 자고 나면 쑥쑥 자란다는 거. 물론 나는 결코 믿지 않았다. 그런데 그때는 어머니의 말을 내가 철석같이 믿었던 것처럼 대꾸했었다.

"니 말이 맞다."

"이거 보이소 어무이. 신이 별로 안 크다 아입니꺼."

나는 양발에 신발을 모두 꿰고, 억지로 발을 뒤꿈치 쪽으로 옮기면서 말했다.

나는 보란 듯이 신발 신은 양발로 바닥에 쾅쾅 굴러보기도 했다.

"딱 맞네, 딱 맞아."

어머니가 말했다.

"딱 맞지예?"

나는 방긋방긋 웃으며 대꾸했다.

그 결과 나는 그날부터 맞지도 않는 고무신을 신고 동네를 돌아다녔다. 새 신발인 검정 고무신을 슬리퍼처럼 질질 끌면서 신고 다녀야 했다. 그래도 기분은 최고였다. 발에 맞거나 안 맞거나, 십문칠이든 십문오든 상관없이 중요한 것은 새 신발이라는 거였다.

새 신발.

어른이든 아이든 뭐든 새것이 좋은 것은 어쩔 수 없다. 하지만 헌것이라고 해서 그 가치가 떨어지는 것은 아니다. 헌것에는 낡음만큼 추억이 묻어 있다. 추억으로 사는 나이가 되고 나니 새것이 마냥 좋았던 시절의 헌 기억이 더욱 소중하게 여겨진다. 나의 새 신발, 나의 검정 고무신은 그러나 그다지 오랫동안 나와 함께하지는 못했다.

여름날 하굣길이었다. 그날은 물이 많이 빠지는 사리 때였는데, 아이들은 평소와 다름없이 멀쩡한 길을 놔두고 해변가로 길을 잡아 걸어갔다. 물속에 발을 넣고 조금 속도를 높이면 시원하기도 했지만 퍽 재미도 있었다. 노래미와 꽃게들이 놀라 달아나는 모습에 저절로 웃음이 터지는 것이다.

그렇게 걷다 보면 자사골을 지나 숭어들에 접어들게 된다. 숭어들은 물이 빠지면 훤히 갯벌이 드러나는 곳이다. 그곳 마을 아이들은 이미 꽃게를 잡느라 여념이 없었다.

꽃게를 잡는 방법은 간단하다. 어떤 특별한 도구를 사용하는 것이 아닌 그저 허벅지까지 물에 담그고 갯벌을 밟고 이리저리 걸어 다니기만 하면 되는 것이다. 그러다 보면 발에 꽃게가 밟히게 되는데, 이때 몸을 굽혀 천천히 손으로 줍기만 하면 된다. 꽃게에게 손이 물리지 않게끔 조심조심 더듬어서 잡아올리는 것이 노하우라면 노하우였다.

나와 친구들도 그곳에서 꽃게를 잡았다. 그날따라 유독 꽃게가 많이 잡혔고, 나와 친구들은 시간 가는 줄을 몰랐다. 다른 아이들과 달리 나는 슬리퍼 같은 헐렁한 고무신이 벗겨지지 않게끔 나름 조심한다고 조심했었다. 하지만 너무 잘 잡히는 꽃게 때문에 그만 잠깐 방심했던 모양이다. 검정 고무신이 갯벌에 쑥 빠지더니 그만 발에서 벗겨지고 말았다. 때마침 밀물이 들어오고 있었다.

나는 마음이 조급해졌고, 고무신을 찾기 위해 물속으로 들어가 주위를 샅샅이 뒤졌다. 연거푸 물속으로 머리를 처박았지만 고무신은 눈에 띄지 않았다.

아는 사람은 알겠지만 물이 들어올 때는 눈 깜짝할 사이에 들어온다. 까마득히 보였던 물이 눈꺼풀 몇 번 끔벅거리고 나면 벌써 발치 앞까지 다가와 있다. 아직은 괜찮겠지 하고 바위에서 낚시하던 낚시꾼이 오도 가도 못하고 조난당하는 사고가 빈번한 것도 이런 까닭이다.

바닷가에 사는 내가 밀물 들어오는 속도를 모르겠는가. 거북이처럼 보여도 사실은 토끼라는 걸 누구보다 잘 알고 있는 아이가 나였다. 그런데 뻔히 알면서도 도무지 발길을 돌릴 수가 없었다. 처음에는 열심히 내 검정 고무신을 찾아주던 친구들도, 밀물이 들어오자 이제 그만 밖으로 나가자며 나를 채근했고, 내가 말을 듣지 않자 저희들끼리 물 밖으로 나가버리고 말았다.

혼자 남게 되자 덜컥 겁이 났다. 바닷물인지 눈물인지 모를 액체가 뺨으로 흘러내리기도 했다. 나는 어이없게도 먼저 물에서 나가버린 친구들을 원망했다.

"치사한 자슥들….'

물 밖으로 나간 친구들은 나를 물끄러미 지켜보다가 이제 하나둘씩 쭈뼛거리며 집으로 향하고 있었다. 결국 고무신 찾기를 포기하고 나도 물 밖으로 나왔다. 그 와중에도 꽃게를 담은 비닐봉지는 내 손에 들려 있었다.

어떻게 집에 돌아왔는지 모르겠다. 혼자 터벅터벅 걸어오면서 질질 눈물을 짰을 테고, 집이 보이면서는 한참 동안 멈춰 서서 가출에 대해 심각하게 고민도 했을 것이다. 그러나 어린 내가 갈 수 있는 곳이 집 밖에 더 있겠는가.

집으로 들어서자마자 하필이면 어머니와 눈이 딱 마주쳤다. 살가운 성격이 아닌 어머니는 내 몰골을 쓱 훑어보시더니 야단부터 쳤다.

"핵교를 마쳤시몬 집구석으로 퍼뜩 들어와야 재."

말린 멸치를 담으려고 내가 학교에서 돌아오기를 기다렸는데 늦어도 한참 늦게 왔다는 타박이었다. 타박 말미에 내 행색이 뭔가 이상하다는 듯 고개를 갸웃했다.

"야가 꼴이 뭐꼬?"

그러다 갑자기 어머니의 안색이 확 변했다.

"장주 니…."

어머니의 시선이 내 발 쪽으로 뚝 떨어졌다. 한 짝만 신고 있는 고무신에서 도통 떨어질 줄 몰랐다.

"신발은?"

목소리는 그래도 차분했다. 하지만 얼굴은 이미 불그스름하게 타오르고 있었다.

"이… 이자뺏심더."

목소리가 잦아들며 고개가 자라처럼 쏙 들어갔다. 이미 예상했지만 어머니의 분노가 일순간에 터졌다. 당연히 각오는 하고 있었다. 그렇다고 해도 어머니의 벼락 같은 야단을 아무렇지 않게 받아들이는 아이는 없다.

어머니의 목소리는 갈수록 높아졌다.

"꽃게 못 묵고 죽은 조상이 있더나?"

어머니는 내가 들고 있던 꽃게 봉지를 빼앗더니 저만치 확 던져버렸다. 바닥에 떨어진 꽃게들은 딱딱한 껍질 탓인지 죽기는커녕 기절한 녀석조차 없었다. 기회라고 여겼는지 느릿하게 봉지를 빠져나오더니 사방으로 흩어졌다.

그때부터 나는 눈물인지 콧물인지 모를 액체를 찔끔찔끔 뽑아냈다. 검정 고무신을 잃어버린 것에 화가 난 것인지, 애써 잡은 꽃게들이 도주하는 것을 보면서도 마냥 지켜만 봐야 하는 상황이 안타까워 우는 것인지, 내 서러움은 눈덩이처럼 커지고 있었다. 왜 그랬는지 몰라도 그때부터 나는 간간이 이어지는 울음 섞인 목소리로 어머니에게 저간의 사정을 얘기했다. 한참 얘기하다 보니 내 신세가 더욱 처량하게 느껴졌고, 끝내 나는 얘기고 뭐고 할 것 없이 우왕, 하고 크게 울음보를 터뜨리고 말았다.

얼마나 시간이 지났을까. 느리게 어둠이 몰려오고 있었다. 어머니는 그제야 마음이 진정됐는지 나를 측은한 눈길로 바라보았다. 조금 심했다고 느끼셨는지 미안한 기색도 내비쳤다.

그때 느닷없이 내 입에서 이런 소리가 흘러나갔다.

"아, 십문칠만 아니었어도….'

어머니가 큼, 하고 헛기침을 내뱉더니 머쓱한 표정을 지었다.

"꽃게 다 도망간다. 잡아온나."

적어도 그 순간 나는 말 잘 듣는 아이였다. 나는 눈에 불을 켜고 꽃곳으로 도주한 꽃게들을 한 마리씩 찾아 도로 봉지에 집어넣었다. 그러다 보니 꽃게 잡던 숭어들이 자연스레 떠올랐다. 자연스럽게 한쪽 뿐인 검정 고무신이 눈 안에 들어왔다.

"아, 십문칠만 아니었어도…."

나는 다시 한 번 한탄했다.

게섬의 전령사 엿장수배

움직이는 구멍가게인 '엿장수배'는 무료한 섬마을 사람들에게
재미난 얘기는 물론이거니와 세상 돌아가는 일,
다른 마을 사람들의 소식을 전해주는 전령사이기도 했다.

숭어들에서 꽃게를 잡다가 고무신 한쪽을 잃어버렸지만 양쪽 다
잃어버린 경험도 있었다. 이번에는 바닷가 갯벌에 발이 빠져 잃어버
린 것은 아니다. 바로 '엿장수배' 때문이다.

엿장수배가 무엇인지 얼른 감조차 안 잡히는 사람들이 많을 것이
다. 흔히 엿장수라고 하면 큰 가위로 박자를 맞춰가며 광대처럼 노래
를 부르거나 등에 작은 북을 매고 걸을 때마다 둥둥 소리가 나는 엿
장수를 기억하는 사람들에게는 더욱 생소한 이름일 것이다.

우리 게섬에는 하루에 두 번 오는 객선만 드나들었던 게 아니다. 아
주 가끔씩 두 종의 배가 마을을 찾곤 했다. 하나는 미륵도 일대를 돌
며 막걸리를 팔러 다니는 '한려탁주배'였고, 다른 하나는 '엿장수배'
였다.

'한려탁주배'는 말 그대로 '술배'였다. 이 마을 저 마을 돌아다니며 술을 팔았는데, 마을뿐만 아니라 양식장이나 배에서 작업을 하는 현장에 직접 들르기도 했다. 양식장이나 배에서 일하는 사람이 현금이 있을 리 만무했고, 당연히 물물거래 형식으로 술값을 치르기 일쑤였다.

물물거래라는 게 좋을 때도 있지만 나쁠 때도 있는 법이다. 통 큰 어장애비를 만나면 막걸리 한 말에 멸치나 피조개를 한 상자씩 받을 수 있지만, 그렇지 못하면 그 반도 못 받을 수 있다. 그래도 서로 기분이 상하는 경우는 없었다. 오늘 안 좋으면 다음에 그만큼 보충하면 되지 하는 마음의 여유가 있었던 탓이다.

양식장이나 뱃일을 하다가 마시는 막걸리는 그야말로 맛이 기가 막히다. 막걸리는 '막 걸러낸 술'이라는 의미지만 보통은 '일술'로 불린다. 특히 땀 흘리며 하는 일에는 그 어떤 술보다 막걸리만큼 안성맞춤인 술이 없다. 통영에서의 양식장이나 뱃일은 결코 쉬운 일이 아니다. 땀을 뻘뻘 흘리다가도 입안 가득 들이킨 막걸리에 절로 캬 하는 탄성이 터지고, 그 순간 막걸리는 술이 아닌 보약이 되는 것이다.

물론 안주가 따로 있는 것은 아니다. 막걸리 한 사발을 죽 들이키고 망망한 바다를 바라보는 것만으로 충분하다. 통영에서의 바다는 아버지 같고 어머니 같지만, 때론 안주가 되기도 한다. 포차에서 마시는 막걸리 맛이 제주도 여행이라면 밭에서 마시는 막걸리 맛은 동남아 여행쯤 될 것이고, 바다에서 마시는 막걸리 맛은 유럽여행에 견줄 만하다.

여담이지만 우리나라에는 막걸리 양조장이 850곳이 넘는다고 한

게섬에는 객선만 드나들었던 게 아니다.
막걸리를 파는 술배와 엿장수배도 간혹 드나들었다.

다. 통영에는 현재 세 곳의 양조장이 있다. 산양양조장(산양막걸리), 도산양조장(도산법송막걸리), 광도양조장(광도막걸리)이다.

도산법송막걸리와 광도막걸리는 통영 시내에서 수요가 많은 편이고, 산양막걸리는 미륵도에서 수요가 많다. 한려탁주는 통영이 아닌 거제도 장승포 양조장에서 생산하던 막걸리다. 당시에 한려탁주가 인기를 끌었던 것은 그만큼 오래됐기 때문이다.

한려탁주는 무려 70년의 역사를 자랑한다. 경남은 물론 부산과 여수, 목포 등으로 시장을 확대했고, 소주 시장에도 뛰어들었지만 현재는 회사 사정으로 제품 생산이 중지되었다. 어쨌든 당시에는 한려탁주가 대세였다.

한려탁주배가 지나가면 손짓이나 고함을 쳐서라도 불러들였다. 또 마을 선창에 한려탁주배가 정박하면 마을 사람들은 너나없이 그리로 달려갔다. 보통은 어른들이 가지만 일이 바쁜 시기에는 동네 아이와 노인들이 몰려갔다. 손에는 저마다 주전자를 든 채였다.

당시에 선창은 우리 집 건너편이었다. 우리 집은 항상 어장 일로 바빴고, 한려탁주배에서 막걸리를 받아오는 일은 늘 내 몫이었다. 어촌이 아닌 농촌에 살았던 내 또래 사람들을 만나면 마을마다 있던 조그마한 점방 얘기를 심심치 않게 듣게 된다. 어른들의 술심부름으로 점방에 다녀오던 때의 얘깃거리는 귀에 딱지가 앉을 정도로 많이 들었다. 한두 모금 홀짝거리다 취해 보름달과 목소리 높여 다퉜다는 얘기, 해롱해롱한 정신에 처녀귀신인지 뭔지 모를 허여스름한 옷차림의 여자와 난상토론을 벌이다 새벽녘 닭울음소리에 개울가 바위에서 깼다는 얘기 등등. 우리 마을도 다르지 않았다. 우리에게 한려탁주배는 점방(당시에는 우리 마을에 구멍가게가 없었다)이나 같았다.

막걸리를 받아가면서 온전하게 집까지 가져가는 아이는 거의 없었다. 집까지는 1킬로 정도였고 주전자는 두 홉짜리였다. 아이에게 막걸리가 가득한 두 홉짜리 주전자는 결코 가벼운 게 아니었다.

아이들은 중간 어디쯤에서 엉덩이를 내려놓고 쉬곤 했는데, 그럴 때면 자연스레 잡담을 주고받았다. 또한 누가 먼저랄 것 없이 갈증을 달랜다며 주전자 주둥이에 입을 대고 홀짝홀짝 마셨다. 그러다 보면 얼큰하게 술이 올라왔고, 당연히 말이 많아지고 복소리도 높아졌다. 어떤 아이는 멍게처럼 볼이 발갛게 되었고, 또 어떤 아이는 여름날 달구새끼처럼 꾸벅꾸벅 졸기도 했다.

그렇게 두세 번 쉬다 보면 집이었다. 집에 도착하고 나면 주전자의 무게는 처음과는 현저하게 달랐다. 뒷감당이 걱정되는 것도 그때부터였다. 농촌이나 어촌이나 줄어든 막걸리를 채우는 방법은 다들 똑같다. 나는 주전자가 너무 가볍게 느껴지면 새미에 들러 물을 조금 부어오는 완전범죄를 시도하곤 했다. 그러곤 시치미를 뚝 떼는 것이다.

막걸리를 마실 때면 아버지는 늘 같은 말씀을 하셨다.

"술맛이 우찌 이리 맹싱맹싱하노? 술맛이 물맛 같데이."

원래 술맛은 물맛이 좌우한다고 한다. 내 짧은 상식으로는 그 말이 사실인지 아닌지 모르겠지만, 어쨌거나 내가 심부름했던 한려탁주 맛은 물맛을 결코 무시할 수 없는 맛이었던 건 사실이다.

어른이 되고 나서 가끔 이런 생각을 하곤 했다.

'아버지는 주전자에 내가 물을 탔다는 걸 몰랐을까? 알았는데 그냥 모른 척했던 것일까?'

한두 번도 아니고 여러 번 가졌던 의문인데 정작 아버지에게 질문 했던 적은 없다. 지금이라도 질문하면 되지 않느냐고 누군가 말할지 도 모르지만, 그러고 싶어도 이젠 그럴 수가 없는 것이 내 아버지는 이미 저세상으로 떠나고 없는 탓이다. 영원히 내 곁에 머물 것 같아도 어느 순간 뒤돌아보면 보이지 않는 것이 부모라고 했던가.

어장 일을 하는 데 있어서 한려탁주배가 어른들에게 큰 즐거움이 었다면 아이들에게는 엿장수배가 큰 기쁨이었다. 엿장수배 역시 한 려탁주배처럼 예정에 없이 불쑥 마을에 나타나곤 했다. 한려탁주배는 어른들이 주로 반겼다면 남녀노소 할 것 없이 모두가 반겨했던 배가 엿장수배였다.

미륵도의 엿장수들은 육지의 엿장수들과는 그 격부터가 달랐는데 보통 작은 통구미배를 타고 다니면서 장사를 했다. 엿만 파는 것이 아 니라 섬에서 귀한 빨랫비누, 고무줄, 다라이, 바케스, 과자 같은 도회 지 물건들을 팔기도 했다.

한려탁주배처럼 물물거래 방식으로 값을 지불하기도 했는데, 해산 물이 아닌 고물이 대부분이었다. 우리 마을은 배사업을 하는 사람들 이 많았고, 엿장수배는 온종일 머물면서 배가 가득하도록 고물을 싣 고 또 실었다.

움직이는 구멍가게인 '엿장수배'는 무료한 섬마을 사람들에게 재 미난 얘기를 전해주는 전령사이기도 했다. 세상이 어떻게 돌아가는지 알려주는 역할도 했지만, 다른 섬이나 다른 마을에 사는 사람들의 소식을 전해주는 것도 엿장수배의 미덕이었다. 누구네 집 아들이, 딸이 회사에서 승진했고, 아들이나 딸을 낳았고, 언제 누구네 딸이 결혼하고, 어떤 어르신이 아프고, 아프다가 나았다는 것이 엿장수를 통해 전해졌다.

엿장수배는 함박 목 섶을 돌아 마을로 들어오곤 했다. 배가 닿기도 전에 마을 사람들은 이미 선창가에 나가 느리게 들어오는 배를 기다려주곤 했다.

엿장수배가 오는지 마을사람들은 어떻게 알았을까? 사전에 편지나 전화로 통보라도 받는 것이냐고? 그건 절대 아니다. 엿장수배의 출현을 알려주는 건 순전히 엿장수의 목소리 때문이다.

마을로 들어오면서 엿장수는 늘 "자~" 하고 소리를 지르면서 들어오곤 했는데 이 목소리가 얼마나 컸는지 밭에서 일하던 아낙네도 호미를 집어 던지고 선창가로 나갈 정도였다. 그래서 우리 마을사람들은 그 엿장수를 '자 엿장수'라 불렀다.

마을의 어느 어르신은 고려의 서희 장군이 만주에서 대군을 이끌고 호령하던 목소리가 '자 엿장수'만큼 컸다면서 엿장수가 옛날에 태어났으면 큰 장수가 되었을 것이라고 호언장담했다. 사실인지 아닐지 알 수 없는 노릇이지만 엿장수의 목소리가 컸던 것은 틀림없는 사실이다.

엿장수가 제일 먼저 들르는 집은 어장을 크게 하던 최영감 댁이었다. 최영감은 엿장수의 오랜 단골이었다. 최영감집에 들어간 엿장수는 주인의 허락도 받지 않고 눈에 띄는 쇠붙이란 쇠붙이는 모조리 마당 한쪽에 쌓아놓기부터 했다.

"영감요. 이 가마솥도 새로 사이소마."

넉살 좋게도 마당에 임시로 만들어놓은 화덕의 가마솥을 챙겨놓기까지 했다.

"허허. 저 미친 엿쟁이가 살림을 들어낼라쿠나."

최영감은 이렇게 대꾸하면서도 엿장수의 행동을 말리진 않았다. 최영감이나 엿장수는 성격이 화통한 게 서로 닮은꼴이었다. 엿장수는 기분이 좋다 싶으면 엿판을 아예 통째로 내놓기도 했다. 그럴 때면 최영감은 어장 일을 하는 일꾼들에게 후하게 엿 인심을 썼다.

이런 엿장수가 묘하게도 우리 집은 항상 그냥 지나치기 일쑤였다. 우리 집이 엿장수에게는 안 보이는 것일까? 물론 그럴 리가 없다. 엿장수는 시력이 아주 좋은 사람이었다.

가슴 아프게도 우리 아버지는 알뜰하시기로 소문난 사람이었다. 나는 아버지가 어장의 부이(buoy)를 새로 사는 걸 한 번도 본 적이 없다. 부이가 필요하면 새벽에 바다로 나가 주워서 사용하는 사람이었다.

평소에는 그렇지 않은데 엿장수가 마을에 온 날이면 어김없이 아버지에 대한 원망이 슬그머니 고개를 쳐들곤 했다. 혹시나 하여 엿으로 바꿀 만한 물건을 찾아보지만 당연히 그런 고물이 우리 집에 있을 턱이 없었다. 결국 나는 입맛만 다시며 엿장수의 뒤꽁무니만 졸래졸래 쫓아다녀야 했다.

마을을 돌면서 어느 정도 고물 물량을 확보한 엿장수는 특별한 이벤트를 벌이곤 했다. 마을 사람들, 특히 아이들은 이 이벤트를 아주 좋아했다. 바로 엿치기였다. 이 엿치기 때문에 엿장수배를 기다리는 사람도 있을 정도였다. 그도 그런 것이 요즘 방송 등에서 자주 사용하는 '복불복'(福不福)이 바로 이 엿치기에도 적용되기 때문이다.

엿치기는 그날의 하이라이트였다. 엿치기에 나서는 '선수'도 그렇지만 구경하는 사람들도 손에 땀을 쥐며 가슴을 조이게 되는 것이 쫄깃한 긴장감을 느끼게 해주는 재밌는 놀이였다. 그러나 이 놀이가 놀이만으로 끝나지 않는 경우도 있었다. 아니, 재미를 넘어서 낭패를 보는 경우도 있었다.

내 경우가 그러했다. 그날 엿장수는 바람이 잘 통하는 골목에 엿판을 펼쳐놓고 엿치기 이벤트를 시작했다.

"자~ 엿치기요, 엿치기!"

이 말이 허공에 울리면 아이들은 너나 할 것 없이 와, 하고 환호성을 질렀다. 어른들도 웃거나 박수를 쳤다. 아이들은 늘 엿이 먹고 싶었다. 원 없이 실컷 엿을 먹고 싶은 것이 한결같은 아이들의 바람이었다.

엿치기에는 상품이 걸려 있었다. 좀 과장해서 표현하자면 팔뚝만한 두께로 둘둘 꼰 엿가락으로 길이가 무려 1미터가 넘었다. 그 대형 엿가락은 모두 다섯 개였다.

선수자격이 따로 정해져 있는 것은 아니었지만, 단 한 가지 충족시켜야만 하는 전제조건이 있었다. 반드시 고물을 가져와 엿판에 있는 가느다란 엿과 맞바꿀 수 있는 사람이 필요했다. 그러니까 엿판의 엿은 축구선수의 축구공과 같았다.

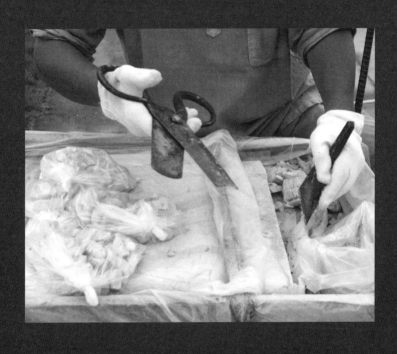

게임 방식은 간단했다. 엿판에 놓여 있는 가느다란 엿을 하나 골라 집은 후 절반을 잘라 안의 구멍 크기가 딜러인 엿장수의 것보다 크면 선수가 이기게 되는 것이다. 노하우는 단지 엿을 고르는 기술과 부러 뜨리는 순간에 입으로 불어 구멍을 크게 만드는 것이 전부였다. 아이들에게 엄청난 크기의 엿가락은 우승 트로피와 같았다. 당시 나와 내친구들에게는 지금의 백화점에서 파는 그 어떤 비싼 상품보다도 더욱 끌리는 상품이 그 대형 엿가락이었다.

나는 선수로 나서기를 희망하였으나 엿과 바꿀 고물이 없는 탓에 매번 아쉽게 한숨만 내쉬어야 했다. 그날도 나는 구경꾼이 되어 딜러와 선수의 시합장면을 묵묵히 지켜보았다.

시간이 지날수록 마을사람보다는 딜러인 엿장수의 승리 횟수가 점점 많아졌다. 그만큼 경험과 노하우가 많은 것이다. 그래도 가끔은 마을 사람이 이기기도 했다. 그럴 때면 구경꾼은 너나없이 환호성과 박수로 마을 사람 아무개를 축하해주었다. 이렇게 네 개의 대형 엿가락의 주인이 정해지고 이제 단 한 개만 남게 되었다.

"자, 이제 상품이 한 개 남았습니다."

엿장수가 사람들을 둘러보면서 선수를 찾았다. 그쯤엔 이미 선수로 나설 만한 사람은 다 나선 참이었다. 선뜻 선수로 나서겠다는 사람이 없었다.

"없어요? 빨리 신청하이소!"

그래도 나서는 사람이 없었다. 고물이 바닥이 난 것이다. 엿장수의 재촉에도 한동안 침묵만 흘렀고, 엿장수는 몹시 안타깝다는 듯 대형 엿가락을 바라보며 쩝쩝 하고 입맛을 다셨다. 그때 나는 일생일대의 모험을 하기로 결심했다.

"아저씨, 이 고무신도 됩니꺼?"

나는 검정 고무신을 높이 쳐들었다. 여기저기서 사람들이 킥킥거리며 웃었다. 한 아주머니는 어머니 이름을 팔며 허튼짓 말라고 반 협박조로 소리치기도 했다.

"그거 몇 문인데?"

엿장수는 태연하게 내 질문을 받았다.

"십문오라예. 산 지 한 달도 안 됐심더."

왠지 모르지만 나는 이길 자신이 있었다. 선수로 나서면 무조건 이길 것만 같았다. 그렇게 된다면 대형 엿가락을 집에 두고 오래도록 엿맛을 즐길 수 있을 것이었다.

"좋다 마. 해도 저물어가는데."

"시작할까예?"

"그래라."

"아저씨가 먼저 잡으이소."

엿장수가 입가에 야릇한 미소를 흘리더니 약간 흰 듯한 엿가락을 골랐다. 마을사람들의 이목이 집중된 가운데 엿장수는 천천히 골라낸 엿을 어깨 위로 치켜들더니 번개처럼 빠른 속도로 사정없이 아래로 내리쳤다. 마치 서부영화의 주인공이 총집에서 권총을 빼내는 것처럼 순간적으로 손이 안 보일 정도로 동작이 빨랐다.

와, 하는 함성이 터졌다. 엿 구멍의 크기가 불개미가 왕복으로 지나가도 남을 정도로 컸다. 그야말로 대박이라 할 수 있는 구멍 크기였다.

나는 기가 팍 죽었다. 괜히 했구나 싶은 생각도 머릿속에 떠올랐다. 하지만 이미 저지른 일, 후회한들 소용없는 짓이었다. 엿장수에게 물리자고 사정해봤자 턱도 없는 얘기였다. 아니, 마을사람들이 다 있는데 자존심상 그런 얘기는 결코 하고 싶지 않았다.

나는 내 운을 믿었다. 근거 없는 내 자신감을 무조건 믿었다. 나는 엿판 아래쪽에 깊숙이 손을 넣어 밀가루가 듬뿍 묻은 엿가락을 골랐다. 구경꾼들은 쥐 죽은 듯 조용했다. 나는 엿장수를 흉내 냈다. 천천히 손을 어깨 위로 들어 올렸고, 한순간 진짜 건맨이라도 된 것처럼 냅다 엿을 땅바닥에 내동댕이칠 기세였다. 아니, 사실 바닥에 엿을 내리치면 엿을 먹지 못하기에 그럴 엄두가 나지 않았고, 힘껏 반으로 댕강 잘라냈을 뿐이다. 그리고 부러진 엿의 단면에 훅훅 거세게 입 바람을 불어넣었다.

나의 입 바람은 얼굴이 벌게질 정도로 한동안 계속되었다. 누군가 고마해라, 하고 말하고 나서야 겨우 동작을 멈추었다. 그리고 그제야 나는 내 엿가락의 구멍을 확인했다.

"아…"

나보다 먼저 사람들의 입에서 탄식이 흘러나왔다. 운명의 장난이란 말인가? 내 엿의 구멍은 엿장수의 그것에 비해 반의반도 안 되는 크기였다. 내 엿의 구멍을 본 엿장수가 빈정거리듯이 말했다.

"내가 엿치기를 수년 동안 했지만 이렇게 작은 엿 구멍은 첨 본다."

그 순간 나는 무릎에서 힘이 빠져나가는 것을 느꼈다. 웬일인지 현

기증이 나면서 바닥이 뱅뱅 돌았다.

"이기 다 기술인기라, 기쑬!"

나는 엿장수가 엿판을 챙기는 것을 묵묵히 지켜보았다. 안간힘으로 쓰러지지 않고 버티고 있었다. 대형 엿가락까지 다 챙기고 난 뒤 엿장수가 마지막으로 나를 빤히 바라보며 말했다.

"이거 놔라."

나는 그때까지 내 검정 고무신을 두 손으로 꼭 붙잡고 있었다.

"그만 놔."

"아저씨요. 고무신은… 내 고무신은… 안됩니더."

개미소리보다 작게 소리가 나갔지만 엿장수는 들은 척도 안했다. 챙긴 엿판과 남은 고물을 배에 싣더니 굵직하고 울림이 있는 목소리로 "자~ 자~" 하고 외쳤다.

엿장수배는 곧 선창가에서 멀어졌다. 얼마쯤 후에는 아예 모습이 보이지 않게 되었다. 그래도 나는 선창가를 떠나지 못했다. 어디선가 자꾸 "자~" 하는 소리가 들리는 것 같았고, 시간이 지날수록 그 소리는 점점 커지고 있었다.

우짜 때문에 우얄꼬

지금에야 짬짜면이니 짬반짜반이니 하는 말들이 자연스럽지만
그때만 해도 우동에 짜장 소스를 부어준다는 게 어디 쉬운 생각이겠는가.
더욱이 그 모양이란 게 너무나 먹음직스러웠다.

통영 장날이 되면 어머니는 늘 기다렸다가 시내에 장보러 나가셨
는데 어장일로 바쁠 경우에는 가끔씩 큰아들인 내게 대신 장을 보러
가게 하는 경우도 있었다. 그럴 경우에는 시장에서 사야 할 것들을 종
이에다 꼼꼼하게 적어주셨다. 하지만 어린 시절의 나는 주위가 산만
한 아이였다. 잊지 않고 장을 잘 봐오겠다며 매번 다짐을 해도 꼭 무
엇인가 한두 개는 빼놓고 사지 못하는 물건이 있었다.

그런 아들임을 어머니는 익히 아셨다. 그렇기에 장날 전날 밤이면
나를 불러 앞에 앉혀놓고 메모지에 적은 것을 하나씩 짚어주며 다시
금 다짐을 받곤 했다. 그러나 나는 매번 건성으로 흘려듣곤 했다. 하
지만 건성으로 흘려들어도 결코 잊지 않는 것이 있었다.

"새터에 도착하몬 임씨 아줌마가 객선에 올라올 끼다. 내일 실어줄

합자(홍합) 한 자리(자루)를 주몬 2천 원을 줄 끼다. 그 돈은 니 용돈잉께 사 묵고 싶은 거 사 묵으라."

사 먹고 싶은 거 사 먹으라는 데 어찌 잊을 수 있겠는가. 어머니는 내가 장에 나갈 때면 잊지 않고 항상 나를 챙겨주었다. 그 돈으로 나는 꿀빵도 사 먹고 '아이스께끼'도 사 먹고 또 만화도 보았다. 당시 내 또래의 아이들에게는 그것이 최고의 간식이요 군것질거리요 기쁨이었다.

그렇지만 나는 만홧가게에서 낄낄거리며 만화를 보다가 그만 장을 보지 못하고 배를 타거나 기껏 장을 봤는데 갯배를 놓쳐 집에 돌아가지 못한 적이 한두 번이 아니었다. 물론 이런 경우 나는 죽사발 나게 얻어맞을 각오를 해야만 했다. 그래도 괜찮았다. 먹고 싶은 거 먹고 보고 싶은 거 실컷 보면서 재미나게 하루를 보낸 것을 생각하면 뒷감당이 어떻든 상관이 없던 시절이었다.

이런 내게 장을 봐오라고 시키는 어머니는 또 얼마나 답답했겠는가. 어머니는 어장막과 굴양식일을 하는 아버지의 뒷바라지를 하느라 조금의 여유도 없이 빡빡한 하루하루를 보내곤 했다. 집안일도 집안일이지만 일꾼들의 먹거리를 챙기는 것도 어머니의 몫이었다. 몸이 서너 개라도 부족할 판인데, 꼬박 하루 걸리는 장터 나들이는 엄두도 못 낼 처지였다. 어쨌든 내가 큰아이였기에 아쉽고 미덥지 못해도 어머니가 믿을 사람은 역시 나밖에 없었다.

제사가 끼거나 사올 물건이 많으면 어머니의 당부도 그만큼 길어졌다. 나를 앉혀두고 거듭 말씀을 반복했는데, 듣다 보면 귀가 따가웠

고, 다리가 저려왔으며, 나도 모르게 눈까풀이 감기곤 했다.

"내일 새복에 잡을 뽈래기는 다라이에 담아주께, 그거는 판장에 놓거라. 판장에 놓기만 하몬 알아서 경매를 하고 경매표를 줄 끼다. 그것을 받고 두 시간 후에 찾아가몬 돈으로 바까줄 끼고…."

그러니까 그 돈으로 장을 봐야 한다는 말씀이었다. 장에서 사와야 할 물건은 보통 양초, 모기약, 물파스, 고무신, 창호지 등이었다. 그밖에도 구입하는 물건은 다양했다.

"모레가 제사라는 거 알제? 큰제사니까 까묵지 말고…."

그날 어머니가 특히 강조한 것이 창호지와 양초였다. 제사를 지내는데 양초와 창호지가 없으면 큰 낭패일 게 뻔했다. 어머니는 다음 날 아침 나를 선창까지 배웅해주었다. 고기 다라이를 객선에 실어줄 요량이었지만 사실은 다시 한 번 내게 다짐을 받기 위해서였다.

"창호지하고 양초 까묵지 말거라."

"내 바본줄 아나?"

짐짓 나는 엄마에게 화를 내기까지 했다. 얼마나 여러 번 강조했는지 귀에 딱지가 앉을 지경이었다.

"잊지 말고 꼭 사오거라."

그래도 어머니는 걱정이 되는지 거듭 당부했다. 솔직히 나는 조금 창피했다. 오죽 아들을 믿지 못하면 이렇게 여러 번 당부하는가 싶어 은근히 골이 나기도 했다. 하지만 잠시였다.

장날 선창가는 마을 사람들의 만남의 장이기도 했다. 바닷일과 밭일로 바빠 얼굴을 못 보다가도 장날이면 어김없이 보는 이들도 한두 사람이 아니었다. 선창가에 사람이 모이면 서로 인사하느라 바빴다.

"장에 가십니까?"

뻔한 질문이지만 이 말이 나가면 자연스럽게 이런저런 얘깃거리로 대화가 물 흐르듯이 이어졌다. 사람들이 늘어갈수록 선창가에 쌓아둔 물건들도 쌓여만 갔다. 물건은 언제나 다양했다. 언제 팠는지 씨알이 굵은 개조개를 한 다라이나 가져온 사람이 있었고, 어떤 사람은 밭에서 캔 방풍나물을, 또 한 할머니는 팔러갈 염소도 끌고 나왔다.

할아버지나 할머니 곁에는 항상 손자 손녀들이 있었다. 장에 쫓아가면 솜사탕이라도 하나 얻어먹을 수 있기에 늘 따라나섰던 것이다.

객선이 도착할 9시 즈음이면 사람들은 자주 할매바위 쪽을 흘금거렸다. 그러기를 열댓 번 하면 할매바위를 돌아오는 객선의 모습을 볼 수 있었다. 당연히 아이들은 박수를 치며 환호성을 질렀고, 어른들도 흐뭇하게 객선을 지켜보았다. 사람도 짐도 많았기에 객선에 오르는 것도 제법 시간이 걸렸다. 그래도 어느 누구 하나 불평하지 않았다.

당시에 우리 마을은 전기도 포장도로도 없는 그저 외딴 섬의 한 귀퉁이일 뿐이었다. 미륵도에는 충무교와 해저터널이 있었지만 읍까지만 버스가 들어왔고 게섬에는 찻길도 없었다. 우리 마을과 통영 시내를 이어주는 유일한 교통수단은 하루에 두 번 오는 객선이 유일했다.

게섬에도 배가 없었던 것은 아니지만 보통은 작고 느렸다. 반면에 객선은 크기가 컸고 또 빨랐다. 사람이나 짐을 실은 객선이 멀어지고 나서야 선창가에 배웅 나온 사람들은 하나둘 자리를 떴다.

어머니는 맨 마지막으로 선창가를 떠났다. 그때까지 내게 끊임없이 손을 흔들어주었다. 그 모습이 마치 잊지 말고 창호지 등을 사오라고 잔소리를 하는 것 같아 나도 모르게 진저리를 쳤다.

선창가에서 배가 멀어지고, 어머니의 모습이 점처럼 까마득해지면 그제야 입가에서 저절로 휘파람이 흘러나왔다. 가슴이 두방망이질 치면서 금세 기분이 좋아졌다. 왜 안 그렇겠는가.

장날이었다. 사야 할 물건보다도 무엇을 먹고 무엇을 구경할지, 이런 것들이 머릿속에서 끊임없이 나타났다 사라지기를 반복했다. 먹고 싶은 것도 많고 보고 싶은 것도 많았다. 도저히 한나절로는 턱없이 부족했다. 그렇다고 시간을 엿가락처럼 늘릴 수도 없고, 어떡하든 시간에 맞춰 후회 없이 즐겨야 했다.

객선이 새터에 도착하면 제일 먼저 찾아오는 사람들은 장사하는 아주머니들이었다. 그도 그럴 것이 통영의 먹거리들 대부분이 미륵도에서 나오고, 이 객선을 통해 전해지기 때문이다. 적어도 당시에는 미륵도에서 나오는 각종 수산물이 통영의 경제를 좌지우지하던 시대였다.

나는 어머니가 당부했던 것처럼 홍합이 든 자루를 들고 새터시장의 임씨 아줌마를 찾아갔다.

"아즈메 여기요."

"오냐. 여깄다."

임씨 아줌마는 홍합을 건네받고는 곧 돈을 내주었다. 돈을 받자마자 꾸벅 고개를 숙이는 내게 아주머니가 등 뒤에 대고 외쳤다.

"새지 말고 뽈래기 판장에 놓거라."

나는 알았다며 손을 흔들고는 얼른 발길을 재촉했다.

판장에 들러 다라이에 담아왔던 뽈래기(볼락)을 내놓았다. 어머니 말씀처럼 경매표를 받는 것도 실수가 없었다. 여기까지는 늘 하는 일이기에 실수하려야 할 것도 없었다.

문제는 번호표를 받고 돈을 받기까지 걸리는 두 시간이었다. 하염없이 그곳을 지키고 있으면 별 문제가 없겠지만 아까운 두 시간을 한곳에 앉아 주야장천 죽일 순 없는 일이었다. 나는 채 오 분을 버티지 못하고, 엉덩이가 간질간질하여 판장에서 나왔다.

요즘 같지 않아 예전의 장날에는 사람도 많았고 먹을 것도 볼 것도 많았다. 그중에서 아이들이 빙 둘러 있는 곳이 솜사탕 장사꾼이었다. 근처에는 항상 쥐포구이 아저씨도 있었다. 아이들은 솜사탕이 만들어지는 것을 신기하게 쳐다보면서도 코를 자극하는 쥐포구이에 침을 흘렸다. 나는 솜사탕이나 쥐포구이를 구경하다가 충무극장 앞을 기웃거리는 게 일종의 코스였다.

지금은 사라졌지만 당시 충무극장은 통영의 자랑이었다.

통영에는 1914년 '봉래좌'라는 극장이 개관됐고, 이후에는 통영극장과 충무극장이 더 만들어졌다. 통영극장은 1950년 화재로 소실됐고, 충무극장 역시 1982년 화재로 소실됐다. 봉래좌는 2005년 철거돼서 지금은 공영주차장으로 바뀌었다.

다른 지역에 비해 통영에 극장이 먼저 생긴 것은 그만큼 서양 문화를 일찍 받아들인 지역적 특성 때문일 것이다. 당시에는 통영에 양장점도 많았는데, 그만큼 옷 잘 입는 세련된 아가씨들도 많았다.

장날에 나오면 나는 잊지 않고 충무극장 앞을 서성이곤 했는데, 간

판이나 포스터에 쓰인 그림과 글씨를 꼼꼼하게 모두 읽고서야 자리를 뜨곤 했다. 그러다 보면 시간이 훌쩍 지나갔다. 아무리 천천히 걸어도 은근히 시장기가 돌게 마련이었다. 그때 생각나는 것이 바로 우동과 밀장국, 꿀빵, 충무김밥 등이다.

그날따라 우동이 먹고 싶었다. 나는 우동을 먹을 때면 들르는 단골집도 있었다. '집'이 아닌 리어카 가게로 주인은 할머니였다. 그곳에서는 우동만 팔지 않고 짜장도 팔았다. 메뉴는 딱 두 개고, 사람들은 둘 중 무엇을 먹을까 항상 고민해야 했다. 나도 마찬가지였다. 우동을 먹자고 결심했지만 정작 주문을 할 때면 짜장면을 시키는 경우도 있었다. 물론 그 반대의 경우도 있었다.

나는 부리나케 그곳으로 달려갔다. 리어카 주위로 엉덩이만 겨우 걸칠 수 있는 긴 나무의자를 놓아두었는데 이미 그곳은 엉덩이를 들이밀 조금의 공간조차 없었다. 자리가 없으면 사람들은 서서라도 음식을 먹었다. 그만큼 맛이 좋았다.

나는 이번에도 고민을 해야만 했다. 우동과 짜장 중 무엇을 시킬 것인가? 고민을 오래 하고 싶어도 그럴 형편이 못 되는 게 이곳 장삿집의 특징이었다. 고민이 길어질수록 우동이든 짜장이든 먹는 순서가 뒤로 밀리기 때문이다.

나는 처음 생각대로 우동을 시켰다. 부산어묵을 넣은 구수한 국물맛이 그리웠던 것이다. 우동이 나오자마자 나는 국물부터 후르륵 마셨다.

"캬!"

술잔을 비운 어른 흉내를 냈다. 그만큼 국물 맛이 좋았다. 이제 먹을 준비도 끝났고, 나는 얼른 젓가락으로 우동면발을 잡아 입으로 가져갔다. 그런데 그때였다.

"우짜 주이소."

무슨 소리인가 했다. 잘못 들었나 싶어 소리가 난 쪽으로 고개를 돌렸다. 주인 할머니는 무엇을 주문했는지 되묻지 않았다. 단박에 척 알아들은 모양이었다. 나는 주인 할머니의 손을 유심히 지켜보았다. 짜장면과 순서는 똑같았다. 단지 우동 국물을 한 국자 떠서 짜장 위에다 얹는 것만 달랐을 뿐.

나는 첫눈에 그 모양에 홀딱 반하고 말았다. 지금에야 짬짜면이니 짬반짜반이니 하는 말들이 자연스럽지만 그때만 해도 우동에 짜장 소스를 부어준다는 게 어디 쉬운 생각이었겠는가. 더욱이 그 모양이란 게 너무나 먹음직스러웠다.

"할매요, 이게 우짜입니꺼?"

"왜? 묵고 싶나?"

"나도 저 까만 것 좀 얹어주이소."

나는 얼른 우동냄비를 할머니 쪽으로 내밀었다. 하지만 할머니는 야멸차게 거절했다.

"택도 없재. 이거는 우짜를 시키야만 주는기라."

나는 한 번 더 부탁했다.

"할매요. 내가 몰랐다 아닙니꺼."

"담에는 우짜를 시키킹께 좀 주이소."

"아, 안 된다 카이."

주인 할머니는 무정하게도 내 부탁을 거절했다. 더는 말을 섞기 싫다는 듯 아예 얼굴을 돌려버렸다. 나는 우동을 물 마시는 것처럼 후르 룩 먹고는 씩씩거리며 그곳에서 나왔다. 요즘 말로 뒤끝이 작렬하여 주인 할머니에게 심통 사나운 한마디 말도 뱉어놓았다. 주인 할머니 가 곧 사납게 목청을 돋웠지만 뭐 그런 것쯤 아무렇지 않았다.

하지만 할머니 리어카에서 결코 멀리 가지는 못했다. 가고 싶어도 발길이 떨어지지 않았다. 우짜. 저놈의 우짜가 문제였다. 맛이 어떨지 몹시 궁금했다. 짜장에 우동 국물을 부었으니 우동맛과 짜장맛이 동 시에 나는 건가? 상식적으로 생각해도 이런 맛이어야 하는데, 남의 떡이 크게 보이고 못 먹어본 떡이 더 맛있다고, 역시 먹어보지 못한 우짜 맛이 자꾸만 침샘을 자극했다.

가만히 지켜보고 있으려니 리어카로 몰리는 사람들 대부분 우짜를 주문하고 있었다. 서두르지 않고 차분히 주위를 둘러봤더라면 얼마든 지 맛볼 수 있었는데 아무리 생각해도 안타깝기 그지없었다.

얼마나 그렇게 앉아 있었을까. 어디선가 뱃고동 소리가 들렸다. 그 제야 퍼뜩 떠오르는 생각이 있었다. 주머니에는 경매표가 있었다. 나 는 죽어라고 판장으로 뛰었다. 헐떡거리며 판장에서 돈을 받아 나오자 마자 곧장 객선을 타기 위해 또다시 전력을 다해 뜀박질을 해야 했다.

다행스럽게 객선에 오를 수 있었다. 집으로 돌아가는 배 이물에 서 서 나는 하염없이 바다를 바라보았다. 평소 같으면 별의별 생각이 다 났겠지만 그날은 온통 우짜 생각으로 머릿속이 가득했다. 주먹을 불끈 움켜쥐며 다음에는 반드시 우짜를 사 먹고 말 거라고 다짐했다.

그러나저러나 나는 까맣게 잊고 있었다. 객선이 선착장에 닿고 나서야 눈앞에서 왔다 갔다 하던 우짜가 사라졌다. 그 대신 나를 마중나온 어머니의 모습이 콕 박히듯이 한눈에 들어왔다.

"창호지하고 양초 까묵지 말거라." 하면서 신신당부하던 어머니의 모습이 떠올라 갑자기 눈물이 핑 돌았다.

"이 일을 우얄꼬… 우얄꼬…."

하지만 이미 배는 선착에 닿았고, 도망치려 해도 도망칠 방법조차 없었다.

그날 우리 집에서 무슨 일이 벌어졌을까. 선착장에서 집까지 나는 어떤 기분으로 갔을까. 어머니의 답답한 심정은 또 어땠을까. 이게 다 우짜 때문이다. 당시에 나는 이렇게 생각했었다. 하지만 이런 생각은 그때뿐이었다.

다음날 양초와 창호지를 사러 다시 객선을 탔는데, 내리자마자 곧장 달려간 곳은 양초와 창호지를 파는 곳이 아닌 우짜를 파는 할매 리어카였다.

통.영.의. 오.일.장.

통영의 오일장은 2일과 7일이다. 예전에는 서호(새터)시장과 중앙시장 주변으로 장
이 섰지만 지금은 중앙시장 주변 도로가에도 장이 선다.

예전에는 지금과 비교도 할 수 없을 정도로 규모가 큰 장터였다. 경상도는 물론 전
라도에서도 많은 장사꾼들이 몰려와 눈요깃거리도 상당했다. 장을 돌다 보면 어느새
해가 서쪽으로 기울기 시작하고, 뉘엿뉘엿 지는 석양을 보며 객선에 올라 집으로 돌아
오곤 했다. 예전이나 지금이나 변함없는 것은 그리 크지도 않은 붉은 대야나 양철판, 플
라스틱 바구니를 앞에 놓고 있는 할머니들이다. 물건이라고 해봐야 산이나 밭에서 캐
왔을 각종 나물과 야채 등이다.

참고로 통영에는 세 곳의 시장이 있다. 서호시장, 중앙시장, 북신시장(일명 거북시장).

북신시장은 통영 현지인들만 이용한다고 해도 틀린 말이 아니고, 관광객들이 주로
찾는 시장은 중앙시장과 서호시장이다. 이런 이유로 일반적인 물건값은 중앙시장과 서
호시장에 비해 북신시장이 싼 편이다. 중앙시장은 동피랑으로 올라가는 길에 있기 때
문에 관광객들이 가장 선호하는 시장이라고 할 수 있다. 각종 수산물이 많아 관광객들
이 특히 많이 찾는다. 서호시장은 새터시장이라고도 불리는데, '새터'는 일제강점기 때
바다를 매립하여 땅으로 만든, 그러니까 '새로운 터'라는 의미다.

중앙시장이 주로 낮에 본격적인 장사가 시작되는 반면에 서호시장은 새벽부터 장사
가 시작된다. 당연히 새벽 활어를 맛보려면 서호시장이 좋고 좀 늦은 감이 있다면 중앙
시장을 찾는 것이 좋다.

서호시장이 새벽부터 활발한 것은 근처에 미륵도 어민들이 고기를 잡아서 팔던 새벽 활어위판장이 있었기 때문이다. 그리고 옛날에는 중앙시장과 서호시장 중간에 부산과 여수를 오가던 여객선터미널이 있었는데, 아는 사람은 다 알겠지만 통영에서 '충무김밥'이 유명한 것은 바로 이 여객선 때문이다.

물론 전국적으로 충무김밥이 유명해진 것은 '국풍81'이라는 관제행사 덕분이었다고 한다. 이때 통영항에서 김밥을 팔던 '뚱보할머니'가 서울에 올라가 충무김밥을 팔았는데, 그야말로 대박이 난 것이다. 하지만 충무김밥은 원래부터 통영에서 유명했다. 통영사람들뿐만 아니라 부산과 여수 사람들도 다들 알고 있었다.

1930년대부터 부산과 여수를 오가는 여객선이 다녔는데 중간 기항지가 바로 통영항이었다고 한다. 덩치가 큰 여객선은 부둣가까지 들어오지 못했기 때문에 충무김밥을 파는 사람들이 작은 배를 저어 여객선으로 가서 먹을 것을 팔았다. 이게 바로 충무김밥이다.

지금은 어느 김밥 전문집에 가더라도 다양한 재료를 넣은 김밥을 맛볼 수 있다. 그런 김밥들과 비교하면 충무김밥은 속 재료가 빈약할 정도로 별 게 없다. 그럴 수밖에 없는 것이 충무김밥은 쉽게 상하지 않도록 만드는 것이 첫째 목적이었기 때문이다. 또한 통영에서 쉽게 구할 수 있는 재료여야 했다. 그래서 젓갈에 버무린 나박김치, 갑오징어 무침이 선택된 것이다.

서호시장과 중앙시장은 수산물 말고도 유명한 먹거리가 많은데 특히 서호시장 쪽에는 시락국, 우짜, 졸복 등이 유명하다.

방패연 만들기

연을 만들 때의 진수 형님은 12공방의 후예라도 되는 것 같은
착각을 불러일으켰다. 연을 만드는 것이 아니라
예술작품을 만들 듯 항상 진지했고, 언제나 온 정성을 다했다.

사십대쯤의 독자라면 '라이너스'라는 그룹을 기억할 것이다. 라이너스는 1979년 제2회 '젊은이의 가요제'(TBC 해변가요제)에서 '연'이라는 노래로 우수상을 수상했고, 이후로도 이 노래는 사람들에게 꾸준하게 사랑을 받았다.

가사 중 아랫부분을 나는 특히 좋아했다.

하늘 높이 날아라. 내 맘마저 날아라. 고운 꿈을 싣고 날아라.
한 점이 되어라. 한 점이 되어라. 내 마음속에 한 점이 되어라.

'추운 줄도 모르고 언덕 위에 모여 할아버지께서 만들어준 연을 날리고 있다'는 구절도 퍽 인상적이었다.

내 고향 게섬에서는 연을 특히 많이 날렸다. 통영이라는 이름이 '통제영'에서 유래됐음은 이제 온 국민의 상식처럼 됐지만, 통영의 연이 통제영과 연관되어 있는 것을 모르는 사람들은 아직도 꽤 많다.

통영은 역사 문화유적이 많은 곳이고, 또 통제영의 12공방 덕분에 예인과 장인이 많은 곳이기도 하다. 요즘은 통영 하면 '동피랑의 벽화'를 떠올리는 사람이 많지만, 그래도 그 어느 곳보다 충무공 이순신의 흔적이 많은 곳 또한 통영이다.

누군가에게 들은 말로, 임진왜란 당시 도요토미 히데요시는 충무공의 '비연' 때문에 해전에서 패했다며 분통을 터뜨렸다고 한다. '비연', 즉 전술비연(戰術飛鳶)은 충무공이 직접 만든 것으로 각 문양에 따라 암호가 정해져 있었다고 한다. 그러니까 이 연은 작전명령 전달을 위해 사용한 '신호연'인 것이다.

현재 전술비연은 55종의 문양이 전해지고 있다. 이 가운데 일반적인 신호는 거의 다 있는데, 단 한 가지 명령신호는 없었다고 한다. 바로 '후퇴하라'는 명령신호다.

전술비연은 하늘 높은 곳에서도 눈에 잘 띄도록 크기가 컸는데 가로만 해도 무려 90~120센티미터였다고 한다. 이 연을 띄우기 위해서는 6킬로그램이나 되는 묵직한 얼레를 이용해야만 했다. 문양에 넣은 색은 음양오행론에 바탕을 두는데, 다섯 가지 색은 다섯 방위를 상징한다. 청은 동쪽, 흑은 북쪽, 백은 서쪽, 홍은 남쪽, 황은 중앙이다.

당연하겠지만 통영 연²은 기본적으로 충무공의 전술비연을 기본으로 한다. 게섬의 우리 마을에서는 기바리연이 대세였다. 기바리연을 만들기 위해서는 나름 정교한 기술이 필요하다. 아무나 만들 수 있지만 아무나 만들지 못하는 연이 기바리연인 것이다. 나는 어릴 적부터 형 없는 설움이 컸는데, 그중 하나가 바로 이 연을 만드는 기술 때문이기도 했다.

우리 마을 아이들의 겨울방학은 연을 날리는 것으로 시작된다. 연을 날리려면 당연히 연을 만들어야 한다. 내 친구들은 대부분 형이 있었고, 형들 덕분에 친구들은 연 만드는 걱정을 할 필요가 없었다. 하지만 형 없이 동생만 있는 나는 내 스스로 연을 만들어야 했다.

끙끙거리며 연을 만들기 위해 한나절을 씨름하지만 완성된 연은 대부분이 형편없는 연이었다. 그럴 때면 형이 있는 친구들이 몹시 부러웠다. 그중에서도 나는 학수를 제일 부러워했다.

학수의 형은 진수 형님이었는데, 연에 대해서만큼은 우리 마을에서 지존이라고 할 수 있는 사람이었다. 진수 형님은 해마다 학수는 물론 집안 아이들에게 연을 하나씩 만들어주었는데, 그때마다 나는 질시 어린 눈으로 그들을 바라보아야 했다.

나는 진수 형님이 연을 만들 때면 가까이 혹은 멀찌감치서 지켜보곤 했다. 진수 형님은 통이 컸다. 당시에는 결코 흔하지 않은 비싼 창

---

2 1999년 통영문화원에서는 통영연 연구가, 애호가들과 논의하여 통영연 명칭에 대한 이름을 종합 26종을 발표했다. 그 명칭은 머리연, 머리눈쟁이연, 이봉산연, 이봉산눈쟁이연, 삼봉산연, 삼봉산눈쟁이연, 덴방구쟁이연, 기봉산연, 기봉산눈쟁이연, 기바리연, 기바리눈쟁이연, 아래갈치당가리연, 윗갈치당가리연, 이당가리연, 돌쪽바지기연, 돌쪽바지기눈쟁이연, 짧은고리연, 짧은고리눈쟁이연, 긴고리연, 긴고리눈쟁이연, 치마당가리연, 반장연, 반장눈쟁이연, 중머리연, 중머리눈쟁이연, 수리당가리연 등이다. 통영연 연구가인 김문학 씨(작고)는 통영연은 43종이 있다고 주장했으며, 확정된 26종의 일부 명칭에 관해서도 이의를 제기한 바 있다.

호지를 진수 형은 반으로 자르지 않고 크게 잘라서 쓰고 나머지는 미련없이 버렸다. 딱 맞춰 자르면 두 개를 만들 수 있는데, 대체 아깝게 왜 저러나 싶었지만, 오히려 내게는 그게 뜻밖의 횡재 같은 기쁨을 주었다. 나는 진수 형님이 버린 창호지 쪼가리를 얼른 주워 챙겨오곤 했다. 그 종이로 방패연은 힘들어도 문어연은 만들 수 있었던 것이다.

연을 만들 때의 진수 형님은 12공방의 후예라도 되는 것 같은 착각을 불러일으켰다. 연을 만드는 것이 아니라 예술작품을 만드는 것 같기도 했다. 항상 진지했고, 언제나 온 정성을 다하는 모습이었다. 반 장이 넘는 넓은 창호지에 인물(창호지에 그리는 물감)로 그린 기바리연의 힘 있는 선, 기울여도 한 치의 오차가 없는 두 깃 살(장살), 180도 회전하고도 남도록 날렵하게 깎은 기둥살(중살), 처녀의 허리보다도 더 부드러운 속대로 만든 가운데 살(허리살), 그리고 광화문에 있는 이순신 장군의 칼보다도 더 힘 있어 보이는 이맛살(머리살) 등 진수 형님은 한 치의 오차 없이 모든 것이 잘 어울리도록 장인정신을 발휘

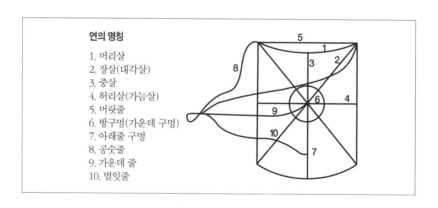

연의 명칭

1. 머리살
2. 장살(대각살)
3. 중살
4. 허리살(가늠살)
5. 머릿줄
6. 방구멍(가운데 구멍)
7. 아래줄 구멍
8. 공숫줄
9. 가운데 줄
10. 벌잇줄

하여 연을 만들었다. 진수 형님이 만든 연은 한눈에 보기에도 완벽했다. 진수 형님은 연을 만드는 솜씨 못지않게 연을 날리는 실력도 뛰어났다. 그는 연을 날리는 데 있어서 반드시 두 가지 원칙을 지켰다. 하나, 하늘에 열 개 이상의 연이 있을 때만 연을 띄운다. 둘, 바람의 방향이 바뀌기 전인 오전에만 연을 날린다.

진수 형님은 호랑이였고 우린 토끼였다. 토끼들은 당연히 호랑이가 없는 틈을 타서 여우가 되기를 바란다. 그리고 여우가 됐을 때 호랑이가 나타나게 되면 마음은 불안해도 혹시나 하는 생각에 굳은 각오로 일전에 나서게 된다. 진수 형님은 결코 혼자 등장하지 않는다. 어김없이 졸개들(내 친구이자 그의 일가들)이 주위를 에워싸며 뒤따랐다.

진수 형님은 연도 잘 만들고 연싸움 솜씨도 뛰어났지만 그가 싸움마다 백전백승하는 이유는 사실 연줄(나일론 3사)의 특이함에 있었다. 나는 그 비밀을 알고 있었다. 진수 형님의 연줄에는 누른 사(유릿가루)가 입혀져 있었던 것이다.

물론 다른 아이들도 유릿가루를 입힌 연줄을 사용했다. 하지만 진수 형님은 유릿가루를 만드는 방법부터가 남들과 달랐다. 보통 아이들은 유리를 바닥에 갈아서 유릿가루를 만들었는데 진수 형님은 절구질을 하듯 돌로 유리를 찧어서 유릿가루를 만들었다. 진수 형님의 말대로라면 이래야 '살아 있는 사'를 만들 수 있다고 했다.

유릿가루를 만든 후에는 아교풀과 부레를 녹여 연줄에 사를 입히는 작업을 하는데 이때는 개미새끼 한 마리도 주위에 얼씬하지 못하게 했다. 사를 새로 입혔다는 사실을 숨기는 것뿐 아니라 그 노하우를

남에게 알려주지 않기 위함이었다.

진수 형님의 연이 허공에 떠오르면 아이들은 서둘러 연줄을 감았다. 하지만 번번이 때를 놓치기 일쑤였다. 그의 연은 먹이를 쫓는 참매와 같았다. 저 건너 선창에서부터 시작하여 왼쪽으로 비스듬하게 날면서 사냥을 시작했다. 연을 감으면서 좌우로 기다가 상대방 연줄이 닿는 순간에 짧게 연줄을 풀어 잘라내고, 재빨리 다시 연줄을 감아 다른 연에 접근하는 방식이었다.

제대로 싸워보지도 못하고 도망치다가 당하는 연이 수두룩했다. 어쩌다 도망치느니 장렬한 최후를 맞겠다는 각오로 대항하는 연도 있었지만 그래봤자 결과가 달라지는 것은 아니었다. 줄이 끊어진 연은 그야말로 볼품없는 폼으로 허공 어디론가 날아가버렸다. 운 좋게 싸움을 피한 연들은 이미 하늘이 아닌 땅에 착륙한 연들뿐이었다.

모든 연이 사라지고 하늘에 진수 형님의 연과 그 졸개들의 연만 남게 되면 진수 형님은 으스대며 자신의 기교를 뽐냈다. 연줄이 끊겨 연을 잃어버린 아이나 간신히 연을 착륙시켜 간당했던 목숨 줄을 구한 아이들은, 진수 형님의 멋진 기교에 분했던 마음이 조금은 사그라지곤 했다. 진수 형님이 유유히 사라지고 나면 하늘은 그 졸개들의 차지였다. 진수 형님만은 못해도 우리 집안에도 꽤 연을 잘 만든다고 소문난 분이 있었다. 태일이 삼촌(당숙을 삼촌이라 불렀다)이다.

태일이 삼촌은 바다사업(굴양식 등)을 한다는 이유로 아이들이 연을 만들어달라고 해도 시간이 없다며 거절하곤 했다. 성격이 약간 특이하기도 했다. 연을 만들어주다가도 자기 잘못으로 물감이 창호지

위에 엎질러지거나 연의 수평이 잘못 잡혔을 경우, 어김없이 그 화를 우리에게 풀었던 것이다.

어찌나 불같이 화를 내는지 나는 눈물 콧물을 쏙 빼야 했다. 이후로도 그때가 생각날 때면 괜스레 눈가에 눈물이 맺히곤 했는데, 그만큼 태일이 삼촌의 야단은 어린 나이의 내가 감당하기에 힘들었다. 그래도 아쉬운 쪽은 늘 나와 내 동생이었다. 우리는 태일이 삼촌이 연을 만들어주기만을 학수고대했다.

그러던 어느 날 집안에 큰 제사가 있었다. 나와 내 동생에게 제삿날은 모처럼 제삿밥을 맛볼 수 있는 기회였고, 평소에 별로 맛볼 수 없는 과일을 먹을 수 있는 날이기도 했다. 하지만 제삿날이 우리에게 중요한 건 무엇보다도 창호지를 구할 수 있는 날이었기 때문이다.

제사준비를 하기 위해 장날에 나가 이런저런 것을 사오지만, 창호지도 빼놓을 수 없는 한 가지였다. 축문을 창호지에 쓰기 때문이다. 이때 어른들은 아이들을 배려하여 여분의 창호지를 몇 장 더 사곤 했다. 이 여분의 창호지는 연을 만드는 재료였다.

그날도 할아버지는 창호지를 석 장이나 더 사오셨다. 그리고 그날은 웬일로 태일이 삼촌이 연을 만들어주겠노라면 선뜻 나섰다. 나중에 알고 보니 할아버지의 언질이 있었다고 했다. 여하튼 태일이 삼촌이 연을 만들어주겠다고 하자 나와 동생은 너무나 기뻐 두 손을 번쩍 치켜들며 만세를 불렀다.

우리는 태일이 삼촌이 연을 만드는 것을 옆에서 열심히 거들어주었다. 좀 더 정확히 얘기하면 태일이 삼촌의 비위를 맞춰주기 위해 갖은 애를 다 썼던 것이다. 태일이 삼촌이 "칼." 하고 외치면 부리나케 부엌으로 달려가 칼을 가져왔고, "밥 풀."이라고 말하면 찬장에서 연살을 붙일 밥을 가져왔다.

전통연이 다 그렇겠지만 통영의 기바리연은 하나의 예술작품이 아닌가 싶다. 연을 만드는 일은 창호지를 몬드리안의 황금 비율(5대3 정도)로 자르는 것부터 시작된다. 그것을 가운데로 12등분 접어서 절반 끝을 자르면 구멍이 뚫리게 된다. 가위로 자른 후에는 종이를 머리에 대고 비비기도 한다. 원의 모양을 좀 더 둥글게 잡을 수 있을뿐더러 잘 찢어지지 않게 하기 위함이다. 칠할 물감이 없을 경우에는 백연(무늬 없는 연)을 만들기도 하고, 잘라진 원을 초승달 모양으로 하여 먹칠을 한 후 연의 상단에 붙여 무늬를 만들기도 한다. 이런 연을 우리는 보통 반달연이라고 불렀다.

우리 마을에서 즐겨 그리는 무늬는 기바리에다 빗살무늬를 넣고 양쪽에 원을 그려 붉은색으로 눈 모양을 만드는 것이었다. 비교적 시간도 적게 걸리고 멋도 품위도 있었다. 여기까지는 연을 만드는 사람의 마음대로라고 할 수 있다.

하지만 연의 하단에 적어 넣게 되는 글은 반드시 연의 주인에게 문구를 물어보고 적었다. 마땅히 적을 말이 없을 때면 '축', '새해' 또는 자기 이름을 세로로 적어 넣었다. 이런 문구는 주로 새해에 적었는데, 액을 멀리 보내고 복을 받기를 원하는 의미에서였다.

다음으로 하는 일은 제법 많은 시간이 소요되는 연살을 깎는 작업이었다. 통영에서는 통발용과 수하식 굴 양식장이 많았는데, 특히 배를 새로 만들면 반드시 대나무를 꽂고 다니곤 했다. 그 덕분에 연살용 대나무를 구하는 일은 그리 어렵지 않았다.

연살을 깎는 작업을 하는 태일이 삼촌의 모습은 마치 서예가가 벼루에 먹을 가는 것 같았고, 스님이 목탁을 두드리며 기도하는 모습과도 흡사했다. 그만큼 신중하고 공을 들이는 작업이었다. 나와 동생 역시 한 치의 흐트러짐 없는 자세로 쪼그리고 앉아 태일이 삼촌의 작업을 묵묵히 지켜보았다.

연살을 다 깎고 나면 이맛살을 붙였다. 다음으로 깃살을 붙이는데, 연을 만들 때 가장 중요한 작업이 바로 이것이라고 할 수 있다. 연의 성능은 깃살이 좌우한다고 해도 과언이 아니다. 창호지 조각으로 싼 밥풀 속으로 잘 깎은 연살을 몇 번 왕복운동을 시키는데, 이렇게 해야 연살에 부드럽게 풀칠이 먹는다. 이 연살 위로 연 종이를 놓았고, 깍지기라 불리는 연의 가운데는 작은 사발을 놓았다. 이때가 또 중요한데, 태일이 삼촌은 이맛살 양 모퉁이를 발로 밟고, 조수인 내게는 손으로 아래 끝을 누르라고 시켰다. 이 작업이 끝났을 때의 결과로 높이에 따라 '욹연'(가운데가 볼록하게 튀어 올라온 연. 너무 많이 볼록할 경우에는 연이 좌우로 많이 움직임)이 되고 '평연'(가운데가 올라오지 않고 평평하게 만들어진 연. 바람을 너무 많이 받고 기교를 잘 부리지 못하고 하늘에 떠 있기만 함)이 되는 것이다.

또한 종이의 양끝에 가하는 힘도 중요한데, 일정한 힘으로 잘 눌러야 연의 수평이 잘 맞기 때문이다. 만약에 수평이 잘못되어 한쪽 끝이 위로 들리게 되면 성냥불로 달구어 연살을 강제로 구부리는 추가 작

어린 시절, 나는 연을 만들어 날릴 때면
형이 없는 설움을 톡톡히 느껴야 했다.

업을 해야만 했다.

"잘하그라. 실수하지 말고."

태일이 삼촌이 으름장을 놓듯이 내게 일렀다.

그도 그럴 것이 작년 이맘때 연을 만들다 실수한 적이 있기 때문이다. 당시에 이 과정을 마치고 손을 놓았는데 밥풀이 채 마르지 않아 그만 깃살이 펴지고 말았다. 성격이 특이한 태일이 삼촌이 불같이 화를 냈음은 자명하다.

'다 꺼져삐라 마. 연도 제대로 잡지 못하는 너거들을 데리고 무슨 연을 만들것노?'

내 머릿속에는 그때의 기억이 아직 선명하게 남아 있었다. 이번에도 그때처럼 되면 안 되는 일이었다. 그때처럼 조금의 실수라도 나오면 또다시 연을 못 만들게 되는 것이다.

"이번에는 절대로 실수를 안할 끼다."

나는 속으로 다짐하면서 손바닥으로 연을 꽉 눌렀다. 그러면서 속으로 빌었다. 연살아, 제발 잘 붙어라.

"자, 하나둘 하몬 손을 놔라."

어느 정도 시간이 지나고 이윽고 태일이 삼촌이 말했다.

"하나, 둘… 놧!"

태일이 삼촌이 이맛살을 밟고 있던 발을 뗐고 동시에 나도 손을 놓았다. 순간 연이 약간 위로 튀어 오르면서 팽팽하면서도 우아한 자태를 드러냈다.

"성공이다!"

나는 기쁨에 소리쳤다. 한눈에 보기에도 연은 잘빠진 물고기처럼 균형이 잘 잡혀 있었다. 입가에 떠오른 미소로 보아 태일이 삼촌도 흡족해하는 눈치였다. 하지만 그것으로 끝난 것은 아니었다. 완성품을 만든 후 모든 장인들이 그러하듯 태일이 삼촌은 마지막으로 검수작업에 들어갔다. 네 개의 연살이 모이는 연 가운데를 다섯 손가락으로 잡고 허공에 한 바퀴 빙 돌려보는 것이다. 그렇게 하면 연의 품질을 알 수 있다고 했다.

나와 동생은 태일이 삼촌이 어떤 말을 할지 이미 어느 정도 예상했지만 그래도 기대하는 말을 해주기를 간절하게 바랐다. 아이들은 누구도 입 밖으로 꺼내지 않았지만, 진수 형님의 연줄을 끊는 것이 소원이라면 소원이었다. 진수 형님과의 연싸움에서 이기려면 역시 연을 잘 만드는 것이 첫 번째였다.

이제 연줄을 묶을 차례였다. 이미 만들어놓은 연줄은 진수 형님의 방식 비슷하게 만들었다. 태일이 삼촌이 자기만의 비법이라는 것도 보탰다.

"구멍을 뚫어야 하니까 저기 성냥 좀 가져오이라."

태일이 삼촌의 목소리가 낮은 톤으로 바뀌었다. 지금 생각하면 꽤 거만한 목소리였지만 당시에는 굉장한 믿음 탓인지 멋지게 들렸던 것 같다.

성냥은 기둥살 밑 중간에 작은 구멍을 뚫어서 연줄이 들어갈 수 있도록 하기 위함이었다. 가느다란 대나무 끝에 침을 발라 구멍을 뚫기도 하는데, 성냥불을 사용하면 좀 더 미끈하게 구멍을 뚫을 수 있었다.

이 작업은 아주 간단했다. 별다른 요령이란 것도 없었다. 성냥개비에 불을 붙이고 한동안 타들어갈 때까지 놓아뒀다가 적당할 때 불을 끄고 조금 남은 열기로 구멍을 뚫으면 그만이었다.

태일이 삼촌과 나는 성냥개비의 불이 꺼진 것을 분명히 확인했다. 그런 다음에야 연에 성냥개비를 가져갔다. 일종의 화룡점정(畵龍點睛)을 찍는 심정이었고, 그만큼 내 기대는 컸다. 나와 동생은 가슴에 손을 꼭 모으고 있었다. 이제 곧 승천하는 용을 볼 수 있다는 기대로 가슴은 한껏 부풀어 있었다.

그런데 대체 이게 무슨 일이란 말인가? 성냥개비를 연 종이에 갖다 댄 순간, 그러니까 용의 눈동자를 찍는 바로 그 순간 용의 눈동자에서 화르락 하고 불길이 올라왔던 것이다.

"이기 뭐꼬?"

당황한 태일이 삼촌이 벌떡 자리에서 일어나며 소리쳤다. 나와 동생은 무릎걸음으로 달려들어 훅훅 바람을 불어대며 불을 끄려고 했다. 하지만 소용없는 짓이었다. 창호지처럼 불에 잘 타는 종이가 또 어딨겠는가. 연은 순식간에 타버렸다. 종이는 재가 되었고, 힘들게 깎았던 연살은 시커멓게 변해버렸다.

우리 세 사람은 한동안 침묵에 사로잡혔다. 그때 어린 내 머릿속에는 운명의 장난이라는 말이 빠르게 맴돌고 있었다. 그렇지 않다면 이게 말이나 되는 것인가? 어떻게 꺼졌던 불이 다시 살아나 연을 태울 수 있단 말인가. 하지만 그것으로 다 끝난 것이 아니었다. 우리가 감당해야 하는 건 아직 남아 있었다.

태일이 삼촌이 악에 받쳐 소리쳤다.

"다 꺼져삐라 마!"

나와 동생은 겁에 질려 멀찌감치 물러났다.

"연 구멍도 제대로 몬 뚫는 너거들을 데리고 무슨 연을 만들것노?
엉?"

우리는 황당했다. 태일이 삼촌은 어이없게도 자신이 한 일을 우리
에게 덮어씌웠다.

"그, 그건…."

내가 뭐라고 말하려고 했지만 태일이 삼촌은 막무가내였다. 변명하
지 말라며 나를 윽박질렀다. 그때 발끈하고 누군가 나섰는데, 어린 동
생이었다.

"와 우리 행님보고 뭐라 캅니까? 삼촌이 잘못했다 아닙니꺼?

작은 몸을 꼿꼿하게 세우고 두 주먹을 부르르 떨릴 정도로 움켜쥐
고 있던 어린 동생. 나는 정말로 눈시울이 뜨거워졌다. 당장이라도 우
왕, 하고 울어버리고 싶은 것을 동생을 보며 참았다.

그날 밤 나와 동생은 어깨가 축 처져서 집으로 돌아왔다. 선창가에
서 꽤 오랫동안 말없이 앉아 있었다. 바다로 떨어져 내릴 것 같은 밤
하늘의 별을 하염없이 쳐다보았다.

"행님아, 괜찮나?"

동생이 내 눈치를 살피면서 물었다. 동생이 버럭 대드는 바람에 내
가 태일이 삼촌한테 꿀밤을 맞았기 때문이다. 나는 동생의 손을 잡아
주며 가만히 고개를 끄덕거려주었다. 그러면서 혼잣말처럼 속삭였다.

"나도 행님이 있었으면 좋았을 낀데….."

동생은 무슨 뜻인지도 모르면서 나를 좇아 가만히 고개를 주억거렸다. 그 모습을 보면서 나는 동생의 자그마한 어깨를 감싸주었다.

전.술.비.연.

삼봉산(통영군 용남면)연 : 삼봉산 앞바다로 집결하라(야간)

수리당가리연 : 계속 정탈 탐지하라

아래까치당가리연 : 저녁 일몰시 공격하라

윗까치당가리연 : 아침 일출시 공격하라

이봉산눈쟁이연 : 이봉산 앞바다로 집결하라(주간)

이봉산(통영군 사랑면)연 : 이봉산 앞바다로 집결하라(야간)

중모리연 : 적을 사방에서 공격하라

짧은고리눈쟁이연 : 태풍이 일면 배와 배를 짧게 묶어라(주간)

짧은고리연 : 태풍이 일면 배와 배를 짧게 묶어라(야간)

청외당가리연 : 적의 동쪽 방향을 공격하라

청홍와당가리연 : 동쪽과 남쪽에서 동시에 공격하라

치마고리연 : 배를 남쪽방향으로 짧게 묶어라

치마당가리연 : 남쪽과 서쪽에서 동시에 공격하라

치마머리연 : 남쪽방향의 산 능선을 공격하라

홍외당가리연 : 적의 남쪽을 공격하라

황외당가리연 : 적의 서쪽을 공격하라

흑외당가리연 : 적의 북쪽을 공격하라

여름날의 하루

네 명의 아이들은 긴장된 얼굴로, 뛰어내려야 할 바다를 내려다보았다.
뛰어내리지 않는 내가 보기에도 그곳은 너무 높았다.
이윽고 "셋!"이라는 소리가 울렸고, 나는 침을 꿀꺽 삼켰다.

우리 집 마루에서 바다까지는 엎어지면 코가 닿을 정도로 가깝다. 웃통과 바지를 벗어 던지고 대문을 열고 나가면 3미터 깊이의 바닷속으로 다이빙을 할 수 있다.

이런 장점 때문인지 나의 여름방학 일과는 항상 똑같았다. 아침을 먹고 바다에 뛰어들어 놀다가 해가 어스름할 즈음이면 한기에 이를 다다닥거리며 집으로 돌아오는 것이다.

여름방학을 보내고 나면 등은 껍질이 두세 번씩 벗겨지고 발바닥은 성한 데가 없어 마치 회를 쳐놓은 것 같았다. 얼굴은 적도의 아이들처럼 새까맣게 탔고, 입을 벌려 벙긋 웃으면 이만 하얗게 도드라져 보였다.

나 혼자 열심히 바다와 놀았느냐 하면 그렇지는 않다. 마을에는 우리 또래들이 유달리 많았는데, 별나기로도 유명했다. 우리는 이른바 베이비붐 세대였다. 말하기 좋아하는 마을 사람 중 누군가는 당시를 비유하여 하루에 한 집 건너 한 아이씩 태어났을 정도라고 했다. 과장이 조금 섞이기는 했지만 밭에서 김을 매다가 애를 낳았고, 굴을 깨다가 아이를 낳았다고 하니 내 또래의 아이들이 얼마나 많았을지 어느 정도 짐작이 될 것이다.

아이들이 다들 그렇겠지만 우리 마을 아이들은 유난히 우르르 몰려다니며 놀기를 좋아했다. 떼로 몰려다니며 장난을 치거나 사고를 쳤다. 바닷가 아이들의 놀이터는 역시 바다였다. 바다에는 육지가 줄수 없는 온갖 놀이가 가득했다.

바닷가 아이들은 태어나면서부터 접하는 게 바다인지라 커가면서 자연스럽게 수영을 할 줄 알았다. 그런데 수영을 배우는 데는 나름의 과정이 필요했다. 초등학교에 들어가기 전까지는 수심이 얕은 곳에서만 물장구를 치며 놀았다. 헤엄을 칠 줄 몰라도 물속에 코를 잡고 들어가 숨을 참았다가 나오는 일종의 잠수 훈련도 했다.

초등학교에 입학할 즈음이면 희한하게도 다들 헤엄을 칠 줄 알았다. 좀 빠르다 싶은 아이들은 자무질(자맥질)을 하기도 했다. 누가 자무질을 잘하는지 걸핏하면 내기를 하기도 했다.

대결 방법은 간단하다. 저학년 때는 덴마(노를 젓는 배) 아래를 가로 방향으로 통과하는 시합을 했다. 그리고 고학년이 되면 덴마를 세로로 통과하는, 즉 배의 앞부분인 '이물'에서 뒷부분인 '뒷골'까지 통과하는 방식으로 바뀐다.

당시에 자무질 하면 첫 번째로 떠오르는 사람이 바로 성만이 형님이다. 성만이 형님은 자타가 인정하는 자맥질의 일인자였다. 그만큼 자존감도 강했다. 그게 지나쳐 동네아이들 앞에서 자신의 잠수 실력을 보여주며 자랑하는 걸 몹시 즐겼다.

성만이 형님이 아이들 앞에 나서면 아이들은 대충 눈치를 채고 시큰둥한 표정을 짓곤 했다.

"또 지 자랑인가?"

"아휴, 지겹다. 지겨워."

성만이 형님이 자맥질을 잘한다는 건 누구나 알고 있는 사실이었다. 못하는 사람이 잘하게 됐다는 것도 아니고 원래 잘하는 사람이 자랑질을 하는 것이 아이들에게 무슨 재미가 있겠는가.

"나는 갈란다."

"나도."

한 아이가 떠나면 다른 아이도 뒤를 쫓아 은근슬쩍 자리를 떴다. 이런 일이 반복되자 성만이 형님도 딴엔 머리를 썼다.

"그기 아니다."

성만이 형님은 일단 아이들의 발걸음을 멈추게 한 뒤 느긋하게 뒷말을 이었다.

"그게 아니라 여태 못 본 걸 보여주겠다는 거지."

아이들은 금세 호기심이 동했는지 서로 눈치를 보며 쭈뼛거리다 하나둘씩 원래의 자리로 되돌아오곤 했다.

"그게 뭔데요?"

아이 중 누군가가 궁금증을 참지 못하고 물으면, 성만이 형님은 뻐기듯이 팔짱을 끼고서 일단 아이들을 죽 둘러보았다. 일일이 아이들과 눈빛을 맞추는 것도 잊지 않았다. 입가에는 미소가 은은했고 눈빛에는 지나칠 정도로 자신감이 충만했다. 그런 자신감은 아이들에게 반감을 불러오게 마련이다.

"잘난 척만 하지 말고 말해보이소."

"허풍 아니다야."

아이들은 저마다 불만을 토해내지만, 하루는 전혀 엉뚱한 얘기가 아이들 사이에서 흘러나온 적이 있다.

"설마… 덴마 두 개를 넘겠다는 건 아니지예?"

물론 가로 방향이 아니라 세로 방향으로 통과하는 것이다. 아이들은 말도 안 된다는 듯 "에이" 하며 고개를 저었다. 개중에는 피식거리며 비웃는 아이도 있었다. 아무리 수영 실력이 좋은 성만이 형님이라도 그렇지 어떻게 덴마 두 개를 자무질로 넘을 수 있겠나 싶었던 것이다. 어른이라면 몰라도 아직 아이인 처지에 어림없는 일이라고 생각할 수밖에 없었다. 하지만 성만이 형님은 주먹 쥔 손으로 가슴을 텅텅 치며 큰소리 쳤다.

"너희들은 죽었다 깨어나도 힘들겠지만 난 자신 있어. 자신 있다니까!"

득의만만한 성만이 형님의 얼굴 표정에 아이들은 다소 도발적으로 대응했다. 당장 해보자며 비아냥거리듯이 말하는 아이도 있었다. 어차피 덴마야 바닷가에 흔했다.

"그래. 너희는 보여줘야 믿겠지."

아이들은 우르르 덴마가 있는 곳으로 몰려갔다. 다들 물속에 몸을 담근 채 성만이 형님이 정말로 덴마 두 개를 자무질로 성공하는지를 지켜보았다.

"자, 잘들 보라고."

성만이 형님은 깊게 숨을 들이마신 후 물속으로 들어갔고, 한동안 모습이 보이지 않았다. 아이들은 초조한 기색으로 성만이 형님이 물속에서 나오기를 기다렸다. 자존심 때문인지 시기 때문인지 몰라도 성공하길 바라는 아이보다는 실패하길 바라는 아이들이 더 많았다. 그래서인지 덴마의 세로 끝 쪽이 아닌 가로 쪽을 지켜보는 아이들이 대부분이었다. 중간에 포기하고 푸하, 하고 고개를 들어 올릴 거라고 믿었던 것이다.

하지만 성만이 형님의 모습이 다시 나타난 건 아이들의 시선이 닿지 않았던 덴마의 끝 쪽이었다.

성만이 형님은 가쁘게 숨을 내쉬면서도 자랑을 빼놓지 않았다.

"봤지? 다들 봤지?"

아이들은 물속에서 물개처럼 박수를 쳤다. 아이들 중에는 성만이 형님과 얼추 어깨를 겨루는 아이가 하나 있었다. 내 친구였는데 자기도 도전해보겠다며 나섰다.

"안 돼. 하지 마."

나도 말렸고 다른 아이들도 말렸다.

태어나면서 바다를 놀이터 삼았던 아이들일지라도 바다가 얼마나 위험한지 모르지 않았다. 바다에 대해 자만할 수 있는 사람은 아무도 없다는 걸 바닷가의 아이들이기에 더욱 잘 알고 있었다. 하지만 녀석은 고집을 부렸다.

"나도 할 수 있어. 두고 보라고!"

녀석은 호기롭게 물속으로 잠수해 들어갔다. 이번엔 아이들의 시선이 저마다 덴마의 가로가 아닌 세로 쪽 끝으로 모아졌다. 그만큼 녀석이 성공하길 바라는 마음이 컸다.

"시간이 얼마나 됐노?"

시간이 더디게 흐르는 느낌이었지만 얼마쯤 지나고 누군가 이렇게 말했다. 시간을 잰 것은 아니지만 아무래도 성만이 형님이 덴마 저쪽으로 모습을 드러냈던 것보다 좀 더 시간이 흐른 것은 분명한 것 같았다.

"아무래도…."

결국 자무질을 잘하는 몇 명의 아이들이 물속으로 들어갔다. 아니나 다를까 녀석은 배 밑바닥에 붙은 채 꼼짝 않고 있었다. 배 밑에 한번 붙게 되면 부력으로 인해 혼자서는 빠져 나올 수 없는 상황에 처하기도 하는데, 힘이 빠진 상태라면 더욱 위험할 수밖에 없다.

우리는 안간힘을 다 해 녀석을 물 밖으로 끄집어냈다.

물 밖으로 나온 녀석은 가쁜 숨을 몰아쉬다가 여러 번 헛구역질을 했다.

이후로 성만이 형님의 일인자 위치는 더욱 공고해졌지만 이인자를 자부했던 녀석의 위치는 간당간당해졌고, 결국 다른 경쟁자들의 도전으로 점점 더 밑으로 떨어졌다. 다름 아닌 자신감이 문제였다. 한 번 자신감을 잃어버리면 다시 찾기가 쉽지 않은 게 자연에의 도전인 것이다.

자무질 못지않게 아이들이 경쟁심을 발휘했던 것은 다이빙이다. 다이빙은 자무질과는 또 다른 재미가 있었다. 그리고 자무질과는 여러 면에서 다른 점이 있었다. 일단 높은 곳에서 멋있게 뛰어내리는 것이 일인자로서 갖춰야 할 요소였다. 특히 높은 곳에서 뛰어내린다고 해서 겁을 먹어서는 안 되었다.

덴마를 넘는 것에 싫증이 나면 아이들은 선창가로 자리를 옮겨 다이빙을 했다. 선창가에는 크고 작은 배들이 정박해 있었는데 높낮이가 달라서 자기가 원하는 높이를 정해 뛰어내릴 수가 있었다.

한번은 선창가에 큰 배 하나가 정박해 있었다. 평소에는 보기조차 힘든 큰 배였다. 아이들은 특유의 호승심이 발휘되었다.

"시합 한번 할래?"

누가 먼저 말했는지 몰라도 아이들은 갑판에서 다이빙을 하기 위해 우르르 그 배에 오르기 시작했다.

"생각보다 높네."

내가 보기에도 이제까지 뛰어내렸던 높이하곤 확연하게 달랐다. 두 배쯤, 아니 그보다 더 높았다. 위험하지 않을까? 속으로 이렇게 생각하고 있는데 누군가 내 마음을 짚은 듯이 똑같이 말했다.

"괜찮겠나? 위험해 보이는데."

다른 서너 명의 아이들도 염려스럽게 한두 마디씩 했다. 그때 다이

빙이라면 늘 앞장서서 뛰어내렸던 재봄이가 자무질의 일인자인 성만이 형님을 흉내 내듯 가슴을 치며 큰 소리를 쳤다.

"이 정도는 뛰어내려야 남자지."

하지만 녀석의 눈빛에도 약간의 공포 내지 염려가 깃들어 있었다. 재봄이의 큰 소리가 효력을 발휘했는지, 네 명의 아이가 곧 일렬로 나란히 갑판 끝에 섰다. 발가벗은 아이들은 저마다 한 손으로 고추를 잡고 있었는데, 왜냐하면 선창가에 여자 애들이 이쪽을 지켜보고 있었기 때문이다.

"하나 둘 셋 하면 같이 뛰어내리기다."

누군가 심판처럼 말했고 아이들은 수긍하는 듯 고개를 끄덕였다.

"자, 센다…. 하나….”

네 명의 아이들은 긴장된 얼굴로, 뛰어내려야 할 바다를 내려다보았다. 뛰어내리지 않는 내가 보기에도 그곳은 높아도 너무 높았다. 이윽고 "셋!"이라는 소리가 울렸고, 나는 침을 꿀꺽 삼켰다. 그런데 동시에 뛰어내려야 할 아이들 넷은 꿈쩍하지 않고 있었다. 네 명의 아이들을 지켜보던 아이들이 피식피식 웃으며 비아냥거렸다.

"다들 겁먹었네. 봐라 고추가 번데기가 됐네."

누군가 이렇게 말했고 아이들의 입에서 와자하게 웃음이 터졌다. 정말이지 네 명의 아이들 중에는 겁에 질려 다리를 떨고 있는 아이도 있었다.

"야, 됐다. 무슨 다이빙이야. 그만 때리치아삐라마!"

그때 재봄이가 손사래를 치며 나섰다.

"다시 해, 다시."

그러면서 다이빙 선수로 나선 다른 아이들을 채근했다.

"우리 겁 안 먹었재? 다시 할 수 있재?"

다른 세 아이는 재봄이의 말에 얼떨결에 고개를 끄덕였다. 자못 표정이 진지하게 변한 아이도 있었다. 자신의 결심을 드러내듯 아랫입술을 지그시 깨문 아이도 있었다. 하지만 현실은 언제나 다를 수 있다.

다시 "셋!" 하는 신호가 떨어졌지만 주춤했을 뿐 아무도 다이빙을 하는 아이는 없었다. 아이들의 입에서 다시 왁자하게 웃음이 터진 것은 자명하다. 그뿐이면 다행이겠는데 선창가에서 안 보는 듯하면서 내내 지켜보고 있던 여자아이들도 큰 소리로 뭐라고 비아냥거렸다.

재봄이가 화가 났던 모양이었다.

"이게 뭐냐? 차라리 같이 죽자!"

재봄이가 신경질을 내듯이 말하고는 옆의 두 아이의 팔을 붙잡고 아래로 냅다 뛰어내렸다. 두 아이는 원하지 않았지만 재봄이와 함께 다이빙을 하게 되었다.

졸지에 다이빙을 하게 됐지만 지켜보던 아이들은 물론 선창가의 여자아이들도 환호성을 지르고 박수를 쳐주었다. 하지만 준비되지 않은 도전은 언제나 결과가 좋지 못한 법이다. 바다로 다이빙한 세 녀석은 첨벙 소리를 내며 바닷속으로 들어갔다가 이내 물 위로 모습을 드러냈다.

"어?"

"피다!"

세 녀석의 얼굴은 피범벅이었다.

두 녀석은 배가 먼저 수면에 닿아서 코피가 터진 것이고, 재봄이는 물속으로 잠수를 하면서 얼굴이 바위에 긁힌 것이다. 다행히 살짝 긁혔기에 망정이지 그렇지 않았으면 크게 다칠 뻔한 상황이었다.

이후로 재봄이는 다른 두 아이에게 걸핏하면 원망하는 소리를 들어야 했다. 두 녀석은 얼토당토않게, 멋지게 다이빙할 수 있었는데 재봄이 때문에 망쳤다며 핑계를 대곤 했다. 재봄이는 입이 있어도 할 말을 못하는 처지라 그저 한숨만 내쉴 뿐이었다.

그렇게 놀다 보면 아이들은 배고픔을 느꼈다. 그럴 때면 아이들은 약속장소나 놀이장소를 벼락바(벼락이 떨어진 바위)로 옮겼다. 벼락바 근처에는 해삼, 성게, 전복, 피조개 등 해산물이 많았다. 그것을 잡아먹으면 어느 정도 시장기를 해결할 수 있었다.

디저트는 언제나 잘피였다. 잘피는 약간 깊은 바닷속 개펄에서 자라는데 일종의 바다 해초였다. 껍질을 벗겨 먹으면 달콤한 맛이 난다. 잘피까지 먹고 나면 배가 부른 우리는 한동안 바다에 들어가지 않고 물가 몽돌밭에서 뒹굴거리면서 놀았다. 햇볕에 달구어진 몽돌 여러 개를 다리에 올려놓고 몸을 녹이거나, 무거운 눈꺼풀을 내리감고 잠시 꿀 같은 낮잠을 즐겼다.

그러다 다시 물속에 들어가 놀았다. 가끔은 몽돌밭에서 요상한 콘테스트가 열리기도 했는데, 여자애들은 여자끼리 남자애들은 남자끼리 몰려 놀았기에 가능한 일이었다.

"누구 고추가 큰지 재보자?"

이른바 고추왕 콘테스트다.

남자아이들은 참으로 묘한 구석이 있다. 그놈의 호승심이 죽지도 않고 끊임없이 발동되는 것이다. 고추왕 콘테스트는 다이빙에 나선 아이들처럼 일렬로 나란히 서서 (줄자 대신 잘피로 재면서) 진행된다. 저마다 햇볕에 고추를 내놓으면 아이들이 앞에 서서 심사를 한다. 그 중 장난기가 있는 아이는 선수로 나선 아이의 고추를 톡톡 건드려보기도 하는데, 제법 빳빳해진 고추가 방아깨비처럼 방아를 찧으면 또 아이들의 입에서 까르르 웃음이 터진다.

아무리 아이들의 고추라고 해도 이놈들 역시 신기하게도 크기도 모양도 색도 다르다. 또한 전에 봤던 고추가 확 자라 커져 있는 것을 볼 때는 아이들 사이에서도 와, 하고 환호성이 터지곤 한다.

여러 번 있었던 고추왕 콘테스트 중 곰석이가 고추왕이 됐던 것을 나는 아직도 기억하고 있다. 번데기만 했던 고추가 언제가 봤을 때 확연하게 커져 있어서 아이들이 저마다 와! 하면서 놀랐던 것이다. 곰석이는 부끄러워하면서 뭔가 뿌듯했는지 몸을 베베 꼬며 연신 웃음을 흘렸다. 그렇게 시간을 보내다 보면 하루가 훌쩍 지나갔다.

햇볕이 약해질 즈음이면 우리는 마지막으로 몽돌밭에서 집까지 누가 먼저 도착하는지 시합을 벌였다. 보통 한 시간 정도 헤엄을 쳐야 했다. 바닷가 아이들의 기질이 고스란히 드러나는 것이 바로 이때라고 할 수 있다. 어리거나 몸이 약하다고 해서 도와주는 사람은 없었다. 머리 위로 나는 물새의 응원을 받으며 오로지 혼자 힘으로 헤엄을 쳐서 집으로 돌아왔다. 그래도 낙오하는 아이들은 아무도 없었다. 집에 거의 도착할 즈음에는 눈물이 날 정도로 아름다운 붉은 노을이 하늘과 바다를 뒤덮고 있었다.

골목 안의 겨울 아이들

재봄이의 팽이는 무려 네 아이의 팽이를 죽이고도 아직 쌩쌩했다.
입을 쩍 벌린 아이들의 눈동자가 반짝반짝 빛났다.
네 개의 팽이를 물리치고도 멀쩡하다니 그야말로 신기원을 이룩한 것이다.

여름에야 바다가 놀이터지만 겨울에는 바다에 들어갈 수 없으니 놀이가 한정될 수밖에 없었다. 농촌 아이들처럼 넓은 논바닥이 있어서 공을 차는 것도 아니었고, 얼음이 얼지 않기에 썰매를 탈 수도 없었으며, 눈이 내리지 않아 눈싸움을 하거나 눈사람을 만들지도 못했다. 섬마을 아이들에게 겨울은 구슬치기와 자치기, 팽이치기와 연날리기의 계절이었다. 아이들이 제일 많이 했던 놀이는 담장 사이로 난 골목길에서 하는 팽이치기였다.

우리가 갖고 놀던 팽이는 두 종류였다. 팽이채로 쳐서 돌리는 채팽이와 손으로 감아서 돌리는 손팽이. 저학년은 주로 채팽이였고, 고학년은 손팽이를 좋아했다. 채팽이도 채찍을 휘둘러 점프를 하는 식으로 재주를 부릴 수 있었지만 남자다운 박진감과 스릴이 없어 고학년 아이들은 시시하게 여겼다.

팽이치기의 규칙은 간단했다. 늦게까지 쓰러지지 않고 돌아가는 팽이가 이기는 것이다. 하지만 팽이가 저 혼자 돌도록 가만히 놔두는 것이 아니라 팽이 끈으로 팽이를 움직여 다른 팽이와 부딪쳐 승부를 내기도 하고, 쓰러지려 하면 팽이 끈을 철심에 대고 잡아당겨 부지런히 손을 움직여줘야 한다.

연날리기가 그렇듯이 팽이치기도 아이들에게는 대단한 경쟁심을 불러일으켰는데, 팽이치기에서 왕이 되려면 역시 팽이를 잘 만드는 게 그 무엇보다 중요했다. 팽이를 잘 만든다는 게 쉬운 것 같아도 결코 쉽지 않았다. 무엇이든 그렇지 않겠냐마는 팽이도 잘 만들려면 과학적인 지식이 필요하다. 회전력이 좋으려면 무게중심이 잘 맞아야 하고, 다른 팽이와 부딪쳐 살아남으려면 나무가 단단해야 하는 것이다. 또한 위 면적이 넓으면서도 높이는 낮아야 했다. 그래야 다른 팽이와 부딪쳤을 때 쓰러지지 않고 오래 버틸 수 있기 때문이다.

이런 조건에 딱 들어맞는 팽이가 좋은 팽이였다. 당연히 좋은 팽이는 팽이치기에서도 월등한 성능을 나타냈다.

팽이를 잘 만들려면 나무를 선택하는 일이 가장 중요했다. 우리 마을에서는 주로 소나무를 이용했다. 간혹 다른 나무로 팽이를 만든 아이가 있었는데 소나무로 만든 것보다는 단단하지가 않아 한 번 부딪치면 나가떨어지기 일쑤였다.

팽이 나무는 젖은 나무가 아닌 마른 나무를 사용했다. 젖은 나무는 깎기 쉬웠지만 마르고 나면 금이 가는 게 흠이었다. 마른 나무는 금이

가지 않지만 바짝 말라 있어서 깎는 것이 여간 까다롭지가 않았다.

적당한 크기로 자른 나무의 아래쪽을 낫으로 비스듬하게 살살 깎아 내려가는데, 각도가 완만하면 팽이가 중심을 잡지 못했고, 각도가 너무 가파르면 회전력이 떨어지곤 했다. 보통 30~40분 정도면 나무를 깎는 작업이 끝나는데, 이때 위쪽을 톱을 이용해 잘라내면 일단 팽이를 만드는 작업은 마무리되는 셈이었다. 튼튼하고 잘 만들어진 팽이를 아이들은 보물 1호처럼 소중하게 여겼다. 하지만 결과가 좋지 못하면 아이들은 얼른 새로운 팽이를 만들어야 했다.

어차피 산에는 널린 게 소나무였다. 이전 것하곤 약간 다르게 쓱싹 쓱싹 깎아내고 모양을 만들어서 다시 도전에 나서는 것이다. 아이들의 팽이 만드는 솜씨는 보통 거기서 거기였다. 누가 특별히 잘 만들고 못 만들고가 없었다. 그런데 이런 '평준화'는 곰석이가 새로 만들어온 팽이 때문에 졸지에 균형이 깨지고 말았다.

곰석이의 팽이는 겉보기에도 아이가 낫으로 깎은 솜씨라고 믿지 못할 정도로 매끈했고, 균형도 잘 잡혀 있었다.

"이거 네가 만든 거 맞나?"

"내가 만들지 그럼 누가 만들어?"

아이들은 본인이 아닌 어른이 만들어준 팽이는 일종의 반칙으로 여겼다. 더욱이 곰석이의 아버지는 목수였다. 아무래도 곰석이 아버지가 손재주를 자랑한 것 같은 의심이 짙었다. 그래도 증거가 없으니 더는 추궁할 이유가 없었다.

그날 이후로 팽이치기를 하면 아이들은 곰석이의 팽이를 피해 슬

금슬금 도망치기 바빴다. 아이들의 그런 모습을 보면서 곰석이는 한 껏 으스대곤 했다.

"치사하게 왜 도망을 가노. 재미없거로."

재미가 없기는 다른 아이들도 마찬가지였다. 부딪쳐도 안 되고, 그 냥 놔둬도 곰석이의 팽이는 다른 아이들의 팽이보다 훨씬 쌩쌩하게 오랫동안 돌아가니 재미가 없었던 것이다.

"소나무로 만든 거 맞나?"

한 아이가 곰석이 팽이의 비밀을 알아내기 위해 질문했다.

"소나무 맞다."

"아닌 것 같은데?"

"소나무 아니면 니가 내 형님해라."

아이들은 곰석이의 팽이를 유심히 살펴보았다. 어떤 아이는 큼큼거 리며 냄새를 맡아보기도 했다. 그렇게 해도 소나무가 아니라는 증거 는 아무것도 찾아내지 못했다. 아니, 오히려 소나무가 틀림없다는 것 으로 아이들은 결론을 내렸다.

같은 나무로 팽이를 만들었는데 어떻게 성능이 다른 것일까? 곰석 이 팽이와 부딪치기만 하면 맥없이 나가떨어지는 이유가 뭘까?

자세히 살펴봤지만 각도나 비율이 특별히 차이 나는 것은 아니었 다. 아이들은 도무지 차이점을 알아내지 못하고 전전긍긍했다. 그러 던 어느 날 한 아이가 중얼거리듯이 이렇게 말했다.

"나무가 좀 이상한 것 같지 않나."

정말로 그랬다. 곰석이 팽이는 젖은 것 같은데 물기가 없었고, 마른 나무이면서도 실금 하나 없었다. 다른 아이가 이 부분을 지적했다.

"실금도 하나 없고…."

보통 마른 나무는 금이 가게 마련이다. 크든 작든 하나 이상의 금이 있게 마련인데 곰석이 팽이는 금 하나 없이 멀쩡했다. 아이들은 곰석이 팽이의 비밀을 알아낸 것처럼 눈빛을 반짝였다. 한 아이가 곰석이를 흘겨보며 은근한 목소리로 물었다.

"풀 믹있나?"

곰석이의 눈동자는 꿈쩍하지 않았다. 사실 나무에 풀을 먹였다면 금방 알아봤을 것이다. 손으로 만져봐도 금방 알 수 있다.

"대체 뭔데? 속 시원히 남자답게 한번 말해봐라!"

그래봤자 소용없었다. 을러대고 달래도 곰석이는 입도 뻥끗하지 않았다. 그러다 곰석이가 얄밉다며 휑하니 찬바람을 일으키며 집으로 돌아가는 아이도 있었다. 곰석이 팽이의 비밀은 곧 풀렸다. 한 아이가 의기양양하게 곰석이를 추궁했다.

"너, 팽이나무 바닷물에 담가놨재?"

곰석이의 눈빛이 심하게 흔들렸고, 당황했는지 낯빛도 금세 발갛게 변했다.

아이들은 쾌재를 불렀다. 이거다 싶었는지 곰석이만 빼놓고 전부 얼굴에 미소가 떠올랐다.

"며칠이냐? 얼마나 바닷물에 담가놨는데?"

곰석이는 어쩔 수 없다는 듯 실토했다.

"열… 흘."

곰석이는 팽이를 만들 나무를 잘라 열흘간 바닷물에 담가두었다가 꺼내어 말린 다음에 깎아냈던 것이다. 소금기를 머금은 나무는 묵직할 뿐만 아니라 변형도 없었다.

그 후로 우리 마을 아이들의 모든 팽이나무는 의무적으로 바닷물 속에 열흘씩 담가두었다가 깎게 되었다. 신통방통하게도 효과가 있었다. 곰석이 덕분에 우리 마을의 팽이 제조술은 한 단계 레벨업이 되었지만 모두 같은 방법으로 팽이를 만들게 됨으로써 또다시 '평준화'의 모순에 빠지게 되었다. 이래서는 변별점이 없었다. 결국 전과 달라진 것은 아무것도 없었다. 상대적이지만 곰석이만 손해를 본 것이다.

곰석이가 아이들의 팽이판에 충격을 주고 난 뒤 얼마쯤 후 또 다른 풍운의 바람이 불기 시작했다. 변화의 주인공은 생각지도 못했던 재봄이였다.

재봄이는 팽이치기에서 늘 하위권에 머물던 친구였다. 꼴등을 거의 도맡아하다시피 했다. 재봄이의 팽이는 다른 아이들과 언제나 약간씩 달랐다. 어느 때는 비스듬하게 깎은 하단부가 다른 아이의 팽이보다 길었고, 어느 때는 짧았다. 또 어느 때는 하단부의 깎아낸 각도가 다르기도 했다.

그런 재봄이의 팽이를 보며 아이들은 재봄이를 놀렸다.

"생긴 게 와 그렇노? 우째 멀쩡한 게 하나도 없네."

"내 맘이지."

"그러니까 맨날 꼴찌재."

"내맘이라쿵께."

평소의 재봄이라면 버럭 화라도 냈겠지만 팽이 얘기에 대해서는 어째 반박도 없었고 화를 내지도 않았다.

"이유나 좀 알자. 왜 팽이를 이랬다저랬다 하노?"

팽이라는 것도 기본적인 제조법이 있다는 걸 강조하는 것이었다. 앞서 말했지만 무게중심을 잘 맞춰 회전력을 높이기 위해서는 황금비율을 찾아 만들어야 한다. 아랫부분과 윗부분의 비율, 그리고 깎는 각도의 문제, 팽이의 무게 등. 하지만 아이들이 황금비율을 알기에 이렇게 팽이를 만드는 건 아니었다. 형이나 삼촌, 아버지에게서 배운 비법(?)으로 자기의 팽이를 만드는 것이다.

"우리만치 만들어라. 아무리 고민해도 다 거기서 거기야."

재봄이와 친한 한 친구가 이렇게 말했다. 그 말로 인해 한 가지 추측이 가능했다. 재봄이는 이제까지의 팽이 제조법을 무시하고 자기만의 제조법을 찾고 있다는 것. 하지만 그게 쉬울까? 아니 새로운 무슨 방법이라는 게 있기나 한 걸까?

나는 이 점을 재봄이에게 물었다.

재봄이는 제법 심각한 얼굴로 이렇게 말했다.

"그래도 해봐야지. 그래야 내가…."

뒷말은 흐지부지 안으로 삼켰지만 무슨 말을 하려고 했는지 아이들은 다 알고 있었다. 팽이 왕, 혹은 일등이라는 말이었을 것이다.

재봄이의 말인즉슨 틀리지 않았다. 아이들과 같은 방법으로 팽이를 만들면 운이 따르지 않는 한 일등을 하기 어렵기 때문이다. 솔직히 아이들의 팽이 치는 실력은 거기서 거기였다. 그러니 팽이 자체의 우수성이 모든 것을 좌우한다고 해도 과언이 아니다.

한 가지 분명한 것은 재봄이는 운이 아니라 자신의 노력으로 일등을 노린다는 거였다. 그리고 그 말이 허투루 들리지 않은 것은 곰석이가 이미 그것을 증명했기 때문이었다.

그러던 어느 날, 골목길에 또다시 아이들이 모였다. 아이들은 자신이 애지중지하는 팽이를 손에 쥐고 있었다. 누구의 신호랄 것 없이 누군가 숫자를 헤아렸고, 셋에 맞춰 아이들은 줄 감은 팽이를 있는 힘껏 바닥에 내던졌다. 바닥에 튕긴 팽이는 쌩쌩 팽글팽글 돌았다.

그날은 평소와 양상이 달랐다. 언제나처럼 아이들은 눈치를 보며 서로 팽이를 부딪치길 꺼려 했다. 먼저 부딪치면 양쪽 모두 팽이의 힘이 빠져 손해이기 때문이다. 하지만 재봄이는 달랐다. 어쩐 일로 자기가 먼저 옆의 팽이에게 다가가 서슴지 않고 공격을 개시했다. 재봄이의 팽이라면 아무도 겁내지 않았는데, 그날은 완전히 결과가 달랐다.

"뭐꼬?"

재봄이 팽이에 부딪치자마자 맥없이 쓰러져 회전을 멈춘 팽이를 들고 한 아이가 어이없다는 듯 반문했다. 짧은 되물음이었지만 그 말에는 많은 의미가 담겨 있었다. 다른 아이들 역시 마찬가지였다. 재봄이의 팽이는 그 판에서 무려 네 아이의 팽이를 죽이고도 아직 쌩쌩했다.

아이들은 놀라움으로 입이 쩍 벌어졌다. 그러면서도 눈동자가 반짝반짝 빛났다. 이미 곰석이의 바닷물 비법으로 크게 놀랐던 아이들이지만 곰석이의 팽이도 이 정도는 아니었다는 걸 경험으로 알고 있었다. 곰석이의 팽이는 많아야 두 개의 팽이를 쓰러뜨렸다. 그런데 네 개의 팽이를 물리치고도 멀쩡하다니 그야말로 신기원을 이룩한 것이다.

"와! 천하무적이다."

"거북선이 따로 없네."

"탱크네, 탱크."

아이들은 놀라움으로 저마다 탄성을 터뜨렸다. 아이들의 입에서 나온 말은 하나도 틀린 말이 없었다.

"도대체 이거 우찌 만들었노?"

"감추지 말고 비법 좀 겔카주라. 우리 친구 아이가."

아이들은 또다시 비법을 캐내기 위해 재봄이를 들들 볶았다.

"무슨 색깔이 이리 요상스럽노?"

재봄이의 팽이는 거무죽죽한 색깔이었다. 색깔 때문인지 몰라도 묵직하게 보였다. 실제로 팽이를 들어보았는데, 다른 팽이들보다 더 무겁게 느껴졌다. 하지만 아무리 봐도 크기는 별다르게 큰 편이 아니었다. 처음으로 신기술을 팽이에 접목했던 곰석이는 더욱 몸이 달아했다.

자신의 신기술이 공개되어 더는 팽이치기에서 일등을 독차지하지 못하지만 그래도 신기술을 개발했다는 것 때문인지 아이들은 알게 모르게 그를 팽이의 일인자쯤으로 여겼던 것이다. 그런데 이제 그 위치가 흔들리고 있었다. 아니, 이미 흔적도 없이 사라지고 말았다.

재봄이는 곰석이가 그랬던 것처럼 입도 뻥긋하지 않았다. 곰석이 때처럼 어르고 달래고 협박마저 불사했지만 재봄이에게서는 아무 말도 들을 수 없었다.

"쪼금만… 쪼금만 알리도. 제발!"

애원해도 소용없었다.

아이들은 뿔뿔이 흩어졌다. 곰석이는 어떡하든 비법을 알아내고 싶었는지 집으로 가는 재봄이의 꽁무니를 강아지처럼 졸졸 쫓아갔다. 어떤 방법으로 재봄이를 꼬드겼는지 몰라도 다음 날 곰석이는 희희 낙락한 얼굴이었다. 아무래도 재봄이한테서 비법을 전수받은 것이라고 아이들은 미루어 짐작했다.

"뭔데? 열흘이 아니라 보름쯤 바다에 담가놨나? 치사하게 둘만 알지 말고 우리도 알려주라."

아이들은 재봄이와 곰석이에게 달라붙어 비법을 함께 공유할 것을 반강제로 요구했다.

"아니면 흙에 묻었나?"

다른 아이가 말했다. 그 아이의 추리가 그럴 듯하게 들린 건 재봄이의 팽이 색깔 때문이었다. 거무스름한 게 흙에 오랫동안 묻어두었던 것 같았기 때문이다. 결국 재봄이는 아이들이 건넨 사탕 두 개를 받고서야 그 비법을 알려주었다.

"그 비법은…."

재봄이가 비법을 말하려고 하자 갑자기 곰석이가 킥, 하고 웃었다. 아이들의 시선이 한꺼번에 곰석이에게로 향했다. 곰석이가 아무것도 아니라는 듯 손사래를 쳤지만 그의 킥킥거리는 소리는 계속해서 흘러나왔다. 도무지 웃음을 참을 수 없는지 나중에는 배꼽을 잡고 웃음을 터뜨렸다. 곰석이가 웃음을 그치기를 기다렸다가 아이들은 다시 재봄이에게 비법을 물었다.

"말 안 할란다."

갑자기 재봄이가 토라진 얼굴로 마음을 바꿨다.

"아니, 왜?"

"정말 치사하게 이리하끼가!"

아이들의 추궁이 있었지만 재봄이는 입술을 꾹 닫고 아무 말도 안했다. 아이들은 뭔가 알고 있을 것 같은 곰석이에게로 시선을 돌렸다. 곰석이는 여전히 끌끌거리며 웃고 있었다.

"그 비법이란 게….'

그때 재봄이가 곰석이를 무겁게 쏘아보았다. 곰석이는 말하려다 말고 이내 입을 다물었다.

"뭐꼬? 너거들 정말 이리하끼가?"

사탕을 주었던 아이가 다시 사탕을 되돌려달라고 요구했다. 하지만 이미 재봄이는 사탕 하나를 입에 넣고 빨아먹고 있었다. 난감해진 재봄이가 심각하게 얼굴을 구기더니 이윽고 천천히 입술을 뗐다.

"비법은…."

재봄이의 비법이란 걸 듣고 나서 우리는 뒤로 자빠지는 줄 알았다.

"참말로? 진짜 그기 비법이가?"

하도 어이가 없어서 내가 물었다.

"응. 한 달 동안 푹 담가놓으면 된다."

비법은 간단했다. 다 만든 팽이를 똥통(화장실)에 담가두기만 하면 되는 것이었다. 열흘쯤 되어서 팽이를 꺼내는데, 그것을 다시 바다에 하루 정도 담가두면 그걸로 끝이었다. 바닷물에 담가두는 건 냄새를 없애기 위함이었다.

"아이고, 더러버라."

재봄이의 설명을 듣고 한 아이가 인상을 찡그렸다. 하지만 눈동자는 반짝반짝 빛났고, 입술은 무엇인가를 결심한 듯 어금니를 꾹 깨물고 있었다. 그다음에 아이들이 어찌 했을 것 같은가?

아이들은 앞다퉈 팽이를 만들어 똥통에 넣었다. 그리고 느긋하게 기다렸다. 열흘이 지나고 아이들은 바다가 아닌 똥통에서 낚시질을 했다. 바닥에 가라앉은 팽이를 찾아 건져올리기 위해서였다. 처음에 팽이를 똥통에 넣으면 오물 위로 둥둥 떠다닌다. 열흘 정도 지나면 팽이가 바닥으로 가라앉아 아예 안 보이게 된다. 그러니 팽이를 찾으려면 똥통을 샅샅이 훑을 수밖에 없는 것이다.

똥통에서 꺼낸 팽이를 바닷물에 하루 정도 담가두면 박테리아도 제거되고 색이 비교적 깨끗하게 변하는데, 예전의 팽이하고는 모양이나 무게감이 확실히 달랐다.

그해 겨울 두 번의 레벨업이 되었지만 결국 아이들의 팽이는 원래처럼 평준화가 되었다. 누가 잘나고 못난 것이 없는 바닷가 아이들로서는 그게 더 편한 것이었는지도 모른다. 모두가 가난하면 가난이 부담스럽지 않듯이 그해 겨울 우리 마을 아이들은 모두가 팽이를 돌리느라 여념이 없었다. 덕분에 골목 안은 아이들의 고함과 웃음소리가 끊이지 않고 이어졌고, 그만큼 따스하고 행복했다.

여선생님 효과~

선생님은 발을 살펴보고 나서 '합격'과 '불합격'을 외쳤다.
합격한 아이들은 물 밖으로 나와 교실로 들어갈 수 있었지만
불합격한 아이들은 껍질이 벗겨지도록 열심히 때를 문질러야 했다.

아이들이 학교에 가는 이유는?

요즘 아이들은 이런 질문을 받으면 어떻게 대답할까? 내가 아이였을 적과는 어떻게 다른 대답이 나올까? 아이는 아이니까 엇비슷한 답이 나올까?

어떤 이유에서든 공부하기 위해서 간다는 대답이 모범답안이라는 것만은 분명하다. 그렇다고 정답은 아니다. 학교에 가는 이유는 아이마다 다르고, 각자의 이유가 따로 있을지도 모른다. 그러나 내가 아이였을 적에는 비교적 이유가 명확했다.

공부하기 위해서? 이런 뻔한 대답보다는 놀기 위해서가 정답에 더가까울 것이다. 그랬다. 나에게, 그리고 아이들에게 학교는 또 다른 놀이터였다.

서울에서 온 예쁜 여선생님 덕분에
아이들은 학교 가기가 즐거웠다.

공부를 열심히 하려는 아이도 있었지만 불과 몇 명일뿐이었고, 대개는 놀기 위해 학교에 왔다. 그러니까 부모들이 생각하는 것처럼 미래를 위한 포석으로써 공부를 하지는 않았던 셈이다.

또 다른 이유도 있었다. 예쁜 여선생님.

여자아이들에게는 멋있는 남선생님이 되겠지만, 사내아이들에게는 예쁜 여선생님이 학교에 가는 중요한 이유 중 하나였다.

어느 날 아주 예쁜 여선생님이 우리 학교로 부임해 오셨다. 선생님의 피부는 말 그대로 백옥처럼 하얗고 고왔다. 과장해서 눈이 부실 정도였다. 우리의 기준으로는 결코 사람의 피부가 아니었다. 그동안 우리가 보아왔던 사람의 피부라는 것은 햇살에 그을린 시커먼 빛깔이었다. 그럴 수밖에 없는 것이 밭이건 바다에서건 먹고 살려면 뙤약볕에서 일을 하지 않으면 안 되었고, 그것이 이곳 사람들의 삶이었기 때문이다. 그러니 여선생님을 본 우리의 충격이 얼마나 컸을지 충분히 짐작이 가능할 것이다.

선생님의 피부를 두고 아이들 간에는 갑론을박이 요란했다. 사람이 아니라 백여우라는 아이, 미국에서 나오는 고급 화장품을 바르면 피부가 저렇게 된다는 아이, 원래 우리나라 사람이 아니라 엄마든 아빠든 한쪽이 백인일 거라는 아이, 병이 있어서 피부가 저런 것이라는 아이 등 숱한 주장이 난무했다.

이런 어설픈 주장에 대해 깔끔하게 정리를 해준 분이 있었다. 그분은 여자가 아닌 남자 선생님이었다.

"서울 사람이거든."

아하! 아이들은 그 한마디에 아무런 반발 없이 고개를 끄덕이며 수긍했다.

서울 사람.

아이들에게는 서울 사람에 대한 막연한 동경이 있었다. 우리에게 그들의 세계는 별세계와 같았다. 서울은 미국만큼 먼 곳이기도 했다. 서울 사람인 여선생에게 반한 이유는 피부 말고 또 있었다. 목소리였다.

남자아이든 여자아이든 선생님의 서울 말투를 듣고 감탄하지 않는 아이들이 없었다. 나 역시 넋을 잃고 바라볼 정도로 선생님 목소리가 아름답게 들렸다. 한동안 남자든 여자든 아이들은 선생님의 말투를 쫓아하려고 무던히도 애를 썼다. 하지만 그게 따라 한다고 해서 금방 배우게 되는 것이겠는가.

아이들의 서울말 따라 하기는 그리 오래 가지 못했다. 기껏 버틴다고 버틴 아이가 사흘 정도였다. 서울말을 흉내 내는 아이들은 알게 모르게 말수가 줄어들었는데, 서울말을 포기하고 원래의 통영말로 되돌아오면 다시 수다쟁이로 바뀌는 희한한 현상이 벌어지곤 했다.

남자가 아닌 여자인 데다가 서울 말투, 거기에 예쁘기까지 한 선생님. 이런 선생님이 나의 담임선생님이었다.

"어제 선생님은 통영 지리도 익힐 겸해서 영운리에 있는 '삼치'라는 마을에 다녀왔어요."

미륵도에 있는 삼치를 모르는 아이는 한 사람도 없었다. 아이들은 저마다 아는 척을 했다. 특히 남자아이들의 반응이 적극적이었다.

"삼치요, 삼치 잘 알지예."

"선생님, 우리 마을도 한번 오이소."

선생님이 빙그레 웃고는 계속해서 말했다.

"거기에는 바다 가운데 우뚝 솟은 바위가 하나 있더군요. 바위 이름은 잘 모르겠지만…."

거기까지 말했을 때 남자아이 가운데 하나가 갑자기 큰 소리로 이렇게 말했다.

"아, 그거요. 삼치 좆바구라예."

순간 선생님의 하얗던 얼굴이 홍시처럼 발갛게 변했다.

당황해하는 선생님을 보며 남자아이들은 본래의 악동 기질을 유감없이 드러냈다.

"좆바구를 좆바구라고 하는데… 왜 그러는데요?"

아이들은 작정하고 선생님을 놀렸다. 그럴수록 선생님은 당황해했고, 더욱 신이 난 아이들은 책상을 두드리며 즐거워했다.

좆바구라는 별명에서 알 수 있듯이 그 바위는 남자 남근을 꼭 닮은 바위였다. 통영이 아닌 다른 지역에도 이런 바위는 수두룩한데, 대부분 '남근 바위'니 '복 바위'니 하는 식으로 부르는 데 반해 바닷사람 기질이 강한 통영사람들은 그냥 '좆바구'라고 불렀다. 물론 삼치 사람들은 좆바구가 아닌 '복바구(복바위)'로 불렀다. 다른 동네 사람들이 좆바구라고 부르면 성질을 내면서 '복바구'라고 강조했다.

선생님도 삼치 마을사람들처럼 말했다. 삼치에 사는 아이가 있으면 손을 들어보라고 하더니, 손을 든 아이에게 그 마을에서는 어떻게 부르는지를 물었다. 그 아이는 당연히 복바구로 부른다고 대답했다.

"들었죠? 앞으로는 '복바구'로 부르도록 해요. 알았죠?"

아이들은 합창하듯이 네, 하고 대답했다. 남자 선생 같으면 좆바구를 좆바구로 부르지 복바구는 뭐냐면서 한 번 더 왁자하게 웃었을 터인데, 여자 선생님이라서 순순하게 수긍을 한 것이다.

이런 식으로 여선생님은 우리 학교의 여러 변화를 이끄셨다. 그중 가장 큰 변화가 청결 문제였다. 하루는 선생님이 교실 문을 열고 들어오자마자 코를 막고는 밖으로 나가버렸다. 그리고는 한동안 심호흡을 하곤 난 뒤에야 교실로 다시 들어왔다.

"집에서 양치질을 하는 학생들 한번 손 들어봐요."

교실 안은 쥐 죽은 듯이 조용해졌다. 그럴 수밖에 없는 이유가 있었다. 잠시 후에 누군가 그 이유를 단적으로 짧게 잘 표현했다.

"양치질이 뭡니꺼?"

아이들이 일제히 여선생님을 바라보았다. 선생님은 순간 몹시 당황해하며 오히려 놀란 눈으로 아이들을 하나씩 둘러보았다.

"정말로 양치질이 뭔지 몰라요?"

"우린 학생 아입니꺼. 학생이 모르는 건 선생님이 가르쳐조야지요."

누군가 똑똑하게 되물었다.

선생님은 어이가 없다는 듯 낮게 한숨을 내뱉더니 어깨를 축 늘어뜨렸다. 아이들이 장난치는 건지 정말로 모르는 건지 헷갈려 하는 눈빛이었다. 하지만 아이들 눈빛은 장난하곤 거리가 멀었다. 새로운 세계에 대한 동경으로 눈을 반짝반짝 빛내고 있었다. 아이들에게 양치질은 분명 새로운 세계, 즉 서울 사람들의 행동양식일 게 뻔했던 것이다.

사실 당시만 해도 아이들은 양치질 하고 거리가 멀었다. 칫솔과 치약은 구경조차 한 적이 없었던 것이다.

"칫솔은 치약이라는 걸 묻혀 이를 깨끗이 닦는 거예요."

선생님은 이렇게 말한 뒤 손으로 칫솔질 하는 흉내를 냈다. 다른 아이가 대거리하듯이 즉각 물었다.

"그걸 왜 하는데요?"

선생님은 다시 한숨을 내쉬고는 "이를 깨끗이 해야 건강하니까요." 라고 대답했다. 그 일이 있고 종례시간에 선생님은 우리에게 한 가지 특명을 내렸다.

"다음 주 이 시간까지 모두 치약과 칫솔을 준비해오세요."

이 숙제가 떨어지고 시내의 서호시장에는 일대 소란이 벌어졌다. 칫솔과 치약을 사러 나온 어른들과 아이들 때문이었다. 어른들도 여선생님이 이해되지 않는 건 마찬가지였다

"참 별난 선생님이 오셨능기라."

"송칭이는 솔잎을 묵고 살아야 하는디."

"이빨 하얗게 딱아 가지고 뭐 할끼란 말이고."

"핵교에서 뽀뽀할 일이 있던가배?"

"밥 묵고 나면은 금방 더러워질 낀데…."

어머니들은 시장에서 치약과 칫솔을 사면서 한마디씩 내뱉었다. 그러면서도 은근슬쩍 자기 것과 다른 식구들 것도 샀다. 그리하여 나는 난생처음으로 칫솔이란 것을 갖게 되었다.

문제는 치약이었다. 유치원이나 어린이집에서는 밥 먹고 양치질을 시키려고 하면 치약을 맛있게 먹는 아이들이 꼭 있다고 한다. 양치질을 하는 게 아니라 치약맛에 빠져서 치약을 쪽쪽 빨아먹는다나? 그런 고로 산 지 얼마 되지 않은 치약인데도 금세 바닥이 나고 만다는 것이다.

우리 학교 아이들 중에도 그런 아이들이 한두 명이 아니었다. 난생 처음 치약이라는 걸 알게 되고, 또 사용하게 되었는데 이게 맛이 괜찮아서 쪽쪽 빨아먹는 아이들이 있었다. 더욱이 그 나이 때 아이들의 먹성은 끔찍할 정도가 아니겠는가. 부모 중에는 괜한 일을 벌여 치약 값이 엄청 많이 들어간다면서 노골적으로 불만을 토로하는 사람들이 한두 명이 아니었다. 그래도 선생님은 자신의 고집을 꺾지 않으셨다.

우리 반은 다른 반 아이들의 부러움에 찬 시선을 받으며 치약과 칫솔을 들고 등교했고, 첫 시간에 학교 운동장 수돗가에 모여 단체로 양치질을 하였다. 양치질을 하고 나면 입안이 상쾌해지는 게 여간 기분이 좋은 것이 아니었다. 양치질을 왜 하는지, 그 이유를 조금 알게 된 아이들은 걸핏하면 수돗가로 달려가 양치질을 했다. 다른 반 아이들도 자기네 담임선생님을 졸라 우리 반을 쫓아하기 시작했다.

서호시장은 또다시 칫솔과 치약을 사는 사람들로 인해 물건이 품귀현상을 빚기도 했다. 어쨌든 좋은 변화였다. 불평하던 부모들도 점점 줄어들었고, 아이들도 이젠 양치질하는 게 생활습관이 되었다.

여선생님이 오신 지 삼 개월쯤 지나고는 또 다른 변화의 바람이 불기 시작했다. 동백꽃이 지는 오월이 막 시작되던 즈음의 아침 조회시간이었다. 선생님이 교탁 앞에 선 채 아이들을 죽 둘러보았다. 아이들은 무슨 일인가 싶어 선생님의 눈치를 살폈다.

"너희 덥지 않니?"

아이들은 웬 생뚱맞은 소리인가 싶어 서로의 얼굴을 마주보았다. 남쪽지방인 통영의 5월은 서울과는 확연하게 온도차가 났다. 5월이면 이미 날씨로는 한여름이나 같았다.

"왜 안 덥겠습니꺼. 덥지예. 더워도 많이 덥네예."

한 아이의 말에 다른 아이들이 왁자하게 웃었다. 선생님도 입가에 빙그레 미소를 지었다.

"여름이 가까워졌으니 내일부터는 짧은 옷을 입고 와. 더운데 긴 옷 입고 다닐 필요 없으니까."

"예!"

아이들은 힘차게 대답했다. 그 일이 뭐 어려운 일인 것도 아니었다. 그다음 날 아이들은 선생님이 말씀하신 대로 여름옷을 입고 등교했다. 그런데 아침 조회를 하기 위해서 교실로 들어선 선생님은 우리를 보시고는 너무 놀라 벌어진 입을 다물 줄을 몰라 했다.

"또 왜 저라노?"

한 아이가 속삭이듯이 짝꿍에게 말했다.

"우리가 뭐 잘못한 기 있나. 짧은 옷 입고 오라 해서 그렇게 한 것밖에 없는데…."

그런데도 아이들은 불안해했다. 선생님의 말뜻을 잘못 알아들은 것인가? 눈빛을 교환하며 그런 생각을 서로 확인했다. 이윽고 한 아이

가 손을 들고 벌떡 일어나 항의하듯이 선생님의 반응에 대해 이유를 물었다.

"뭣이 잘못됐습니꺼?"

그제서야 선생님은 본래의 모습으로 돌아왔다. 작게 헛기침을 하고는 아이들의 모습을 일일이 바라보았다. 그 눈길은 무엇인가를 확인하고 있었다.

"뭐꼬?"

"이기 무슨 수작이고?"

아이들은 저희들끼리 속삭이며 선생님의 요상한 눈빛에 반발했다. 한편으론 의아해하기도 했다. 교실이 아이들의 웅성거림으로 일렁이자 선생님이 회초리로 교탁을 탁탁 두 번 쳤다. 아이들은 조용해졌고, 일제히 선생님에게 시선을 맞췄다.

"여러분! 모두 두 팔을 앞으로 뻗어보세요."

아이들은 선생님이 시키는 대로 했다. 지금이야 그런 아이들이 없지만 당시만 해도 아이들의 팔꿈치와 무릎에는 바닥에 버려진 껌딱지 같은 시커먼 때가 다닥다닥 붙어 있었다.

"이게 뭐죠?"

선생님이 회초리로 한 아이의 팔꿈치를 가리켰다. 지적을 당한 아이의 얼굴이 갑자기 환해졌다. 비로소 이유를 알았다는 일종의 안도의 표정이었다.

"아, 이거 때 말입니꺼예?"

"때 맞죠?"

"맞습니더. 까마구가 보면 할배요 하는 게 이기 아닙니꺼."

아이의 말에 교실 안에 한바탕이 웃음이 터졌다.

"조용히들 해요!"

선생님은 정말로 화난 것처럼 얼굴이 굳어 있었다. 회초리로 다시 교탁을 탁탁 쳤다. 아이들은 움찔하여 입을 다물었고 곧 교실 안은 조용해졌다. 아이가 선생님을 쳐다보며 항의하듯 말했다.

"이게 왜요?"

그 아이로서는 억울한 처사였다. 섬마을은 늘 물이 부족했다. 목욕탕도 없고 비누도 귀했다. 섬마을 아이들은 목욕 한 번 하지 않고 겨울을 지내는 게 거의 다반사였다. 사정이 뻔했기에 부모도 아이에게 때를 씻으라고 하지 않았다. 팔과 다리에 굳은 때가 덕지덕지하고, 거북이 등껍질처럼 쩍쩍 금이 갈라져 있었지만 이게 어디 자신의 잘못만이겠는가. 그리고 그 아이만 그러는 것도 아니었다. 어떤 아이는 간지럼을 참지 못하고 긁었는지 말라붙은 핏자국이 보이기까지 했다.

"모두 일어나세요."

아이들은 선생님이 단체로 회초리로 때리려는 줄 알았다. 그러나 선생님의 의도는 전혀 달랐다.

"저기가 어디죠?"

선생님이 회초리로 창문 밖을 가리켰다. 운동장 끝에 있는 교문 쪽이었다.

"교문입니더."

한 아이가 대답했다.

"교문 앞은 뭐죠?"

거기는 길을 건너자마자 바다였다.

"모두 교문 밖으로 나가서 바닷가에서 기다리세요."

아이들은 회초리를 맞을 줄 알았는데, 바다로 나가라고 하니 오히려 신이 났다. 30명이나 되는 아이들은 앞다퉈 교실에서 뛰어나갔다. 아이들은 바닷가에 옹기종기 모여 있었다. 바다는 파도가 잔잔했다. 선생님은 체육복으로 갈아입은 모습으로 바닷가에 나타났다.

"자, 모두 발목이 잠기도록 바다로 들어가세요!"

선생님이 회초리를 들어 바다를 가리켰고 우리는 시키는 대로 행동했다. 그때쯤 다른 반 아이들도 우리가 하는 짓이 뭔가 싶어 킥킥거리며 구경하고 있었다.

"지금부터 적당한 돌멩이 골라서 그걸로 때를 벗기세요. 자, 시작!"

5월의 바닷가는 겨울의 찬 기운이 아직 남아 있었다. 오래 있으면 발목께가 조금 시렸다. 하지만 아이들은 선생님의 명령에 반항하지 않았다.

"때를 다 벗긴 아이들은 선생님한테 검사를 받으세요."

아이들은 더욱 열심히 때를 벗겼다.

이제 됐다 싶은 아이들은 선생님 앞에 가서 때 검사를 받았다.

선생님은 발을 살펴보고 나서 '합격'과 '불합격'을 외쳤다. 합격한 아이들은 물 밖으로 나와 교실로 들어갈 수 있었지만 불합격한 아이들은 껍질이 벗겨지도록 때를 문질러야 했다.

한 번에 합격을 받는 아이들은 한 명도 없었다. 다들 두세 번씩 검사를 받고서야 합격이라는 소리를 들을 수 있었다. 맨 마지막에 합격을 받은 아이는 재봄이였다. 그때부터 재봄이에게는 까마구(까마귀)라는 별명이 새로 붙게 되었다.

때를 벗기고 나니 기분이 상쾌했다. 이어 음악시간이었는데, 선생님의 풍금소리에 맞춰 노래를 부르는 아이들의 목소리가 평소하고 달리 몹시 우렁차고 씩씩했다.

"엄마가 섬그늘에~ 꾸울 따러 가면~"

교실이 쩌렁쩌렁 울렸다.

멸치잡이배를 공격하라~

멸치잡이배에 시동이 걸리자 아이들은 와! 하고 환호성을 질렀다.
적이 도망치려 한다고 짐작한 것이다. 하지만 큰 오산이었다.
멸치잡이배에 시동이 걸리자, 우리가 탄 덴마가 종이배처럼 휘청거렸다.

이글거리던 태양이 구루지 끝으로 사라지고 나면 비로소 마을에 어둠이 모여들기 시작했다.

마을의 밤은 낮과는 또 다른 생기로 넘쳐났다. 삼삼오오 덴마에 모인 남자들은 손전등을 밝힌 채 장어를 낚느라 여념이 없었고, 방충 끝에 모여 앉은 여자들은 갖은 수다를 풀어놓느라 웃음소리가 끊이지 않았다. 어장일과 밭일, 그리고 무더위에 지친 마을 사람들에게는 바닷바람을 쐬며 피로를 푸는 것이 소소한 즐거움 중 하나였다.

그 시각쯤 되면 아이들도 하나둘씩 선창가에 모여들었다. 흔히 그렇듯이 아이들은 동네 형들에게 일어나는 크고 작은 일들 전부가 구경거리였다. 아이들은 형들이 무엇을 어떻게 하는지 지켜보았고, 곧잘 그것을 흉내 내거나 쫓아했다.

구루지 끝 전경,
낮은 낮대로 밝은 밝대로
생기가 넘친다.

선창가에서는 멀리 멸치잡이배가 보였다. 멸치잡이배의 환하게 밝힌 불빛은 바다의 밤안개와 얽혀 마치 아지랑이가 일렁이는 것처럼 환상적인 분위기를 자아냈다. 동네 형들이 선창가에 모이는 이유는 바로 멸치잡이배 때문이었다. 그리고 그 때문에 언제부터인가 선창가는 동네 형들의 아지트가 되어 있었다.

멸치잡이배의 선원들은 낮과 밤을 배에서 지냈다. 낮에는 바다에서 멸치를 잡았고, 밤에는 배에서 잠을 잤다. 멸치잡이배 선원들은 필요한 것이 있으면 마을을 찾아왔다. 마을에 올 때면 가게에서 먹을 것을 사갔다. 술과 군것질 거리였다.

선원들이 가게에 들르고자 마을에 오는 것만은 아니었다. 사실 선원들이 마을에 오는 가장 큰 이유는 물 때문이었다. 섬에서는 물이 귀하다. 우리 마을도 사정은 별다르지 않았지만 그래도 여름에는 부족하지 않게 물을 사용할 수 있었다. 물은 마을 사람은 물론 멸치잡이배 선원들에게도 가장 필요한 것이었다.

동네 형들은 선원들이 마을에 들어오는 것을 탐탁지 않게 여겼다. 마을에 들어오는 선원들이 큰 말썽을 일으키거나 하는 것도 아닌데 대체 왜 싫어했던 것일까. 정답은 그냥 싫은 것이었다. 수컷의 본능적인 영역 지키기 같은 것인지도 모른다.

선원이 마을에 들어오면 동네 형들은 일부러 꼬투리를 잡아 시비를 걸기도 했다. 멸치잡이 어부 중에는 나이 든 사람도 있지만 형들 못지않게 힘이 펄펄 솟는 젊은 청년들도 많았다. 개중에는 주먹깨나 쓸 것 같은 사람도 더러 있었다. 서로 으스대는 어깨끼리 만나면, 별

것도 아닌 일로 시비가 붙고 또 사고가 나게 돼 있다. 같잖은 자존심일지 몰라도 남자는 원래 그런 동물이다. 유치하지만 때론 그 같잖은 자존심이 그 무엇보다 중요할 때도 있다. 이 같잖은 자존심 때문에 자주 시비가 붙지만, 그렇다고 큰 싸움판으로 번지는 일은 거의 없었다.

그날도 선창에서 시비가 벌어졌다. 멸치잡이배의 선원들이 물을 긷기 위해 마을에 오면 으레 조공(?)을 바치곤 했다. 조공이래 봤자 멸치그물을 걷을 때 함께 올라오는 호래기(꼴뚜기)나 전갱이 같은 횟감을 적당히 갖다 주는 정도였다. 그런데 그날은 그 양이 부실했던 모양이다. 이 때문에 시비가 붙었고, 서로 으르렁거리다 동네 형이 선원에게 몇 차례 주먹을 휘두르게 된 것이다.

때린 사람이야 아무렇지 않아도 맞은 사람 입장에서 기분이 좋을리 없었다. 더욱이 선원들은 형들의 텃세가 유별나다고 평소에도 불만이 적지 않았다.

선원들은 참지 않았다.

다음 날 두 개의 대형 서치라이트를 밝힌 멸치잡이배가 마을로 들어왔다. 선원들은 보복을 위해 어깨잡이 몇을 앞세웠다.

동네 형들은 각오하고 있었다는 듯 선창가에 배수진을 쳤다. 결사항전의 자세로 물러나지 않고 당당하게 맞섰다.

싸움이 벌어지고, 아이들은 멀찌감치 서서 소리를 지르며 응원했다. 어떤 아이는 동네 형의 싸움 모습을 흉내 내며 액션을 취하기도 했다.

희한한 것은 마을 어른들의 태도였다. 어른들은 싸움을 보면서도 아무런 말씀이 없으셨다. 싸움을 말려야 하는 것이 당연한데도 일절 참견하지 않으셨다. 오히려 애들은 싸우면서 크는 거야, 하는 반응이었다.

그 이유는 금세 밝혀졌다.

말리고 자시고 할 것 없이 싸움은 시작하자마자 곧 끝나고 말았다. 적어도 한두 시간쯤 치고받고 할 줄 알았는데 예상과 달리 채 오 분이 지나지 않아 시시하게 끝났다. 그래도 결과는 확연하게 드러났다.

동네 형들의 승리였다.

그 결과, 그다음 날부터 '조공'이 두 배로 많아졌다. 말린 장어와 싱싱한 횟감이 대야로 가득했다.

우리는 어렸지만 그래도 눈치가 빨랐다.

아이들은 일부러 저녁밥을 먹지 않은 채 선창가로 모였다. 우리는 잔칫집이나 제삿집에 온 것처럼 당시에 몹시 귀했던 멸치회와 갈치회를 게걸스럽게 맛보았다. 그뿐만이 아니었다. 삶은 전갱이와 꼴뚜기, 그리고 갑오징어도 눈물이 나도록 맛있게 먹었다.

물을 길러오는 멸치잡이배 선원들은 하루도 거르지 않고 마을로 들어왔고, 그때마다 한 대야에 가득 횟감을 가져왔으니 그 풍요로움은 능히 짐작되고도 남을 것이다. 형들은 남은 고기를 마을 사람들에게 나눠주었다. 그 덕분에 마을은 거의 매일 밤 축제처럼 시끌벅적 요란했다.

며칠 지나고 20명쯤 되는 우리 꼬맹이들은 모종의 음모를 계획했다. 누가 주동했는지는 몰라도 그 음모에 반대하는 아이는 한 명도 없었다.

우리의 목표지점은 멸치잡이배였다. 하지만 그곳에 가서 무엇을 어떻게 할 것인지에 대해서는 아무것도 정한 것이 없었다. 환히 불을 밝힌 채 바다에 떠 있는 멸치잡이배는 아이들 눈에 솔직히 멋지게만 보였다. 밤바다에 떠오른 무지개처럼 환상적이기까지 했다. 그러니 그곳에 가까이 가고 싶은 단순한 욕망이었는지도 모르겠다.

구루지 끝을 작전본부로 삼았다. 아이들 중에 장난기도 제일 심하지만 그래도 가끔은 약간의 리더십을 발휘하는 재봄이를 총사로 뽑았다.

그럴싸하게 '멸치배 습격작전'이라는 작전명까지 정해놓았다. 우리는 진짜 군인이라도 된 것처럼 머리를 맞대고 열심히 작전을 짰다. 그렇게 구체적인 행동지침이 정해졌다.

멸치잡이배 선원들이 곤히 잠들어 있을 시간에 선원들을 모두 깨워놓고 돌아오자는 것이 아이들의 생각이었다. 정말 못된 악동들이었다. 지금 생각해도 그악스럽기 그지없는 철없는 행동이었다. 하지만 당시에 우리는 그 일에 목숨을 건 듯이 집중했다.

문제는 방법이었다. 물고기가 아닌 이상 헤엄을 쳐 멸치잡이배까지 간다는 건 어림없는 일이었다. 당연히 배를 타야 갈 수 있는 거리였다. 고심 끝에 아이들은 덴마를 출동시키기로 했다. 20명의 아이들이 덴마에 타려면 한 배에 두 명씩 열 척이 필요하다. 그 정도 덴마는 충분했다.

우리는 소란을 일으킬 수 있는 일종의 무기들, 그러니까 돌멩이들

도 배에다 가득 실었다. 한밤중이었지만 달빛이 밝아서 돌을 찾는 데 별 어려움은 없었다. 준비가 끝나고 우리는 짝을 정해 덴마에 올랐다.

"자, 출발!"

총사가 탄 배가 선두에 섰고, 나머지 아홉 척의 덴마가 그 뒤를 바짝 따랐다. 멸치잡이배가 있는 곳이 얼마나 먼지, 그곳에 몇 척의 배가 작업하고 있는지도 모른 채 우리는 무조건 노를 저었다. 바닷가 아이들답게 노 젓는 것이라면 헤엄치는 것만큼이나 자신 있었다. 순전히 오리사냥 덕분이었다.

오리사냥은 우리에게 일종의 노 젓는 훈련이나 같았다. 오리사냥은 여러 마리가 아닌 한 마리만 집중적으로 노려 공격하는 방식이다. 공격을 받은 오리는 몇 백 미터를 잠수하여 도망치는데, 아이들은 포기하지 않고 노를 저어 오리를 뒤쫓는다. 이런 식으로 아이들과 오리는 계속해서 추격전을 벌인다. 이렇게 두어 시간이 지나면 오리는 지치게 되고, 결국 몇 미터밖에 잠수를 못하게 된다. 이즈음에 기회를 봐서 '학가(밧줄을 걸어 올릴 때 사용하는 나무로 된 T자형 도구)'로 오리를 때려잡게 되는 것이다.

충분히 단련된 실력이었는데도 멸치잡이배가 생각보다 꽤 멀리 있었는지, 선창가를 떠난 지 한 시간이 약간 넘어서야 목적지 근처에 도착했다. 가까이서 본 멸치잡이배는 거대한 전함을 보는 것처럼 위압감이 느껴졌다. 정작 목표지점에 도착했지만 선뜻 공격할 엄두가 나지 않았다.

총사를 맡은 재봄이도 다른 아이들처럼 얼굴이 잔뜩 굳어 있었다.

우리는 노 젓는 것을 잠시 멈추고 한동안 멍하니 멸치잡이배를 올려다보았다. 멸치잡이배의 불빛은 태양빛처럼 눈부셨다. 왠지 모르게 우리를 위축시켰다. 시간이 좀 더 지나자 심장박동이 빨라지고 가슴이 마구 떨렸다. 긴장감 때문인지 손아귀에 땀이 차면서 방광 쪽이 팽팽하게 부풀어 올랐다. 나는 소변을 보고 싶은 것을 억지로 참고 있었다. 사정을 보니 나만 그런 것이 아니었다.

"오, 오줌 누고 싶은데…."

아이들 중 하나가 도저히 못 참겠는지 덴마에서 벌떡 일어나더니 바지를 끄집어 내렸다. 곧 바다에 오줌이 떨어지며 또르르 소리를 냈다. 그 소리를 들으니 더욱 소변이 급해졌다. 나도 그랬지만 다른 아이들도 벌떡 일어나 소변을 보기 시작했다.

소변을 보면서 한 아이가 옆의 다른 아이에게 은근한 목소리로 말했다.

"그냥 집으로 돌아가자."

자기는 속삭인다고 생각했겠지만 못 들은 아이는 한 명도 없었다. 그 아이의 말에 대꾸하는 아이는 아무도 없었다. 침묵이 흐르는 가운데 바다에 떨어지는 오줌발 소리만이 파도소리에 섞였다. 소변을 다 보고 난 뒤에도 아이들의 침묵은 이어졌다.

"우리가 요게 와 왔노?"

이윽고 한 아이가 에둘러 철수를 제안했다. 사실 그때쯤엔 모두 같은 생각이 머릿속에 가득했다.

"그게 그렇긴 한데. 나도 잘 모르겠다."

다른 아이가 슬그머니 동조했다.

"그래도 여기까지 왔는데….."

속마음은 어떤지 몰라도 아직은 목적에 충실하자는 의견을 내는 아이도 있었다.

"남자가 칼을 뽑았으면 무시(무의 사투리)라도 베야지."

역시 처음 목적에 대해 동조하는 아이도 있었다. 그리고 아이들은 한동안 이런저런 의견을 두서없이 내뱉으며 실랑이를 벌였다. 결연했던 의지는 사라지고 어느새 전쟁터의 오합지졸로 전락한 모습이었다. 그때 나선 사람이 총사인 재봉이었다.

"지금은 전부 잠들어 있능 기라. 공격하고 튀면 되는 기라. 알겠재?"

내 귀에서 '튄다'는 말이 크게 울렸다. 다른 아이들도 거의 비슷했을 것이다. 물론 도망치기 위해서는 먼저 공격을 해야 한다는 전제조건이 달려 있었다.

"앞으로!"

총사가 소리 죽여 공격을 명령했다. 열 척의 덴마가 조용히 멸치잡이배를 향해 미끄러지듯이 노를 저어 갔다. 아이들은 본능적으로 소리 나지 않게 노를 젓고 있었다. 덴마가 멸치잡이배에 바짝 붙고 나서 아이들은 숨소리조차 죽였다.

귀를 기울여 선원들의 동태를 살폈다. 배에 부딪치는 파도소리만이 귓속으로 파고들 뿐 사람의 소리는 전혀 들려오지 않았다. 아이들은 비로소 안심했다.

저쪽에서 눈치를 채지 못했다고 생각하니 언제 그랬냐는 듯이 겁이 싹 사라지고 용기가 생겨났다. 아이들은 서로를 쳐다보며 재빨리 눈짓을 주고받았다. 눈빛이 전하는 의미는 간단했다. 총사인 재봉이 역시 아이들의 마음을 훤히 꿰고 있었다. 재봉이가 긴 학가대를 쳐들더니 큰 소리로 외쳤다.

"공격! 공격하라!"

마치 이순신 장군이라도 된 것 같은 모습이었다. 아이들은 총사의 명령에 "와!" 하는 함성으로 반응했다. 두려움은 씻은 듯이 사라지고 처음 목적대로 요란을 떨기 시작했다. 준비해온 널빤지로 배를 두드리거나 돌을 물에 던졌다.

"봉구영감 나와라!"

"자빠져삐라. 야, 이놈들아!"

"멸치 내놔라. 나는 지옥의 사자다!"

우리는 입에서 나오는 대로 아무렇게나 소리쳤다. 그렇게 멸치잡이 배에 대한 무차별적 공격이 한동안 계속되었다. 그래봤자 일이 분에 불과한 짧은 시간이었다. 효과는 있었다. 아무리 아이들이라고 해도 20명이나 되는 아이들이 죽어라 악을 써댔으니 어찌 효과가 없었겠는가.

"뭐꼬? 이게 무슨 난리노?"

선원들의 목소리가 들렸다. 선원들 중에는 팬티 바람인 사람들도 있었다.

"저기 다 뭐꼬?"

선원들의 의아한 시선이 곧 우리에게 쏟아졌다. 덴마 위에서 괴성을 지르는 꼬맹이들을 보며 어이가 없다는 표정을 지었다. 우리는 선원들의 그런 표정을 기가 죽은 것으로 착각했다. 아이들은 더욱 기고만장해졌고 선원들을 향해 그악스럽게 고함을 질러댔다. 기운이 넘쳤는지 간혹 욕설이 튀어나가기도 했다.

"쥐새끼만 한 것들이!"

화가 난 선원 한 명이 아이들을 향해 버럭 고함을 질렀다. 아이들도 지지 않고 대거리를 하며 고함을 내질렀다. 이런 어이없는 소란이 멈추게 된 것은 멸치잡이배에 시동이 걸리고 난 다음이었다.

멸치잡이배에 시동이 걸리자 아이들은 "와!"하고 환호성을 질렀다. 적이 도망치려 한다고 지레 짐작한 것이다. 하지만 크나큰 오산이었다. 100마력이나 되는 멸치잡이배에 시동이 걸리자 크르렁거리는 사자후가 터졌고, 우리가 타고 있던 덴마가 종이배처럼 휘청거리며 출렁거렸다.

"악! 으악!"

기겁한 아이들의 입에서 비명이 터졌다.

"도망쳐!"

누군가 소리쳤고, 그것이 신호인 양 아이들은 재빨리 노를 젓기 시작했다. 뒤통수에 아가리를 쩍 벌린 괴물이 뒤쫓아오기라도 하는 듯 우리는 끔찍한 공포에 젖어 있었다.

"도망쳐…. 도망치라고!"

우리는 한 노에 두 명씩 달라붙어 죽어라고 노를 저었다. 어쩌나 빨리 노를 저었는지 조금 과장하자면 팔이 보이지 않을 정도였다. 어느 정도나 도망쳤던 것일까. 맨 앞에서 도망치던 재봉이의 덴마가 속도를 늦췄다. 다른 아이들도 속도를 늦췄다. 그쯤엔 이미 지친 상태였다.

멸치잡이배는 뒤쫓아오지 않았다. 시동을 걸었던 건 아이들에게 겁만 주려는 것이었다. 아이들은 이번에도 자기 멋대로 해석하고 말았다.

"겁이 나서 못 쫓아오나보네."

"쫓아온다고 우리가 잡힐 것 같나."

"다시 싸워도 우리가 이긴다니까."

"다음에 끽소리도 못하게 박살내삐자."

아이들은 기고만장해서 한마디씩 떠벌렸다. 어쨌거나 우리는 전투에서 이긴 군인이었다. 집으로 돌아가면서 학교에서 배운 노래를 승전가처럼 목청껏 불렀다. 마을 선창가에 이르러서야 우리의 노래는 잦아들었다.

덴마에서 내려 땅에 발을 디뎠을 때에는 이유도 없이 아이들의 입에서 웃음이 터졌다. 한 아이가 훌러덩 땅바닥에 드러눕자 다른 아이도 똑같이 쫓아했다. 하늘에 떠 있는 구름 사이로 달이 나오면 우리는 무엇이 그리 즐거운지 킥킥거리며 웃었다. 달이 숨으면 하늘을 향해 손가락질하며 또 킥킥거렸다. 그러다 어느 순간 정적이 찾아왔다. 침묵을 깨뜨린 건 우리 때문에 잠이 깬 물새들의 울음소리였다.

"저것들은 왜 이리 시끄럽노?"

한 아이가 신경질적으로 물었지만 아무도 대답하지 않았다. 다시 침묵이 찾아왔다. 이번에 침묵을 깬 것은 물새가 아닌 사람이었다.

"우리… 멸치배에 와 갔노?"

그 말에 대답하는 아이는 아무도 없었다.

물새들의 울음소리가 잦아들고 나서야 아이들은 하나둘 일어나 훌훌 옷을 털었다. 간다는 말도 없이 각자 뿔뿔이 집으로 흩어졌다. 집으로 들어가자마자 어머니가 눈총하며 야단쳤다.

"이때까정 오대서 놀다 왔노?"

마땅히 할 말이 없었다. 아니, 할 수 있는 말은 있었는데, 어머니의 뒷말이 염려되어 입도 뻥긋하지 못했다. 덴마를 타고 멸치잡이배에 갔다 왔다고 하면 어머니는 곧바로 이렇게 질문할 것이었다. "거긴 왜?"

나뿐만 아니라 20명의 아이들이 답을 찾지 못한 질문이었다. 지금은 답을 찾을 수 있을까. 별로 그럴 것 같지 않다. 아이들의 세계는 오묘하고, 어른들의 세계만큼이나 복잡하다.

어머니의 애환

상당한 근력을 지니신 어머니도 멧상을 드는 일은 힘들어했다.
오죽하면 지옥 문턱을 넘는 것보다
멧상을 들고 오르는 게 더 어렵다 했겠는가.

"오늘은 죽어도 제삿밥을 묵고 말 끼다."

제삿날이면 나는 항상 각오를 다지곤 했다. 물론 어머니는 들은 척
도 하지 않았다. 제사상에는 시루떡, 우쭈지(찹쌀로 만든 동그란 떡), 과
자 등 평소에는 상상도 못할 음식이 풍성했다. 이런 음식은 제사가 끝
나고 나서야 먹을 수 있었다.

문제는 잠이었다. 나는 번번이 '마의 11시 반'을 넘기지 못하고 깊
숙한 잠에 빠지곤 했다. 그럼 음식을 남겨두면 되는 게 아닌가? 그게
그렇지가 않았다.

제사상에 올라간 음식은 우리 집안사람들만 먹는 게 아니었다. 어
머니는 이웃에 음식들을 일일이 나눠주었다. 그게 마을에서 좀 산다
는 집안의 전통 같은 거였다. 음식을 나눠주고 나면 아침에 먹을 음식

조차 남아 있지 않은 경우가 허다했다. 사정이 이러니 제사를 다 지낼 때까지 기다렸다가 먹는 것이 가장 확실하고 좋은 방법이었다. 그러나 나는 한 번도 그 영광을 누려보지 못했다.

어느 때는 어머니에게 시간에 맞춰 좀 깨워달라고 부탁하기도 했다. 하지만 결과는 마찬가지였다. 종갓집 맏며느리인 어머니가 다섯 명이나 되는 아이들을 일일이 챙기면서 제사를 지낸다는 건 결코 쉬운 일이 아니었다. 아니, 어머니 입장에서는 차라리 아이들을 재우는 게 마음도 몸도 훨씬 편하다고 판단했을지도 모른다.

그날 나는 오기로 버티기로 했다. 나름 작전도 짰다. 버티는 장소를 대청마루로 정한 것이다. 왜 대청마루인가? 그야 거기서 제사를 지내기 때문이다. 제사상을 차리기 위해서는 나를 깨우지 않으면 안 되게끔 잔머리를 굴린 거였다.

내가 생각해도 참 괜찮은 아이디어였다. 나는 대청마루에 앉아 제사 준비에 바쁜 사람들을 느긋하게 지켜보았다. 좋은 작전이라고 내 스스로가 느낀 탓인지 예전처럼 일이 초 간격으로 하품을 하거나 눈꺼풀이 슬그머니 내려오거나 방아깨비처럼 고개방아를 찧지도 않았다.

그런 나를 옆에 앉은 할바시(할아버지)는 기특하고 귀엽게 여겼다. 할바시도 어릴 적에 나처럼 행동했었다고 했다. 그러면서 넌지시 이렇게 말씀하시기도 했다.

"고만 가서 자라. 묵을 때 깨배주낑께."

그때 솔직히 조금 마음이 흔들렸다. 어머니야 이미 믿을 수 없는 존재였지만 할아버지는 괜찮지 않을까. 더욱이 할아버지는 늘 내 편이었다. 나한테 제일 너그러운 사람도 할아버지였다. 그러나 나는 고개를 옆으로 저었다.

반드시 내 힘으로 버텨서 먹고 싶은 음식을 마음껏 먹겠다고 오히려 결심을 다졌다. 속으로 여러 번 기합도 넣었다. 가령, '할 수 있다'라거나 '파이팅' 같은 것 말이다. 두 주먹을 불끈 움켜쥐며 어금니를 지그시 깨물기도 했다.

효과는 있었다. 시간이 11시를 넘어섰는데도 나는 전혀 졸리지가 않았다.

하지만 11시 15분이 지나고, 20분쯤 되자 조금씩 이상한 반응이 왔다. 내게는 익숙한 느낌이었다. 눈꺼풀이 조금씩 처지기 시작했다. 입술이라도 깨물까, 하고 생각하다가 지레 놀라 고개를 저었다. 그럼 음식을 먹을 때 아무래도 지장이 있을 것 같았다. 나는 제법 세차게 고개를 저으며 눈을 부릅떴다.

'이래서는 안 되지.'

그러나 눈꺼풀은 이내 도로 처졌고, 주먹 쥔 손아귀도 맥없이 풀어졌다.

'이래서는 안 되는데….'

나는 노래를 흥얼거렸다. 무슨 노래인지는 모르고 입에서 나오는 대로 웅얼거렸다. 역시 이번에도 별로 효과는 없었다. 흥얼거리는 노래가 왠지 최면에 빠지는 주문처럼 느껴졌다. 그쯤에서 생각해보니 나는 예전과 같은 과정을 밟으며 잠에 빠져들고 있었다.

통영사람들은 제사를 아주 크게 지낸다. 사람의 목숨을 잃기도 하

는 바다사업을 하는 집에서는 더욱더 그랬다. 큰 제사일 경우에는 보통 한 달 전부터 제사 음식을 준비한다. 그만큼 여자들에게는 제사 준비가 스트레스일 수밖에 없었다.

종갓집 맏며느리인 우리 어머니는 특히 스트레스가 심했다. 몇 가지 스트레스 중 첫 번째가 '도죽'이었다. 도죽은 통영에서 제사상을 대표하는 음식으로 대부분 40~50센티미터의 큰 참돔으로 준비한다. 도죽의 크기가 그 집안의 세를 가늠하는 척도라고 여겼기에 특히 신경을 많이 썼다. 도죽의 크기가 작거나 요리가 잘되지 못했을 때 어머니를 향한 집안 어른들의 눈총은 가시보다 더 따가웠다고 한다.

도죽을 만들기 위해서는 시간도 꽤 걸렸다. 먼저 도죽으로 사용될 생선을 고르는데, 이때는 사돈의 팔촌까지 인맥이 총동원된다. 그래야 크고 잘생기고 건강한 생선을 고를 수 있다.

생선이 결정되면 다음으로 잘 말리는 것이 중요하다. 보통은 바람이 잘 통하는 곳에 매달아놓는데, 이때 중요한 것이 벌레가 생기지 않게끔 하는 것과 고양이에게 도둑맞지 않는 것이다.

어머니가 도죽으로 쓸 생선을 말리려고 하면 어디선가 홀연히 나타난 할머니가 은근한 어조로 이렇게 말했다고 한다.

"그거 잘못되면 차라리 친정에 가버리는 게 나을 기다."

참으로 무시무시한 협박이 아닐 수 없다. 그만큼 도죽이 중요하다는 거겠지만, 한편으론 조상을 모시는 어른들의 마음씀씀이가 얼마나 지극정성이었는지 미루어 짐작할 수 있게 한다.

도죽 생선을 고를 때 함께 준비하는 것이 자반이다. 옥돔, 조기, 장어, 바다메기, 가자미, 참노래미 등을 사용했는데, 잘 씻은 후 생선의 배를 따서 말린다.

도죽과 자반을 요리할 때는 실고추와 깨소금을 뿌려 약간 멋을 낸 후에 시루에 넣고 쪘다. 한두 시간이 지나면 살점이 처지지도 않고 탱 탱하면서도 맛은 아주 담백하게 된다.

두 번째 스트레스는 '너물밥'이었다. 너물밥은 나물 비빔밥이다. 바 닷가 사람들답게 산나물이 아닌 '바닷속 나물'이 많이 들어간다. 보통 제삿날 며칠 전부터 준비를 하는데, 미역, 청각, 톳, 홍합, 참박(밭에 나 는 박을 일컫는 경남 방언), 문어 등을 준비하고, 조개를 넣은 두붓국을 따로 만들어 밥에 비벼먹는다.

그 맛은 안 먹어본 사람은 모른다. 그야말로 눈물이 날 정도로 맛있 는데, 내가 제일 좋아하는 고향의 맛 중 하나가 바로 이것이다. 하지 만 이 너물밥을 준비하려면 시간도 공도 많이 들여야 한다. 너물밥 때 문에 골병이 든다는 말까지 있을 정도다.

어머니의 세 번째 스트레스는 '멧상'이었다. 제사는 정확히 12시가 땡 하면 시작됐다. 조상께 선고를 할 때 소복차림의 맏며느리가 밥과 국을 담은 밥상을 두 손으로 높이 쳐든 채 부엌에서 제사를 지내는 안청까지 들고 가는데, 이때의 상을 '멧상'[3]이라고 한다.

맏며느리가 무릎을 꿇고 멧상을 머리 위로 들고 있으면, 제주가 멧 상의 밥과 국을 제사상으로 옮겨놓는데, 이것이 다 끝나야 비로소 제

---

3 수반을 올릴 때도 같은 방식으로 했다.

사를 시작하는 것이다. 이 때문인지 통영에서는 팔 힘이 좋지 않으면 맏며느리가 될 수 없다는 말이 있다.

우리 집 대청마루는 두 손을 짚고도 오르기가 쉽지 않을 정도로 높은 편이었다. 멧상을 높이 들고 여기를 올라가려면 팔 힘도 좋아야 하지만 그만큼 숙달된 솜씨가 아니면 가능하지 못했다. 웬만한 근력 이상인 어머니도 멧상을 드는 일이 몹시 힘들었던 모양이다. 부엌에서 멧상을 들고 나와 마루로 올라가기까지 늘 긴장되고 가슴이 조마조마했다고 한다. 실수라도 하면 두고두고 말이 나올 수밖에 없기에 조심하고 또 조심했다고 한다.

멧상을 무사히 전하고 내려오면 온몸이 땀으로 젖었을 정도로 스트레스가 엄청났다고 한다. 오죽하면 지옥의 문턱을 넘는 것보다 더 어려운 일이 멧상을 들고 대청마루로 올라가는 것이었다고 했겠는가.

어머니는 가끔 집안 어른들에게 처음으로 선보였을 때를 말씀하시는데, 그때마다 이 멧상이 언급되곤 한다.

"집안 어른들이 빙 둘러앉아 요모조모를 뜯어보고 난 뒤에 내뱉은 첫마디가 '멧상은 잘 들겠네'였어."

제사를 다 지내고 나면 집안 사람들끼리 모여앉아 제삿밥을 나눠 먹기 시작한다. 큰 제사일 경우 마당에 멍석을 깔아 거기에 자리를 마련하기도 한다. 제삿밥을 먹기 위해 제사를 지낸다고 말할 정도로 제삿밥은 맛있었다. 그러나 어머니는 젊은 시절에 이 맛있는 제삿밥을 한 번도 먹어보지 못했다고 한다.

식혜를 디저트 삼아 먹고 나면 새벽 2시쯤 된다. 이때부터 어머니는 또 다른 일을 시작하는데, 마을 집집마다 제사 음식을 나눠주는 일이 그것이다. 밥 한 그릇과 나물 한 그릇, 그리고 약간의 자반과 과일을 담아 이웃집 방문 앞에 살짝 내려놓고 온다. 우리 집에 제사가 있는 날에는 집집마다 아침을 하지 않는 것이 관례처럼 되어 있었기에 무슨 일이 있어도 그냥 넘길 수 없는 일이었다. 이 때문에 정작 우리 집 사람들이 아침을 굶을 때도 있었다. 빠짐없이 음식을 나눠주고 나면 정작 우리 집에서 먹을 음식이 남아 있지 않았기 때문이다.

이렇게 제사가 있는 날엔 날밤을 꼬박 새우는 경우가 허다했다. 일이 바쁠 때는 설거지할 새도 없이 곧장 홍합을 따러 바다로 나갔다고 한다. 아침을 먹은 마을 아낙들이 홍합을 까러 오기 전에 양식장에 가서 굴을 건져와야 했기 때문이다.

대청마루에서 잠들었던 내가 일어난 것은 해가 환하게 떠오른 다음이었다. 후다닥 일어나 주위를 살펴보면 제사상 앞이 아닌 아랫방이었다. 당연히 나는 비명부터 질렀다.

"으악!"

그리고 원망의 소리를 내질렀다.

"왜 안 깨웠노? 왜? 왜!"

날이 훤하게 밝은 것을 확인하고 나서는 방바닥을 치며 통곡했다. 그래봤자 내 설움을 알아줄 사람은 아무도 없었다. 사람들로 시끌벅적했던 집 안은 쥐 죽은 듯이 조용했고, 주위를 둘러봐도 사람이라곤 그림자도 안 보였으니까. 그렇게 나는 어머니가 돌아올 때까지 울다가 쉬다가 다시 울기를 반복했다.

집으로 가는 길

호기가 심호흡을 하더니 잉크를 입으로 가져갔다.
조금 진까지 자신 있어 하더니 선뜻 잉크를 넘기지 못하고 주저했다.
물뱅이를 응원하는 아이들 쪽에서 우우, 하고 야유가 쏟아졌다.

학교에서 집으로 가려면 두 개의 마을을 지나야 했다. '자사골'과 '숭어들(숭어가 많이 잡힌다는 지명)'이다. 자사골은 다른 이름도 있었다. 마을사람들이 부르는 이름은 '자사골'이었고, 행정상 이름은 '상장'이었다.

이 상장마을의 생김새가 좀 특이했다. 바닷가 해안도로를 따라 마을이 길게 뻗어 있었는데, 집들 역시 그런 식으로 자리하고 있었다. 그러니까 그 마을을 지날 때면 본의 아니게 그 마을의 대문을 하나씩 훑고 가는 셈이었다.

아이는 호기심도 많고 장난도 심한데, 어른이 된 지금 생각하면 어른도 별로 다르지 않다고 느낀다. 다만 아이였을 때는 체면이고 뭐고 깊이 따지지 않기에 생각을 행동으로 바로 옮기는 것이다. 이 마을을

지나면서도 마찬가지였다. 이 마을을 지나가면서 아이들은 꼭 세 번 걸음을 멈췄다. 물론 장난기 때문이었다.

마을 입구에 들어서면 일렬횡대로 길게 줄을 선 한 무리의 아이들을 볼 수 있었는데, 상장마을 아이들이 아닌 오비도 아이들이었다.

오비도는 섬이고, 학교에서 집으로 돌아가려면 당연히 배를 타야 했다. 핸드폰이 없던 시대였고, 배를 타고 가려면 소리를 질러 사람을 불러야 했다. 그 소리를 듣고서야 오비도에서 배를 타고 아이들을 싣고 갔다.

마을마다 대장인 아이들이 있었는데, 보통은 학년이 제일 높은 아이 가운데 하나였다. 오비도 아이들도 마찬가지였다. 오비도 대장은 아이들이 모이면 먼저 출석 체크부터 했다. 이름을 불러보고 꼼꼼하게 머릿수까지 확인한 다음에야 배를 불렀다.

배를 부르는 방법은 간단했다. 대장인 아이의 구령에 맞춰 아이들 모두가 크게 소리를 지르는 것이다. 소리가 오비도에 닿아야 했으므로 큰 아이든 작은 아이든 사내아이든 계집아이든 가능한 최대로 목울대를 길게 뻗대곤 했다.

"배 타고 오소~"

늘 하는 짓이기 때문일까? 반주가 없어도 엇나가게 소리를 지르는 아이는 없었다. 그리고 항상 끝말이 길게 이어졌다. 한 번만 소리치는 것도 아니었다. 한 번 부르고 나서 대장의 구호에 따라 다시 한 번 부르는데, 횟수는 대장 마음이었다.

우리 마을 아이들은 심통 부리는 걸 즐겼다. 오비도 아이들이 소리치는 걸 보면 가만히 지나치지를 못하고 발걸음을 멈췄다. 누가 시키지도 않았는데, 오비도 아이들보다 반 박자쯤 느리게 따라서 소리를 질러대곤 했다.

그러니까 오비도 아이들이 '배 타'까지 했을 때 우리 마을 아이들이 '배'를 시작하는 식이다. 일종의 방해전파(?)였다. 방해전파가 생기면 라디오든 무전기든 소리가 잘 안 들리는 게 당연하다.

오비도 아이들은 누가 시키지도 않았는데 고개를 홱 돌려 우리를 사나운 눈초리로 노려보곤 했지만, 그래봤자 소용없었다.

"아이고, 무서버라."

"우찌 하나같이 못생깄노."

겁을 먹기는커녕 오히려 낄낄거리며 오비도 아이들을 더욱 놀려댔다. 이럴 때 해결 방법은 오직 한 가지뿐이다. 동네를 대표하는 대장 주먹들끼리 결투를 벌이는 것이다.

주먹싸움이 벌어지면 바닷가는 졸지에 뜨거운 응원의 열기에 휩싸인다. 당연히 자기 동네가 이기길 바란다. 그 바람이 얼마나 간절한지 오비도 아이들도, 우리 동네 아이들도, 배를 부르거나 방해전파를 보낼 때보다 더 목소리가 커졌다.

아이들의 싸움이란 게 오늘 우리 쪽이 이기면 다음 날은 저쪽이 이기는 식이다. 덩치가 크고 힘이 세면 이길 것 같은데도 결과는 꼭 그렇지가 않았다.

우리 쪽이 이기면 오비도 아이들은 우리 동네 아이들이 떠나기 전까지는 노래를 부를 수 없었다. 오비도 쪽이 이기면 우리는 벙어리처

럼 입을 다문 채 오비도 아이들이 배를 부르는 걸 가만히 지켜보거나 서둘러 그곳을 떠나곤 했다.

우리 동네 아이들의 발길이 또다시 멈춰지는 곳은 마을 가운데에 있는 우물이었다. 우물의 물을 퍼내어 목도 축이고 등목을 하기도 했다. 그것만으로 끝나면 재미가 없는데, 언제부터인가 우리는 그곳에서 희한한 시합을 벌이곤 했다.

물 마시기 시합이다. 바가지로 물을 퍼서 누가 제일 많이 마시는가 하는, 그야말로 별것 아닌 시합이었다. 이런 시합이 무슨 재미가 있을까 해도 그 당시에 우리는 지금의 그 어떤 스포츠보다 흥미진진하게 이 게임에 임했고 또 응원했다.

물마시기 시합의 최강자는 '물뱅이'였다. 물뱅이는 물을 마시면 내리 세 바가지를 마셨다. 우리 마을 아이들 중에는 당할 자가 없었다. 그야말로 천하무적이었다.

그날도 물 마시기 시합에서 세 바가지를 마신 물뱅이가 우승했다. 하지만 그날은 좀 특별한 날이었다. 보통은 그쯤에서 시합이 끝나는데, 그날은 다른 시합이 남아 있었다. 일종의 이벤트 같은 시합이었다.

"니, 잉크 마실 수 있나?"

물 마시기 시합 때 내내 구경만 하고 있던 호기 녀석이었다. 호기는 엉뚱한 짓을 잘하기로 소문난 녀석이었다.

그런데 잉크라니? 잉크를 마실 이유도 없지만, 또 잉크를 왜 마셔야 하는지도 모르지만, 그날 호기 녀석의 말투는 도발적이었다.

"그라모. 마실 수 있재."

물뱅이는 자타가 인정하는 물 마시기 챔피언이었고, 엄밀히 따져서 잉크는 물은 아니지만, 그래도 물과 같은 액체이기에 못 마신다고 하면 자존심이 상하는 일이었던 모양이다. 물뱅이는 자신 있게 대답했다. 물뱅이의 지기 싫어하는 성격도 이런 대답에 한몫했을 것이다.

"정말?"

호기 녀석이 한쪽 입술꼬리를 살짝 들어 올리며 재차 물었다. 자기가 원하는 대로 일이 진행되었을 때 호기 녀석은 한쪽 입술꼬리가 슬쩍 치켜 올라가곤 했다.

"당연하재!"

주먹까지 불끈 쥔 물뱅이를 보며 호기는 당장 시합을 하자고 했다. 문제는 시합을 하려면 돈이 있어야 한다는 것이다. 누가 먼저라 할 것 없이 아이들은 잉크를 사기 위해 주머니에 있던 푼돈을 모았다.

당시에 잉크는 그리 비싼 편이 아니었다. 잉크는 병에 든 것과 플라스틱에 든 것이 있었는데, 병보다는 플라스틱에 든 잉크가 하품이었다. 돈이 모이자 한 아이가 잉크를 사기 위해 문방구로 뛰어갔다.

나는 호기의 속내가 궁금했다.

"이길 자신 있나?"

호기 녀석은 음흉한 미소를 짓고 나서 자기가 무조건 이긴다면서 큰 소리를 쳤다.

"무슨 방법이 있나?"

호기 녀석은 대답 없이 킥킥거리며 웃기만 했다. 한 번 더 추궁했지만 소용없었다.

"너, 잉크 먹어봤나?"

나는 혹시나 해서 물었다. 호기 녀석이 내 얼굴을 쓱 한 번 쳐다보더니 느릿하게 고개를 끄덕였다. 그 순간 솔직히 맛이 궁금해졌다. 갑오징어의 먹물 맛쯤 되는 건가 하는 생각이 짧게 머릿속에 떠오르기도 했다.

"맛있나? 묵을 만하나?"

호기 녀석은 인상을 찌푸리며 고개를 절레절레 흔들었다. 그러니까 잉크를 먹어본 경험은 이번 시합에서 별로 도움이 안 된다는 거였다.

갑자기 또다시 궁금해지는 게 있었다. 잉크를 잘 마실 수 있는 비법이 있는 것도 아니고, 맛도 없는 잉크는 왜 먹자고 했던 것일까? 그것도 물뱅이를 자극해서. 내 질문에 녀석은 태연히 이렇게 말했다.

"잘난 체한다 아이가. 물 잘 마신다꼬."

지금 생각해보면 어이없는 대답이지만 그 당시에 나는 호기의 대답에 충분히 수긍할 수 있었다.

잉크를 사러 갔던 아이가 돌아왔다. 혼자만 온 게 아니라 다른 아이들과 함께였다. 잉크를 사러 갔다 오면서 만나는 아이한테마다 부지런히 떠벌렸던 것이다. 물뱅이와 호기가 물도 아닌 잉크 마시기 시합을 한다고.

아이들도 궁금했을 것이다. 호기가 과연 물뱅이를 이길 수 있을까? 아이들은 곧 두 패로 나뉘어 왈가왈부 떠들어댔다. 나름 근거 있는 이유로 자기 쪽의 승리를 예상했다. 시합은 두 아이가 서로 마주보고 잉크를 마시는 방식이었다. 여하튼 물뱅이는 챔피언이었고 호기는 도전자였다. 그러니까 호기가 먼저 마시고, 물뱅이는 나중에 잉크를 마시는 순서였다.

호기가 심호흡을 하더니 잉크를 입으로 가져갔다. 조금 전까지 그렇게 자신 있어 하더니 선뜻 잉크를 넘기지 못하고 자꾸 주저주저했다. 물뱅이를 응원하는 아이들 쪽에서 곧 야유가 쏟아졌다.

"우~ 우~"

"못 마시면서 도전은 와 했노?"

"비겁한 자슥. 머슴아 새끼가 그것도 못 마시나!"

결국 호기는 잉크를 한 모금 삼켰다. 아니, 삼키려다가 웩 하고 도로 내뱉었다. 아이들의 입에서 왁자하게 웃음이 터졌다. 호기를 응원했던 아이 중엔 실망감에 야유나 욕설을 뱉어놓는 아이도 있었다.

그러나 호기의 얼굴은 의외로 태평했다. 오히려 자신만만한 표정으로 물뱅이를 자극했다.

"니도 못 마시겠재?"

물뱅이는 대답 대신 피식 웃었다. 조금의 머뭇거림 없이 잉크를 죽들이켰다. 한 병을 다 마시고는 호기가 들고 있던 잉크까지 다 마셔버렸다. 아이들의 입에서 와 하는 함성이 터졌다. 물뱅이의 이름을 외쳐대는 아이도 있었다. 물뱅이는 뿌듯한 얼굴로 아이들을 돌아보며 방긋방긋 웃었다.

그때였다. 호기 녀석이 씩 웃더니 바닷가 쪽으로 천천히 걸어갔다. 녀석은 아무렇지 않게 바지 앞섶을 조금 내리더니 쪼르륵 소리를 내며 바다에 오줌을 갈겨놓기 시작했다.

원래 물 마시기 시합이 끝나면 아이들은 한 줄로 죽 서서 바다에 오줌을 갈기곤 했다. 오늘은 잉크 마시기 시합 때문에 그 일이 좀 늦춰진 것이었다.

"아, 오줌 누고 싶어서 죽을 뻔했네."

호기 녀석의 이 말이 신호라도 된 것일까, 물 마시기 시합에 나섰던 아이들이 호기 녀석 옆으로 주르륵 서더니 바다를 향해 오줌을 갈기기 시작했다. 물뱅이도 예외는 아니었다. 사실 가장 많은 물을 마신 사람은 물뱅이였다.

물뱅이도 바지를 끄집어 내리고 오줌을 누었다. 참았던 오줌이었는지 바닷물에 시원하게 오줌줄기가 떨어졌다. 그런데 바로 물뱅이의 입에서 비명소리가 터졌다.

"으악!"

오줌을 누던 아이들의 시선이 일제히 물뱅이에게로 향했다.

"그기 뭐꼬?"

옆에 있던 아이가 눈을 휘둥그렇게 뜨고 물뱅이의 오줌줄기를 보았다.

물뱅이의 오줌은 노란색이 아닌 파란색이었다.

"이, 이기 와 이렸노?"

물뱅이가 잔뜩 겁에 질린 얼굴로 아이들에게 물었다. 그래봤자 마땅한 설명을 해줄 아이들은 없었다. 그때 호기 녀석이 불쑥 물뱅이의 옆으로 와서 서더니 심각한 표정으로 이렇게 중얼거렸다.

"전에 잉크 먹고 죽었다는 형님도 오줌이 이런 색이었다고 했는데…."

그 말을 들은 물뱅이의 얼굴이 하얗게, 아니 파랗게 질렸다. 물을 워낙 많이 마신 탓에 오줌발이 끊기지 않고 이어졌다. 얼마쯤 후 오줌이 멎었는데도 물뱅이는 바지를 추스르지 않았다. 그 상태로 서서 손등으로 눈물을 닦아내고 있었다.

어쨌거나 그날, 그리고 이후로도 물뱅이는 죽지 않고 무사히 하루하루를 보냈다. 물론 잉크 마시기 시합은 두 번 다시 열리지 않았다.

최고의 선물

나는 아무런 마음의 준비 없이 상자의 뚜껑을 열었다.
그 순간 침묵이 찾아왔다. 아무 말도 할 수 없었다.
하늘로 날아오를 듯 뛰어오르며 만세를 부른 건 삼 초쯤 지나서였다.

말했지만 내게는 연을 만들어주거나 나를 때린 친구에게 보복을
해주는 형이 없었다. 첫째의 설움이랄까. 하지만 나를 지극히 사랑하
는 세 분의 외삼촌이 있었다.

세 외삼촌 가운데 두 외삼촌은 뱃사람이었다. 조그마한 배가 아닌
큰 배였다. 큰외삼촌은 원양어선의 선장이었다. 오랫동안 선장일을
하셨는데 집에는 이 년에 한 번씩 올 수 있었다. 둘째 외삼촌은 기관
장이었다. 둘째 외삼촌 밑으로 기관사가 다섯 명이나 더 있었다고 하
니 배의 규모를 짐작할 수 있을 것이다.

나는 이 두 외삼촌을 이순신 장군만큼이나 위대한 분들이라고 생
각했었다. 아니, 어떤 면에서 이 두 분은 내게 이순신 장군보다도 더
위대했다. 세상이 얼마나 넓은지를 간접체험하게 해주는, 내게는 '세

상의 창'이기도 했다.

막내 외삼촌은 사진 찍는 것을 좋아했다. 덕분에 우리 가족은 사진이 많았다. 막내 외삼촌은 사진뿐만 아니라 영화에도 관심이 많았는데, 한번은 영화를 찍는다며 16미리 카메라를 들고 한밤중에 공동묘지에 간 적도 있었다. 그럴 때면 큰누나인 우리 엄마한테 호되게 야단을 맞았다고 한다.

외삼촌들 중 특히 둘째 외삼촌은 사소한 것에도 마음을 써주셨던 분이었다. 외국의 어느 항구에 배가 닿게 되면 잊지 않고 꼬박꼬박 엽서를 보내주셨다. 엽서는 나라마다 특색이 있었다. 한때는 그 엽서를 모아두기도 했는데, 언젠가 보니 사라지고 없었다. 그래도 내 기억 속에 남아 있는 잊지 못할 몇 개의 엽서가 있다. 그중 제일 아름다운 엽서는 쪽빛 바다와 조랑말 사진이 있는 이탈리아 산토리니의 풍경 엽서였다. 둘째 외삼촌 때문인지 내 어릴 적 꿈은 마도로스가 되는 거였다. 엽서를 보면서 아름다운 여러 나라들을 돌아다니는 상상을 꽤 많이 했었다.

세 외삼촌 가운데 나는 둘째 외삼촌을 제일 좋아했다. 이유는 단순하다. 선물만큼 사람의 마음을 뒤흔드는 게 또 어디에 있겠는가. 어린 아이한테는 더더욱 그렇다. 둘째 외삼촌은 엽서뿐 아니라 이것저것 내게 무엇인가를 자주 보내주곤 했다.

둘째 외삼촌 덕분에 친구들이 나를 영웅처럼 떠받들 때가 더러 있었다. 둘째 외삼촌이 보내준 외국의 아름다운 풍경이나 인물이 담긴 엽서들을 보여주면 아이들은 신기해하며 내 주위에 모여들었다. 특히

둘째 외삼촌이 보내준 엽서와 선물 덕분에
친구들은 나를 영웅처럼 떠받들 때가 더러 있었다.

여자애들의 반응이 열광적이었다. 개중에는 엽서를 자기에게 달라고 하는 아이, 돈을 받고 팔라는 아이, 물물교환하자는 아이도 있었다.

우리나라에 해외 풍경이나 인물이 찍힌 엽서가 없었던 건 아니다. 여자애들이 욕심을 냈던 것은 진품과 짝퉁의 차이 같은 것 때문이다. 나이는 어렸지만 여자애들은 그 둘의 차이를 본능적으로 알았던 것 같다.

둘째 외삼촌이 보내준 것 중 하나가 어린이 신문인 〈소년동아일보〉였다. 이 신문에는 김삼의 '소년 007 시리즈'[4] 만화가 연재되고 있었다. 아이들은 남녀 구분 없이 이 만화를 좋아했는데, 선생님도 예외는 아니었다. 이 만화를 보고 싶어서 나보다 더 신문을 기다렸던 사람이 선생님이었다.

엽서와 어린이 신문뿐만이 아니었다. 그 당시 섬에서는 책 보따리도 귀했다. 그런데 둘째 외삼촌은 어느 날 내게 책 보따리가 아닌 마린보이가 그려진 책가방을 보내주었다. 나는 그 가방을 보자마자 '야호!' 하고 환호성을 질렀다. 그다음 날 가방을 메고 학교에 가는데 책가방이 날개처럼 생각되어 날아가는 기분이었다.

책가방을 메고 학교에 갔던 날, 아이들의 반응도 잊을 수가 없다. 부러워하는 눈빛은 남자애든 여자애든 다르지 않았지만 특히 남자애들의 마린보이에 대한 반응은 폭발적이었다.

---

4 김삼은 '소년 007 시리즈'를 〈소년동아일보〉에 1965년 11월부터 1980년 9월까지 15년 넘게 4500여 회에 걸쳐 연재했다. 〈소년 007 지저세계〉, 〈소년 007 로봇 작전〉, 〈소년 007 원자탄 작전〉, 〈소년 007 4차원 작전〉 등 20여 편을 발표했다(위키백과 중에서).

마린보이라는 소년이 악당을 상대로 바다를 지킨다는 내용의 텔레비전용 애니메이션으로, 1969년 일본 후지TV와 닛뽄TV가 공동제작한 TV시리즈물이다. 우리나라에는 1970년 MBC에서 방영됐는데, 당시 우리 마을 아이들은 물론 학교에서도 마린보이에 대해 아는 아이들은 거의 없었다. 나도 당연히 알지 못했는데, 마린보이가 무엇을 하는 아이인지 알기 위해 장날에 시내에 나가 여기저기 기웃거렸던 게 생각난다.

아무튼 마린보이를 보면서 아이들은 나를 왕자처럼 여겼던 것 같다. 나만의 착각이었는지 몰라도 당시에 나는 나를 바라보는 아이들의 시선이 정말로 그렇다고 생각했었다. 통영 시내에 사는 아이도 아니고 섬마을에 사는 아이였기에, 어쨌거나 착각은 당연했는지도 모른다.

둘째 외삼촌은 내게 많은 선물을 보내주었다. 그중 내가 제일 좋아했던 선물이 있었다. 요즘은 핸드폰이 최고의 선물이 아닐까 싶은데, 당시 남자아이들에게 최고의 선물은 분명 이것이었다.

나는 그날을 아직도 생생하게 기억하고 있다.

어느 늦겨울 오후, 우체부 아저씨가 우리 집을 방문했다. 아저씨는 손에 커다란 소포상자를 들고 있었다. 그 소포상자를 받은 어머니는 곧바로 내게 건네주었는데, 느낌 탓인지 포장을 풀기도 전에 울렁증에 걸린 아이처럼 가슴이 콩닥콩닥 뛰었다. 조심스럽게 포장을 뜯는 내 손 끝도 떨리기는 마찬가지였다. 왜 그토록 떨렸던 것일까. 어렸지만 어떤 예감 같은 게 있었던 모양이다. 기분 좋은 예감 말이다.

소포를 뜯고 나니 소포 안에는 또 다른 두 개의 상자가 들어 있었다.

나는 심호흡을 하고 나서 어느 쪽을 먼저 뜯을 것인지를 두고 고민했다. 아무래도 두 개 모두 내 선물 같지는 않았다. 어림짐작으로도 나와 두 살 터울 나는 바로 아랫동생의 선물이 하나 포함된 것 같았다.

나는 갑자기 신중해졌다. 내가 어느 한쪽을 골라 뜯으면 그것이 곧바로 내 선물이 될 것 같았다. 그런데 그것이 마음에 안 들고 나중에 동생이 뜯은 선물이 마음에 들면 어쩌지?

딜레마였다. 나는 선뜻 손을 옮기지 못하고 입술을 자근자근 깨물며 어느 쪽을 선택할지 침착하게 고민했다. 그래봤자 별 소용은 없었다. 내게 투시력이 있는 것도 아닌데 무슨 수로 안의 물건이 무엇인지 알아낸단 말인가.

"엄마, 어느 쪽… 뜯어?"

내 딴에는 머리를 굴린다고 굴린 것이다. 은근슬쩍 어머니의 눈치를 살폈다. 어머니는 그런 내 속내를 훤히 꿰뚫었는지 빙그레 웃으셨다. 그러면서도 짐짓 투박스럽게 말했다.

"아무거나 뜯어."

실패다. 나는 빠르게 다시 머리를 굴렸다. 아무래도 일단 확인해보는 게 좋을 것 같았다.

"하나는 동생 거 맞재? 어느 게… 내 끼고?"

어머니는 하나는 대답하고, 하나는 대답하지 않았다. 할 수 없이 다시 같은 질문을 반복했다.

"내 선물이 어느 꺼고?"

"둘 중 하나겠지."

엄마는 선물이 뭔지 모르는 것일까. 아니면 알면서도 시치미를 떼는 것일까. 답답했지만 어쩐지 그것까지 물어보는 건 양심에 조금 찔렸다. 하지만 나중에 후회하느니 직접 물어보는 게 낫다. 아버지도 남자는 남자다워야 한다고 걸핏하면 말씀하셨으니까.

"내 선물… 뭐꼬?"

어머니가 고개를 갸웃하더니 "몰라." 하고 말씀하셨다.

모른다니. 그렇다면 지금까지 나는 헛고생만 한 것이 아닌가.

나는 길게 숨을 내뱉었다.

두 개의 상자는 크기가 달랐다. 하나는 컸고 하나는 그보다 반의반쯤 작았다. 아무래도 큰 선물이 내 것이 아닐까 하는 생각이 문득 들었다. 동생보다 내가 덩치도 훨씬 크니까. 하지만 이내 의심이 돋아났다. 크다고 좋은 선물은 아니잖아.

에라, 모르겠다. 나는 질끈 눈을 감고 상자 하나를 골랐다. 큰 상자가 아닌 작은 상자였다. 이내 후회가 밀려왔다. 아무래도 잘못 고른 것 같았다. 상자를 바꿔야겠다는 생각이 가슴을 쳤다. 얼른 어머니의 눈치를 살폈다.

"아…."

이미 늦었다. 하필이면 그때 어머니와 나의 시선이 정면으로 마주쳤다. 억울한 기분이었지만 나는 작은 상자를 꺼내어 포장을 뜯기 시작했다. 처음처럼 손끝이 떨리거나 가슴이 콩닥거리지도 않았다. 오히려 괜한 억울함과 분노가 일어 아무렇게나 휙휙 포장지를 뜯어냈다. 그리고 아무런 마음의 준비 없이 상자의 뚜껑을 열었다.

"…!"

순간 침묵이 찾아왔다. 나는 아무 말도 할 수 없었다. 너무 놀라웠다. 눈이 토끼처럼 화들짝 커졌고, 입은 바보처럼 쩍 벌어져 있었다. 나중에 어머니는 그때를 회상하면서 이렇게 말했었다.

"그 상태로 우리 아들이 기절한 줄 알았재."

어쩌면 정말로 그랬을지도 모르겠다. 기절했는데 금방 다시 깨어난 것인지도.

하늘로 날아오를 듯 펄쩍 뛰어오르며 만세를 불렀던 건 약 삼 초쯤 지나서였다. 그 소리가 어찌나 컸던지 옆에 있던 어머니가 화들짝 놀랐다.

총이었다. 장난감 권총. 그것도 멋지게 허리에 찰 수 있는 권총지갑까지 있는 쌍권총이었다.

나중에 이것이 내 선물이라고 확신했다. 동생은 이런 멋진 총을 갖

고 놀기엔 아직 어렸다. 그렇다면 동생의 선물은 무엇일까. 나는 모른 척하고 동생의 선물을 뜯어보려고 했다. 어머니는 빤히 보면서도 어쩐 일로 아무 말씀이 없으셨다.

다른 상자에 든 동생의 선물은 트럭이었다. 트럭도 결코 나쁜 선물이 아니었다. 솔직히 살짝 마음이 흔들리기도 했다. 욕심이었다. 물론 과욕이다. 둘을 얻으려다 하나도 얻지 못한다는 걸 어린 나이에도 알았던 것 같다. 나는 트럭을 한번 살펴본 뒤 상자에 도로 넣었다.

그리고 그때부터 나는 쌍권총에 집중했다. 가만히 보니 권총은 그냥 권총이 아니었다. 상자 안에는 화약도 들어 있었다. 나는 화약을 처음 보았다. 화약을 넣고 방아쇠를 당기면 어떤 소리가 날지, 소리는 또 얼마나 클지 궁금했다.

팔을 쭉 뻗어 방아쇠 당길 준비를 했다. 잠깐 다른 일에 정신이 팔려 있던 어머니가 깜짝 놀라 나를 말렸다.

"집에서 그러면 안 되재. 하려면 밖에 나가서 해."

틀린 말이 아니었다. 이 멋진 걸 나 혼자 방에서 갖고 놀 순 없는 일이 아닌가. 나는 밖으로 나가 아이들이 있는지를 살폈다. 늙은 개 한 마리만 어딘가로 천천히 걸어가고 있을 뿐 사람은 그림자도 보이지 않았다.

이래선 안 되었다. 나는 일부러 쌍권총을 허리에 찬 채 어슬렁거리며 동네를 돌아다녔다. 어찌된 게 아이들은 코빼기도 보이지 않았다. 집 안에 틀어박혀 잠자고 있는 것일까.

그럴지도 모른다는 생각이 머릿속을 질러갔다. 그렇다면 깨워야 했다. 나의 보안관 같은 모습을 아이들에게 보여줘야 했으니까.

나는 집 문 앞에 서서 권총 한 자루를 하늘을 향해 높이 치켜들었다. 그리고 천천히 카운트다운을 시작했다.

"하나… 둘…."

셋을 세고 난 뒤 힘껏 방아쇠를 당겼다.

탕 하는 소리가 허공에 울려 퍼졌다. 그 소리는 생각보다 엄청 컸고, 효과도 만점이었다.

어딘가에 처박혀 있던 아이들이 무슨 일인가 싶어 한달음에 뛰어나왔다. 가만히 보니 아이뿐만 아니라 어른도 있었다. 서로 두리번거리던 아이들은 곧장 나를 발견하고 가까이 다가왔다. 나는 어깨를 쫙 편 채 아이들의 시선을 담담하게 받아넘겼다. 뿌듯하고 자랑스러웠다. 아이들의 눈에도 내가 그렇게 보였던 게 분명했다.

"야, 쌍권총이네."

"이 벨트 죽이네."

"방금 니가 쐈나?"

"폼 난데이…."

아이들이 앞다퉈 나와서 나의 쌍권총을 칭찬했다.

그때부터 나는 개섬에서 쌍권총의 사나이로 통했다. 그 이름이 부르기에 길었는지 나중에는 '쌍권총'으로 줄어들었다.

아이들은 내 뒤를 졸졸 쫓아다니면서 졸랐다. 권총을 한 번만 만져보고 싶다는 아이들이 대부분이었다. 가끔 화약을 넣고 발사해보라는 아이도 있었다. 그 소리가 천둥처럼 커서 날아가는 새가 깜짝 놀라 땅바닥으로 떨어질지 모른다고 말하는 아이도 있었다.

내 마음 역시 하루에도 수십 번씩 화약을 넣고 발사하고 싶었지만 귀한 화약을 아무 때나 사용할 순 없는 노릇이었다.

나는 학교에 갈 때도 권총을 가져갔고, 동네에서 놀 때도 권총을 차고 놀았다. 지금 생각하면 동네 아이들에게 그때 내 모습이 얼마나 아니꼽고 치사하게 보였을까 하는 생각이 들지만 그때만 해도 그런 생각은 쥐똥만큼도 없었다. 그저 자랑하고 으스대고 싶었고, 아이들 역시 그저 부러워만 했다.

그래도 명색이 쌍권총의 사나이였다. 나는 하루에 한 번 화약을 장전하여 쏘는 걸로 마음을 굳혔다. 아이들은 내가 화약을 넣고 방아쇠를 당기는 모습을 보기 위해, 어쩌면 화약이 터지는 소리를 듣기 위해 구름 떼처럼 내 뒤를 쫓아다녔다. 내가 집에 놓아두었던 화약을 챙겨 공이치기 쪽에 꽂으면 아이들은 숨을 죽인 채 다음 행동을 기다렸다.

나는 권총 하나에 화약을 장전한 상태로 집에서 나와 바다 앞까지 걸어갔다. 전에는 하늘을 향해 쏘았는데, 이번에는 바다를 향해 총구를 겨누었다. 사위는 쥐죽은 듯 고요했고, 아이들의 침 넘어가는 소리만 꼴딱꼴딱 들렸다.

나는 언제나 최대한 뜸을 들였다. 일부러 빨리 쏴버리면 그만큼 시시한 느낌이 들었다. 제법 한참 폼을 잡다가 이윽고 방아쇠를 당기면 딱! 하는 소리가 온 마을에 퍼졌다.

코끝에 스치는 화약 냄새를 맡으며 나는 천천히 권총을 권총지갑에 집어넣었다. 그제야 아이들은 박수를 치거나 '와!' 하고 함성을 내질렀다.

열광적인 반응은 기뻤지만 아이들의 지칠 줄 모르는 성화는 나를 곤란하게 했다. 아이들이 원하는 건 '한 번 더'였다. 처음에는 애원하다가 나중에는 화를 내고, 그러다 욕까지 하는 아이도 있었다. 그러나 내 대답은 언제나 "노."였다.

아이들은 그 이유를 궁금해했다.

나는 붉게 물드는 노을을 조용히 응시하다가 문득 생각났다는 듯 이렇게 중얼거리곤 했다.

"사나이는 결코 하루에 총을 두 번 쏘지 않는다."

통영 남자와 하동 여자

별안간 사랑 고백을 한 여자의 얼굴을 나는 빤히 쳐다보았다.
순진하고 젊은 혈기의 대학생은 얼굴이 홍당무가 된 상태였다.
그때가 첫 만남이었다. 그녀는 정말 예뻤다.

군복무를 마치고 복학할 때까지 한동안 통영집에서 지냈다. 그때 봉구영감이 굴양식장을 만들기 시작했는데, 아버지의 권유 아닌 권유로 나는 아르바이트 삼아 그 일을 하게 되었다. 아버지의 별명은 바뿌이(항상 바쁘다는 뜻으로 동네 사람들이 그렇게 불렀다)였다. 자식이든 누구든 빈둥거리고 있는 모습을 참고 보아 넘기지 않았다.

굴양식장 만드는 일은 시일이 오래 걸리고 일도 힘들었지만 바다 한가운데 뗏목에서 일하기 때문에 나름 재미도 있었다. 열흘을 내리 일하고 하루 휴가가 생겼는데, 딱히 할 일이 없던 나는 통영 시내에 있던 도서관에 가보기로 했다. 책상에 앉아보지 못한 것이 수년이었다. 이번 여름이 지나면 복학을 해야 했기에 책상에 적응도 할 겸 잡지라도 뒤적거리며 세상 돌아가는 것도 알아보자는 마음으로 도서관

행을 결심한 것이다.

　시내로 외출을 하려면 아무래도 준비가 필요하다. 나는 오랜만에 빗물에 샴푸를 사용해 머리를 감았다. 대부분의 어촌에는 물이 귀할뿐더러, 물에 소금기가 많아서인지 비누가 잘 풀어지지 않는다. 커피를 탈 때 크림이 물에 녹지 않는 경우도 있으니 물의 질(?)이 어느 정도인지 짐작할 수 있을 것이다. 이런 이유로 비가 오는 날에는 대접부터 도랑사구(곡식을 담는 큰 항아리)까지 다 동원되어 빗물을 받느라 야단법석을 떨어야 했다.

　이게 귀찮고 힘든 섬 생활의 단면이겠지만, 한편으로 낭만도 있다. 물이 담기는 그릇의 깊이나 크기, 그리고 처마에서 떨어지는 물줄기의 굵기에 따라 들리는 소리가 다르기 때문이다. 눈을 감고 들어보면 자연이 만들어내는 오케스트라의 향연 같은 느낌이 드는데, 이 소리를 들으며 늘어지게 낮잠을 즐기기도 한다.

　이렇게 모은 빗물을 아무 때나 함부로 사용할 수 있는 것은 아니다. 오늘같이 시내로 외출할 때는 빗물로 머리를 감는 게 허용됐는데, 빗물로 머리를 감고 나면 머릿결이 한결 부드러워서 기분이 날아갈 것처럼 좋았다. 거기에다 오늘은 샴푸와 린스까지 사용했으니 얼마나 상쾌했겠는가.

　사람에게는 예감이란 게 있다. 오늘 왠지 기분 좋은 일이 생길 것만 같았다. 같은 값이면 다홍치마라고 얼굴에 로션도 듬뿍 발랐다. 어쨌거나 남자의 완성은 로션(?)이라고 하지 않는가. 외출 준비가 끝나고 나는 시계를 보았다. 아직 버스가 오려면 좀 더 기다려야 한다.

그 당시엔 두 시간에 한 번씩 버스가 왔다. 우리 집 대청마루에서 보면 명지개 몬당(언덕)에서 내려오는 버스가 훤히 보였다. 버스가 오는 것을 보면서 밖으로 나가면 시간이 딱 맞았다. 문제는 버스가 반대쪽에서 올 때도 있다는 것이다. 그런데 반대쪽은 전혀 보이지 않기 때문에 이때는 버스 운전사가 클랙슨을 빵빵, 하고 눌러 댄다. 이 소리를 들으면 급하게 옷을 입고 쏜살같이 뛰어나가야 했다.

나는 버스가 오기를 기다리며 대청마루에 앉아 있었다. 마음이 조금 초조했다. 버스를 타고 마을을 빠져나가기까지 아버지의 눈에 띄지 않기만을 바랐다. 아버지의 눈에 띈다면 무슨 말을 들을지 빤히 짐작이 가능했다. 하지만 바란다고 다 되는 것은 아니다. 어김없이 아버지의 눈에 띄고 말았다. 어장일을 나갔던 아버지가 집에 돌아오신 것이다.

"일 안 나갔나?"

"예. 오늘 하루 쉬라카데예."

"그라믄 나하고 주복 그물 좀 빼로 가자."

어떻게 해야 하나 망설이고 있는데 마침 지원군이 대문 안으로 들어섰다. 어머니였다.

"좀 쉬게 놔두이소. 아들한테 일 몬시켜 환장을 했는 기라 마."

아버지는 내심 못마땅했으나 어머니의 원성까지 감당할 자신이 없었는지 더는 내게 일을 도우라고 강요하지 않았다.

그날 어머니 덕분에 나는 무사히 버스에 올랐다. 풍화리 가는 버스는 에버랜드의 놀이기구를 타는 것만큼이나 재미가 있었다. 비포장이었기에 가끔 머리가 천장에 닿을 때도 있었다. 그만큼 스릴이 있었다.

경치도 일품이었다. 마치 하늘에서 뿌려놓은 것처럼 여기저기 흩어져 있는 섬들을 볼 때면 천상의 어느 곳에서 지상을 내려다보고 있는 것 같은 기분이었다. 갈매기 떼를 거느리고 섬과 섬 사이로 빠져나가는 배들을 보고 있노라면 절로 입가에 미소가 그려지곤 했다.

그것뿐만이 아니다. 풍화리 버스만 해도 재밌는 게 하나 있었다. 다른 사람은 그렇게 생각하지 않는 것 같았지만 당시에 나는 풍화리 버스의 '그것'이 특허감이라고 생각했다.

지금은 거의 그렇지 않지만 당시만 해도 시골 노인들 중에는 글을 잘 읽지 못하는 분들이 많았다. 전쟁과 보릿고개를 넘기며 배움의 기회를 잃었기 때문이다. 그분들을 위한 배려였을까? 언제부터인가 풍화리 버스의 앞 유리에는 붉은 아크릴판이 하나 얹어져 있었다.

나중에 알고 봤더니 글을 모르는 노인들을 위한 배려가 아닌 버스 기사가 햇볕을 가리기 위해 단순히 거기에 놓아두었을 뿐이었다. 그래도 그것은 배려가 되었다. 글을 모르는 노인들은 붉은색 아크릴판을 보고 풍화리 가는 버스임을 쉽게 알아봤던 것이다. 버스 기사는 전혀 눈치 채지 못했지만 노인들 사이에서는 붉은 아크릴판이 '풍화리 버스'라는 글자처럼 인식되었다.

이 아크릴판 때문에 한번은 야단이 나기도 했었다. 버스 기사가 무심코 붉은 아크릴판을 치워버린 것인데, 그날 노인들은 버스를 타지 않았다. 버스 기사도 노인들도 서로 의아했을 것이다. 평소 같으면 풍화리 가는 버스에 올랐을 사람들이 타지 않았고, 버스는 오는데 이상

하게도 풍화리 가는 버스만 오지 않고. 나중에 이런 사정을 알게 된 버스 기사는 슬그머니 붉은 아크릴판을 다시 앞 유리에 올려두었다. 그제야 노인들은 안심하고 버스에 탔다고 한다.

글을 알고 모르고를 떠나 늙으면 눈이 침침해지게 마련이다. 이런 사람들을 위해 시골 버스 같은 경우 글이 아닌 색으로 목적지를 알려 주는 것도 좋은 방법이 아닐까 하는 생각이 든다.

한참을 달려 버스는 동호동 남망산 공원에 도착했다. 나는 그곳에서 내렸다. 지금은 그렇지 않지만 당시에 시립도서관은 지금의 시민회관 자리에 있었다. 시민회관처럼 컸던 게 아니라 건물 한 칸을 빌려 도서관이라는 이름만 달아놓았을 뿐이다. 시설이라고 해봤자 여러 명이 둘러앉을 수 있는 사각 테이블 몇 개가 고작이었다.

보잘것없는 도서관이었지만 그곳을 이용하는 학생들은 많았다. 대부분 방학을 이용해 고향에 내려온 대학생과 대학입시에 바쁜 고등학생이었다.

당시에는 지금과 달리 도서관에 들어가려면 일정한 액수의 돈을 내야 했다. 큰돈이 아닌 작은 돈이지만 있어야 할 사서가 보이지 않아 그냥 들어갔다. 죽 둘러보니 선풍기가 있는 곳에는 이미 고등학생들로 만원이었다. 나는 월간지 하나를 빼들고 창가의 자리에 앉았다. 내 허리와 등뼈들이 책상에 앉아본 기억을 잊었는지 얼마 지나지 않아 불편함을 느꼈다.

그 즈음 사서 아가씨가 나타났다. 사서는 찬바람이 느껴지는 눈빛을 하고는 테이블 주위를 돌아다녔다. 손에 작은 소쿠리를 들고 있었는데, 백 원짜리 동전과 천 원짜리 지폐가 들어 있었다. 도서관 이용비를 걷는 거였다.

사서는 일일이 걷지 않고 일부 돈을 내지 않은 것 같은 사람들만 찾아서 확인하고 있었다. 그 모양으로 보아 돈을 내지 않고 이용하는 상습범이 있는 모양이었다.

나는 이유는 몰라도 마치 돈을 내고 들어온 사람처럼 행동했다. 그러면서도 여간 신경이 쓰이는 것이 아니어서 은근하게 사서의 눈치를 살폈다. 도둑이 제 발 저린다고, 아무래도 내 행동이 의심적었던 모양이다. 한순간 사서와 내 눈빛이 허공에서 마주쳤고, 사서가 나를 향해 곧장 다가왔다.

속으로 쪽팔리게 됐구나 생각하며 이 난관을 어떻게 헤쳐 나갈 것인지 빠르게 머리를 굴렸다. 사실 별일도 아니었다. 일부러 돈을 안낸 것도 아니고, 내가 들어올 때는 사서가 자리에 없었던 것이다. 그러니 "자, 여깄습니다." 하고 돈을 내면 그만이었다. 그런데 나는 정반대로 행동하고 있었다. 이윽고 내 곁으로 다가온 사서가 내게 물었다.

"돈 안 냈지요?"

아주 조그마한 소리였다. 사서는 내가 창피 당하는 걸 원하지 않았는지, 주위 학생들이 듣지 못하도록 허리를 굽혀 내 귀에다 대고 자그맣게 말했다. 문제는 그녀의 입술이 내 귀에 살짝 닿을 뻔했다는 것이다. 젊은 혈기에 그 순간 피가 거꾸로 도는 것 같은 아찔함을 느꼈다.

대꾸가 없자 사서가 한 번 더 내게 물었다.

"돈 안 냈지요?"

"……"

일부러 시치미를 떼려고 못 들은 척 침묵한 것은 아니다. 나는 사서가 한 말을 분명하게 알아들었다. 아니, 알아듣기는 했는데 전혀 엉뚱한 말로 알아들었다. 그녀의 "돈 안 냈지요?"라는 말이 내 귀에는 뜬금없게도 "사랑해요."라는 소리로 들렸던 것이다. 황당하고 터무니없는 일이지만 내 귀에는 분명 그렇게 들렸다.

나는 별안간 사랑 고백을 한 여자를 빤히 쳐다보았다. 사실 순진하고 젊은 혈기의 대학생은 얼굴이 홍당무가 된 상태였다. 그래봤자 티는 전혀 나지 않았다. 원래가 거무스름한 피부인데, 바다에서 일하느라 더더욱 시커멓게 탔기 때문이다.

사서는 하라는 대답은 안 하고 자신의 얼굴을 뚫어져라 바라보는 남자의 시선에 난감해했다. 멋쩍었는지 내 대답도 듣지 않고 얼른 자리를 피했다.

그때가 첫 만남이었다.

그녀는 예뻤다. 그리고 여자치고 꽤 키가 컸다.

조금 시간이 지나 점심시간이 되었다. 도시락을 싸가지고 온 학생들이 하나둘 밖으로 나갔다. 식당이 따로 있는 것은 아니었지만 밥을 먹을 만한 장소가 없는 것도 아니었다. 도서관이 있는 공원은 남망산 아래로 푸른빛 바다가 보이는 그 자체로 훌륭한 야외식당이었다.

나는 도시락을 싸올 생각조차 못했다. 누가 싸줄 사람도 없었다. 그저 집에서 무사히 빠져나온 것만도 다행스러운 일이었다. 공원 아래쪽에는 식당이 많았다. 그곳까지 내려갔다 오자니 더운 날씨가 마음에 걸렸다.

그즈음 주위를 둘러보니 도서관에는 나와 사서만 남아 있었다. 나는 사서에게 다가갔다. 막 도시락을 꺼내고 있던 사서가 멈칫하고는 무슨 일이냐는 눈빛으로 나를 올려다보았다. 나는 조금 쭈뼛거리다 입을 열었다.

"여기서 짜장면 시켜 묵을 수 있습니까예?"

"시켜 먹을 순 있는데 한 그릇은 배달 안 해주는데요."

연애는 순발력이다. 그때 나도 모르게 엉뚱한 말이 튀어나갔다. 말해놓고 보니 기가 막힌 타이밍에 참으로 센스 있게 던진 말이었다.

"그러면 제가 짬뽕을 2인분 시킬 테니까, 그 도시락 나눠 먹읍시다."

지금 생각해도 그런 기발한 생각이 그 순간 어떻게 떠올랐는지 모를 일이지만 그때를 생각하면 저절로 입가에 미소가 그려진다. 사서는 순순히 내 제안을 받아들였다. 중국집 전화번호를 돌리더니 다시 내게 확인했다.

"짬뽕요?"

"네."

"여기 도서관인데예…."

지금이나 그때나 배달 오토바이처럼 빠른 게 없다. 잠시 후 오토바이가 도착했고, 짬뽕 두 그릇이 책상에 놓였다.

도서관은 텅 비었고, 사람이라곤 우리 둘뿐이었다. 우리는 식사를 하면서 자연스럽게 이런저런 이야기를 나누었다.

"공무원이죠?"

"네."

"언제부터 여기에 있었어요?"

"얼마 안 됐어요. 근데 배 탔어요?"

사서는 까무잡잡한 내 피부를 보고 그렇게 단정했던 모양이다.

"배를 탔다기보다는 뗏목을 좀 타다가 왔지예."

나는 내 신상에 대해 간략하게 말해주었다.

"대학생인데, 얼마 전에 군복무를 마쳤어요. 복학할 때까지 고향집에 머물면서 동네 어르신이 만드는 굴양식장 작업을 도와드리고 있고요."

"집은요?"

"미륵도 게섬이오."

사서는 미륵도는 알지만 게섬이 어딘지는 모르는 눈치였다. 통영의 어느 섬이겠지, 하고 짐작한 눈치였다. 그럴 수밖에 없는 것이 통영에 딸린 섬만 해도 무려 500개가 넘는다. 1,000개가 넘는 신안에 이어 기초자치단체 중 두 번째로 많은 섬을 거느리고 있는 곳이 통영이다.

"아가씨는 집이 어딥니까예?"

"하동요."

그녀는 차분하면서도 요령 있게 말을 잘했다. 가족과 떨어져 통영에서 혼자 자취하고 있다고 조곤조곤하게 말했다.

"힘들겠네요."

별것도 아닌 말인데 갑자기 그녀의 눈에 물기가 보였다. 생각보다 고생이 심했던 것 같았다.

"세 번 울었어요."

무슨 말인지 얼른 이해되지 않았다.

"하동에서 한 번, 통영으로 오면서 한 번, 와서 또 한 번요."

"왜요?"

나로서는 더더욱 모를 소리였다.

"사서직 공무원 시험에 합격해서 몹시 기뻤는데요. 발령이 통영시립도서관으로 났거든요."

이때 첫 번째 눈물을 흘렸다고 한다.

두 번째 눈물은 통영으로 오는 길목인 꼬불꼬불한 고개를 넘어오면서 흘렸다고 했다. 정말로 오지로 가는구나, 하는 생각에 불현듯 눈물이 솟구치더란다.

"세 번째는요?"

"사람들 때문에요."

짚이는 게 있었다. 통영사람들은 사근사근하지가 못한 편이다. 외지사람들이 항상 하는 말이 우악스럽고 거칠고 무뚝뚝하다는 것이다. 그렇다고 정이 없어서 그런 것은 아니다. 통영사람들은 바다를 끼고 바다와 더불어 살아가는 사람들이다. 그 거친 바다를 닮지 않으면 통영 사람이 아닌 것이다. 몰라서 그렇지 통영사람들은 겉으로 드러내기보다는 은근히 챙겨주는 스타일이다. 속정이 많다는 얘기다. 이런 통영사람들에게 익숙하지 않은 사람들은 지레 겁부터 집어먹게 마련이다. 사서 아가씨도 마찬가지였다.

"그래서 그때 결심했잖아요. 통영사람에게는 절대로 시집가지 않

232

겠다고….."

"정말요?"

이해가 안 되는 건 아니지만 통영 남자인 나로서는 듣기 좋은 소리는 아니었다. 나는 통영 남자를 대표해서 한마디 안 할 수가 없었다.

"익숙하지 않아서 그럴 겁니다. 알고 보면 얼마나 부드러운데요. 정도 깊고요."

나를 배려해서인지 "그거야 그렇죠."라고 말하며 그녀가 살포시 웃어주었다.

식사가 끝나고 나와 그녀는 천천히 남망산을 한 바퀴 돌았다. 사실은 그녀가 앞에 가고 내가 약간 뒤처져서 쫓아가는 모습이었다.

당시만 해도 남자와 여자가 나란히 걸어가면 금방 소문이 돌았다. 특히 그녀는 아는 사람은 다 아는 시립도서관의 사서였다. 사람이 없다 싶으면 은근슬쩍 그녀의 옆에 붙어 말을 걸었다.

"식사 끝나고 매일 이렇게 산책을 합니까?"

"네. 여기에서의 유일한 즐거움이에요."

그 말을 듣고 나는 피식 웃었다. 유일한 즐거움이 고작 점심식사 후의 산책이라니. 어쨌거나 고마운 말이기도 했다. 통영에서 즐거움이 생겼다는 건 이곳에 점점 익숙해지고 있다는 증거이기도 했으니까.

"이 길, 이름이 뭔지 압니까?"

"몰라요. 그냥…."

"그냥 뭐요?"

"그냥 산책길이에요."

나는 또다시 슬그머니 웃음을 흘려놓았다.

그녀와의 '산책길'은 조용했다. 하늘을 덮은 소나무들 사이로 작은 새들이 술래잡기라도 하듯이 부지런히 날갯짓하며 돌아다녔다. 어쩌면 그녀와 나의 어정쩡한 산책을 구경하며 자기네들끼리 속닥거리는지도 모를 일이었다.

남망산을 제법 많이 다녔다고 생각했는데, 산책길이 있다는 건 그때 처음 알았다. 통영 토박이가 외지 여자 덕분에 통영의 아름다운 산책길 하나를 알게 된 것이다. 걷다 보니 멀리 동호만을 오가는 배들이 보였다. 누가 먼저라 할 것 없이 발걸음이 멈췄다. 그리고 그곳을 한참 동안 가만히 바라보았다. 그날은 그렇게 헤어졌다.

그리고 나는 바다와 함께한 여름을 추억으로 남기고 복학하여 학교로 돌아가게 되었다.

그녀와의 두 번째 만남은 한 학기가 지나고, 방학이 되어 다시 고향으로 내려갔을 때였다.

그녀 때문이었을까? 인식하지 않았는데, 이상하게도 발길이 도서관으로 향했고, 늘 그곳에 있는 그녀와 재회했다. 그녀도 나를 잊지 않았다.

하루는 도서관의 난로가 고장 났는데, 그것을 고치려다 실패하곤 내게 도움을 요청했다. 제법 손재주가 있던 나는 별로 어렵지 않게 뚝딱뚝딱 난로를 고쳐주었다. 그 일 이후로 우리는 더욱 친해졌다.

"조만간 서울에 세미나가 있어서 올라가요."

그녀에게 세미나가 열리는 그곳에 가겠다고 약속했다. 만나서 데이

그녀와의 산책길은 조용했다. 하늘을 덮은 소나무들 사이로
작은 새들이 술래잡기라도 하듯이 부지런히 날갯짓하며 돌아다녔다.

트를 즐길 생각이었다. 그런데 그날 피치 못할 일이 생겼다. 나는 세미나에 참석하지 못했고, 결국 미안함을 담아 짧은 편지를 그녀에게 보냈다. 그것이 연애편지의 시작이었다.

그녀의 답장은 나하고 완전히 달랐다. 장문이었고, 정갈했다.

멀리 떨어져 있기에 남들처럼 제대로 하지 못한 데이트를 편지 속에서 즐기게 되었다.

편지 속에서 우리는 손을 잡고 남망산 뒷길을 걸었고 배가 고프면 강구안에 있던 둔덕집에서 꼼장어도 먹었다. 같이 먹었던 구수한 꼼장어 맛이 아직도 느껴지는 듯하지만 그래도 작은 아쉬움이 하나 있다. 그 산책길을 시작으로 평생 같이 걸을 사람이란 걸 진작에 알았더라면 처음 만났을 때 짬뽕에 탕수육이라도 추가해서 시켜먹는 건데 하는 것이다.

이렇듯 그녀와의 추억은 온통 통영과 함께였다. 내가 통영을 더 사랑하게 된 것도 어쩌면 그녀 때문인지도 모를 일이다.

달빛 아래서 즐기는 낚시

마치 친구라도 만난 것처럼 나는 달과 대화를 나누었다.
어둠이 삼킨 바다에 내 목소리가 녹아들었고,
달빛을 이불 삼아 어느샌가 스르륵 내 눈이 감겼다.

바다낚시를 즐기는 낚시꾼이라면 물때가 얼마나 중요한지 모르는
사람이 없을 것이다. 물때를 모르고 낚시를 한다는 건 물고기를 낚겠
다는 게 아닌 세월을 낚겠다는 것과 다름없다.

그녀와 만나고 얼마 후쯤 민수와 작은 봉구(동네 형인데 바다사업을
크게 하는 봉구영감처럼 부지런하고 바다에 대한 감각이 뛰어나 작은 봉구
라 불렀다)와 함께 밤낚시를 간 적이 있다. 아무리 눈에 보이는 게 바
다라고 해도 아무 때나 낚싯바늘에 물고기가 잡히는 것은 아니다. 엄
연히 물때도 있고, 계절마다 잡히는 물고기도 다르다.

봄에는 도다리와 농어가 잘 물고, 여름에는 수온이 높은 탓에 대체
로 고기가 잘 잡히지 않는다. 여름에 유일하게 그것도 밤낚시에 잘 잡
히는 어종이 바다장어이다. 고구마를 팔기 시작하는 가을에는 감성돔

의 입질이 왕성하다. 태풍이 불거나 바람이 많이 분 다음 날에는 주복에 고기가 많이 잡힌다.

낚시는 시기뿐만 아니라 물때를 잘 맞추는 것도 중요하다. 감성돔과 볼락은 해가 지거나 해가 뜰 시기에 잡으면 좋다. 이때가 밀물과 썰물이 바뀌는 시점인데, 밀물과 썰물이 맞물리면 금상첨화이다.

바닷장어 역시 무엇보다도 물때가 중요하다. 바닷장어는 힘이 좋기로 소문이 나 있지만 소심하기로도 유명하다. 그래서 낮에는 잘 물지를 않고 저녁에만 입질이 왕성하다. 이런 이유로 장어낚시를 할 때는 서둘러 저녁을 먹어야 했다. 해가 지고 한 시간 남짓한 시간 동안 입질이 제일 좋기 때문이다.

"장주 니는 낚싯줄하고 홍합 준비해오이라. 민수 니는 술 한 병하고 후라쉬 준비해오고."

작은 봉구가 즉석에서 준비할 것을 분배했다.

"그라몬 행님은요?"

민수는 말투도 그랬지만 얼굴에도 불만이 가득했다. 나하고 민수가 준비물을 다 챙기면 작은 봉구 자신은 맨몸으로 오겠다는 수작인가? 작은 봉구는 넉살 좋게 핑계를 둘러댔다.

"나도 있지."

"그게 뭔데요?"

"칼. 그래야 사시미⁵를 뜨지. 너거들이 사시미 뜰 줄이나 알건데?"

사시미를 먹고 싶으면 끽소리 말라는 반 협박이었다. 짠돌이인 작은 봉구는 잔머리 돌아가는 것도 약삭빨랐다.

우리 셋은 일찌감치 선창가에 모여들었다. 내 손에는 낚싯줄과 미끼로 사용할 홍합이 있었고, 민수의 손에는 무학소주 됫병이 들려 있었다. 작은 봉구가 가져온 건 달랑 칼 한 자루였다.

"그거면 되겠나?"

작은 봉구가 칼끝으로 홍합을 가리켰다. 감성돔과 돌돔 등은 시기에 따라 청개비, 호무시, 새우, 자반게 등을 입맛에 따라 미끼로 번갈아 사용하지만 먹성 좋은 장어에게는 홍합이 제일 좋은 미끼였다.

"다른 미끼는 필요 없을 거라예."

홍합은 뗏목에서 따왔다. 크고 빛깔이 좋은 놈으로 일부러 골라서 땄다.

"니는 고것 갖고 되겠나?"

이번에는 칼끝이 민수의 술병을 가리켰다.

"이 정도면 충분하겠지예."

술은 유일한 가겟집인 '돌쟁이 할매집'에서 외상으로 가져왔을 것이다. 원래 그 가게의 이름은 '할매'가 아닌 '돌쟁이 영감집'이었다. 돌쟁이 영감은 바닷가에 있는 화강암으로 도구통(절구)을 만들어 팔았는데, 통영에 있는 집 마당에 있는 도구통의 거의 다 만들었다고 한다. 이 돌쟁이 영감이 죽고 할매가 조그만 구멍가게를 시작해서 '돌쟁

---

5 사시미란 '살을 찌르다'라는 의미라고 한다. 일본 무사정권 시대, 오사카 지방의 한 장군은 손님이 오면 회를 대접했다고 한다. 그런데 이 장군은 생선 이름을 잘 몰라, 손님이 생선 이름을 물어보면 곤혹스러워했다고 한다. 이 때문에 요리사는 한 가지 꾀를 생각해냈는데, 생선 이름을 적은 작은 깃발을 생선살에 꽂아서 내간 것이다. 이때 생긴 이름이 '사시미'라고 한다(《통영은 맛있다》, 강제윤, 생각을담는집, 108쪽).

이 할매집'으로 이름이 바뀌게 된 것이다.

어느 날 길에서 나를 만났는데, 할매가 이렇게 말했다.

"니 외상값 언제 주끼고?"

사실 내 외상값은 전날에 다 갚았다. 나중에 알고 보니 이것이 돌쟁이 할매의 외상값 받는 방법이었다. 외상값을 잘 기억하지 못했던 할매는 누군가를 만나면 무조건 외상값 언제 갚을 거냐며 호통부터 쳤던 것이다. 할매 나름의 노하우라면 노하우였던 것이다.

우리는 선창가에 서서 마지막으로 남은 한 가지를 결정하기 위해 논의를 시작했다. 모든 것이 다 끝났지만 정작 중요한 것, 즉 낚시를 어디서 할 것인지는 아직 결정하지 못했던 것이다.

"저기서 할래?"

민수가 선창에서 10미터쯤 떨어진 곳에 있는 뗏목을 손으로 가리켰다. 거기도 장어가 잘 잡히기는 했다. 하지만 왠지 마뜩치가 않았다.

"양식장으로 가입시다."

내 말에 민수하고 작은 봉구가 흔쾌히 고개를 끄덕였다.

"덴마를 타고 어장으로 가자."

"콧구멍에 바닷바람이 들어가야 술맛이 날 거 아닌가벼?"

우리는 덴마의 노를 저어 나지목 근처까지 갔다. 그곳에는 재미난 지명들이 많았다. 나지목, 구루지, 탱마당, 백무라캐, 고동개, 벼락바, 천지라캐, 이끼섬, 살푸섬, 돌개미 등등. 우리는 적당한 자리에 배를 대고 건지로 사개줄을 걸어 올렸다. 덴마에는 노 외에 요긴하게 사용되는 도구가 두 가지 있는데, 바로 '학가'와 '건지'였다.

학가작대기(또는 학가대)로 불리는 이것은 소나무로 만든 긴 작대기로 끝이 T자 모양으로 생겼다. 굴줄을 들어올리거나 닻줄을 집을 때 사용한다. 학가는 밥을 먹을 때 젓가락만큼이나 많이 사용되는 도구인데 배에서는 노 다음으로 중요하다.

건지는 네 갈래로 된 쇠갈고리로, 긴 밧줄이 달려 있다. 학가로 잡지 못하는 깊은 곳의 줄을 들어 올릴 때 사용한다. 굴은 하루가 다르게 자라는데 제때 부자를 달아주지 못하면 물속으로 가라앉고 만다. 이때 사개줄을 집어 올리거나 땅속에 가라앉은 어장을 찾는 데 아주 요긴하게 사용한다. 바람이 많이 부는 날, 배를 어장에 붙이기 힘들 때는 건지를 던져 사개줄을 붙잡는데, 이때 학가보다 멀리 집을 수 있어서 편리하게 사용된다.

우리는 건지로 굴줄을 들어 올려 배에다 묶은 다음 홍합을 끼고 낚싯줄을 담갔다. 민수와 작은 봉구는 배 뒤쪽에, 나는 배 이물(앞 부분)쪽에 자리를 잡았다. 솔직히 나는 이물 쪽이 마음에 차지 않았다. 하지만 일반적으로 낚시를 잘 못하는 사람일수록 자리 불평을 많이 하기에 꾹 참는 수밖에 달리 방법이 없었다. 멀리서 들려오는 물새들의 울음소리와 배에 부딪히는 파도소리만 간간이 들릴 뿐 조용하고 평온한 저녁바다였다.

바닷장어 낚시는 처음 10분간이 중요하다. 될 성싶은 나무는 떡잎부터 알아본다고 물고기를 많이 낚을 수 있는지 없는지 그 10분 동안에 결정된다. 그리고 낚시는 조용하게 하는 것이다. 하지만 작은 봉구는 입이 조용한 사람이 아니었다. 10분의 그 짧은 시간을 못 참고 애깃거리를 끄집어냈다.

"내 아는 사람 중에 결혼하고 몇 년이 지났는데도 아가 없는 사람이 있는 기라. 짓궂은 친구들은 그 사람을 만나면 놀려댔어. 통발배를 타면 장어를 많이 먹어서 힘도 좋다던데, 니는 우째서 아직 아가 없노라고. 그럼 그 사람이 뭐라고 대답했는지 아나?"

"뭐라고요?"

민수가 궁금함을 참지 못하고 되물었다.

"다 그기 물때 때문이라고."

"물때요?"

민수가 어리벙벙한 표정을 지었다. 작은 봉구가 씩 웃고는 먼 바다를 보며 뒷말을 이었다.

"장어 통발배는 한 번 작업을 나가면 보름 동안 밤낮으로 바다에서 작업하잖아. 육지에 들어와선 사흘 정도 머물고."

그 사흘 동안 배를 고치거나 시꾸미를 실으면서 다시 바다에 나갈 채비를 한다. 그 사흘 동안 집에 머무는 시간은 고작해야 하루뿐이다. 작은 봉구를 그 점을 강조했다.

"딱 하루! 그니까 물때가 안 맞는 기라."

나와 민수는 한 박자 늦게 물때의 의미를 깨달았다. 우리는 동시에 우하하, 하고 웃음을 터뜨렸다.

"그래서요? 지금도 아가 없는 기라예?"

"친구들의 조언을 받아들여서 지금은 아가 있대."

그 조언은 다름 아닌 보름 정도 배를 타지 않고 집에 있어보라는 거였다. 물때만 맞으면 당연히 아이가 들어서지 않겠느냐는 것이었다. 그 사람은 정말로 그렇게 했고, 이후에 쌍둥이를 낳았다고 한다.

이야기가 끝나고 잠시 정적이 찾아왔다. 그리고 낚시를 시작한 지 10분쯤 됐을 것이다.

"왔다!"

민수가 고요함을 깨뜨리고 소리쳤다. 드디어 입질이 온 것이다.

"물었어! 물었다고!"

민수는 마음이 급했는지 벌떡 일어섰다. 그 바람에 발을 헛디뎌 넘어지고 말았다. 나무 널빤지가 밀려나면서 엉덩이가 물에 젖기도 했다. 그래도 민수는 낚싯줄을 놓지 않았다. 줄이 팽팽한 것이 물고기가 아직 바늘에 걸려 있는 것이 분명했다. 민수는 허둥대면서도 줄을 위로 빼 올렸다. 동작이 매우 컸지만 용케도 장어는 놓치지 않았다.

제법 씨알이 굵은 놈이었다.

"이제 내가 행님이다."

일반적으로 낚시할 때는 제일 먼저 물고기를 낚은 사람이 그날 형님 행세를 한다. 우리 동네의 암묵적인 룰이었다.

"나도 왔어!"

나와 작은 봉구도 거의 동시에 한 마리씩 낚았다. 없을 때는 아무리 기다려도 오지 않다가 한 번 오기 시작하면 연이어 오는 것이 입질이었다. 그날도 그랬는데 아쉽게도 나머지 입질은 나와 작은 봉구가 아닌 민수의 몫이었다.

민수는 다섯 마리를 더 낚았다. 그리고 더는 장어가 잡히지 않았다.

한참 동안 지루한 시간이 계속되었다. 작은 봉구가 이때쯤에 재미난 얘기를 해줄 줄 알았는데, 그는 웬일로 입을 꾹 닫고 있었다. 다 이유가 있었다. 얼마쯤 지나고 작은 봉구의 입에서 큰 소리가 터졌다.

"왔다!"

그 소리가 어찌나 컸던지 멀리서 들려오던 물새들의 울음소리가 잠시 조용해질 지경이었다.

"야, 이거 장난이 아닌데…."

작은 봉구는 엄살인지 실제인지 모를 소리를 중얼거렸다.

낚시 실력은 우리 가운데 작은 봉구가 제일 나은 편이었다. 민수나 나 같은 경우 물고기가 걸리면 벌떡 일어서며 보이지 않을 정도로 빨리 낚싯줄을 채어 올리는데, 작은 봉구는 전혀 그렇지가 않았다. 노련한 낚시꾼처럼 앉은 자세 그대로 슬그머니 톡 하고 낚싯줄을 걷어 올리는 것이다. 그 모습은 마치 미끼가 있나 없나 확인하는 것처럼 보이기도 했다.

작은 봉구가 걷어 올린 것은 장어가 아니었다.

"와, 참노래미다!"

참노래미라고 해도 크기가 장난이 아니었다. 정확히 재보지 않았지만 어림잡아도 팔뚝만 한 크기였다.

"큰 걸 낚아야 행님이재, 먼저 낚았다고 행님이 아닌 기라."

작은 봉구가 목에 힘을 주며 으스댔다. 이후로는 작은 봉구의 페이스였다. 일 분이 채 지나지 않았는데, 작은 봉구가 귀찮다는 듯이 투덜거렸다.

"햐, 또 걸렸네."

이번에는 갯장어였다.

갯장어는 입이 길쭉하고 이빨이 상어이빨만큼이나 튼튼하다. 어른들 말로는 놋숟가락도 자를 정도라고 했다. 그러나 갯장어는 일반적으로 쉽게 맛볼 수 있는 물고기가 아니었다. 맛이 좋아 대부분 일본으로 수출하기 때문이다.

간간이 이어지던 입질은, 잡은 물고기가 두 뭇(20마리) 정도 되었을 때 뜸해졌다. 그리고 우리는 술 생각이 간절했다. 안주는 이미 푸짐했다.

"행님이 사시미 한번 썰어 보소."

민수의 말에 기다렸다는 듯 작은 봉구가 칼을 들고 나섰다. 작은 봉구는 마치 두부를 자르듯이 칼 놀림이 조심스러우면서도 능숙했다.

통영사람들은 집에서 회를 뜰 때 여자들은 칼질을 하지 않는다. 초장은 여자들이 준비하지만 회는 반드시 남자들이 뜬다. 그리고 바다에서 회를 뜰 때는 물에 씻지 않는다. 뼈와 껍질만을 남겨두고 살만을 도려내는데, 피나 이물질 하나 묻지 않고 깨끗하게 들어내는 것이 실력이다.

얼마 지나지 않아 푸짐한 회가 눈앞에 가득하게 쌓였다.

"자, 한 모금씩 쭉 들이키자고."

소주잔은 없었다. 물 푸는 바가지(군용 화이바)에 주거니 받거니 하면서 우리는 술을 마셨다.

"캬! 소주가 입에 짝짝 달라붙는다."

술이 목으로 넘어가기 시작하자 우리는 앞다투어 바가지를 자기

통영에서 회는 반드시 남자들이 뜬다.
그리고 바다에서 회를 뜰 때는 물에 씻지 않는다.

입으로 가져갔다. 서로 많이 마시겠다며 싸우기도 했다. 썰어놓은 생선회도 빠르게 사라졌다.

그러다 문득 민수가 고개를 갸웃했다. 민수는 무엇인가를 찾는 듯이 주위를 두리번거렸다.

"행님요. 장어꼬리는 다 오데로 갔십니꺼?"

민수가 찾았던 것은 장어꼬리였다. 작은 봉구는 입을 꾹 다물고 있었지만 표정으로 보아 이유를 아는 눈치였다.

"행님, 말 좀 해보이소 마. 낚을 때부터 꼬리가 없었능가예?"

민수가 대답을 추궁했다. 어쨌든 우리는 장어의 힘은 꼬리라고 믿고 있었다. 더욱이 남자에게 좋다는 게 장어꼬리가 아니겠는가.

"내가 먹었재."

"언제요?"

"사시미를 뜨면서."

그러니까 우리한테 뺏기기 싫어서 자기 혼자 홀라당 다 먹어치웠다는 것이었다.

"우리도 먹어야 할 거 아닙니까?"

민수가 버럭 화를 냈다.

"너거들이 힘쓸 때나 있건데?"

어쨌든 이미 없어진 장어꼬리였다. 민수는 씩씩거리면서도 어쩔 수 없다는 듯 금세 체념하고 말았다.

우리는 계속해서 낚시에 집중했다. 아니, 낚시는 이미 뒷전이고 밤이 깊어가는 줄도 모르고 술을 마셨다. 그렇다고 낚시를 아예 포기한 것은 아니었다. 낚싯줄을 발가락에 묶어놓고 술을 마셨다. 간간이 발가락에 입질이 느껴졌으나 잔챙이는 아예 모른 척했다. 하지만 발가락에 통증이 느껴질 정도로 강하게 입질이 느껴지는 경우도 있었다. 그럴 때면 후닥닥 자세를 잡고 줄을 당겼다. 하지만 손과 발의 차이 때문인지 몰라도 번번이 물고기를 놓쳤다. 물고기와 실랑이를 하다가 줄이 끊어지기도 했다. 다 술기운 탓이었을 것이다.

어느 정도 밤이 깊어졌는지 몰라도 됫병의 술이 바닥났을 즈음 우리는 혀가 완전히 꼬부라져 있었다. 간간이 들리던 물새들의 울음소리도 더는 들리지 않았고, 배 주위로 물살을 일으키며 밀려오던 멸치 떼도 어둠 속에 묻혀버린 지 오래였다.

민수와 작은 봉구는 시원한 바닷바람을 맞으며 깊은 잠에 곯아떨어졌다. 나도 갑판 위에 벌러덩 누웠지만 이상하게도 잠은 오지 않았다. 눈을 감았지만 무슨 주문이라도 걸린 듯 금방 눈이 떠졌다. 그때 내 눈 가득 둥그런 달이 들어왔다. 가만히 달을 보고 있자니 감상적인 기분에 젖어들었다.

마치 친구라도 만난 것처럼 나는 달과 대화를 나누었다. 당연히 혀 꼬부라진 소리였다.

"달아."

"니 색깔은 와 그리도 처량하노?"

처음에는 달에 시비라도 거는 사람 같았다.

"가슴이 시리고 눈물이 날 정도로 말이다."

그러다 금방 원래의 센치한 기분으로 돌아갔다.

우리 삶이 직면한 위기를 해결하는 14가지 길
필립 코틀러의 다른 자본주의

필립 코틀러 지음 | 박준형 옮김 | 360쪽 | 값 15,000원

비즈니스 거장이 밝히는 새로운 자본주의의 길

수십 년 동안 자본주의의 최전선에 섰던 필립 코틀러가 자본주의의 문제점을 가감 없이, 날카롭게 짚어냈다. 소득 불평등을 비롯하여 반복되는 빈곤, 최저임금, 일자리문제, 높은 부채 부담 등 14가지 모순을 누구나 알기 쉽게 설명할 뿐만 아니라 보수나 진보의 진영 논리에 휩쓸리지 않고 문제를 직시해 현실적으로 가장 유력한 해법을 내놓는다.

★ 2015 한국출판문화산업진흥원 '이 달의 읽을 만한 책'

르네상스 메디치가부터 21세기 스타트업까지
세상을 바꾼 비즈니스 모델 70

미타니 고지 지음 | 전경아 옮김 | 이동현 감수 | 452쪽 | 20,000원

당신도 새로운 비즈니스 모델의 주인공이 될 수 있다!

경영전략의 권위자가 전하는 비즈니스 승자들의 비밀. 경쟁보다 창조를 택한 구글 내부의 비밀, 모든 걸 '공짜'로 내건 알리바바가 시장을 제패한 결정적 이유, 페이스북과 유튜브 등을 진두지휘하는 페이팔 마피아들의 강력한 네트워크 등 다양한 비즈니스 모델들을 소개한다.

★ 하버드비즈니스리뷰 베스트 경영서 1위

나이키에서 아마존까지 위대한 브랜드의 7가지 원칙
브랜드 비즈니스

데니스 리 욘 지음 | 김태훈 옮김 | 312쪽 | 15,000원

위대한 브랜드에 대한 비즈니스 최전선의 통찰

브랜드를 회사이름, 로고, 광고와 같은 마케팅 활동을 넘어서 비즈니스 그 자체로 보고, '사업으로서의 브랜드'를 어떻게 운영해야 하는지, 즉 브랜드 운영화 방법을 알려준다. 나이키, IBM, 파타고니아, 스타벅스 등 위대한 브랜드 구축의 전략을 7가지 원칙을 중심으로 들여다본다.

"내가 어렸을 때만 해도 니 인기가 보통이 아니었는데….".

하지만 지금은 전구가 있어서 예전에 비해 달을 보는 일이 줄어든 것 같다.

달빛과 전구 때문인지 문득 누군가에게 들었던 얘기가 떠올랐다. 달빛을 연구하는 사람에 대한 이야기였다. 보통의 연구자는 태양빛을 닮은 전구를 만들기 위해 연구를 하는데, 그 사람은 몇 십 년 동안 달빛을 닮은 빛을 만들기 위해 연구했다고 한다. 그 얘기를 들으면서 인상 깊었던 건 세상의 동식물이 태양보다 달빛으로부터 더 많은 에너지를 얻고 있다는 것이었다. 정말로 그런 걸까? 사실인지 아닌지 몰라도 달빛을 닮은 빛이 어떤 빛인지는 아련하게나마 느낌이 왔다.

달빛을 닮은 전구라니, 상상만으로도 즐거웠다. 어떤 기분인지 알 것 같았다. 일을 마치고 피곤한 몸으로 돌아와 몸을 뉘였을 때, 달빛 같은 빛이 부드럽게 내 몸을 감싸주는 느낌이었다. 단박에 피곤이 사라질 것 같았고, 더욱더 아늑하고 평안한 집으로 변할 것 같았다. 나는 본 적도 없는 달빛 연구자가 꼭 성공하기를 진심으로 바랐다. 그 사람이 성공하기를 달에게 빌었다.

"달아, 달아….".

어둠이 삼킨 바다에 점점 목소리가 녹아들었다. 달빛을 이불 삼아 스르륵 눈이 감겼다. 어머니의 품속인 양 나는 뒤척이지도 않고 편안히 잠을 잘 수 있었다.

미륵도의 장례식

사람들은 상갓집에 가기 전 남포등에 석유를 담아 상갓집에 도착하면
이 등불을 상주에게 건넨다. 상주는 이 등불을 집 주위에 빙 둘러서
걸어놓는데, 마을의 가구 수만큼 등불이 걸리게 되는 것이다.

사람은 세상에 태어나서 한 번은 죽게 마련이다. 한평생 살다가 마
지막으로 가는 길이 아름다울 수 있다면 그것은 축복받은 일이 아닐
수 없다.

미륵도 사람들의 장례문화는 다른 지역과 비교하여 독특한 점이
있다. 살면서 여러 사람, 여러 지역의 장례식에 참석해봤지만 미륵도
의 장례문화만큼 독특한 곳은 거의 보지 못했다.

미륵도에서는 상을 당하면 온 마을 사람들이 도와 장례를 치르는
게 보편적이다. 마을 어른들은 만장 만드는 것을 돕고, 아주머니들은
음식 만드는 일을 돕는다. 힘깨나 쓰는 마을 청년들은 나무를 하러 간
다. 주로 큰 소나무가 대상이다.

이 소나무는 상갓집 근처 적당한 공터에서 장작으로 패는데, 이것

을 높이 쌓아올린 다음 불을 지핀다. 이때 나무를 '수적'이라 하고, 그 불을 '수적불'이라 한다.

소나무가 젖어 있더라도 불을 지피는 건 그리 어려운 일이 아니었다. 바닷가 마을에는 선박용 기름이 풍부하기 때문에 그것을 이용하여 쉽게 불을 붙였다. 보통 큰 소나무를 잘라왔으므로 한 번 붙은 불은 장례가 끝나는 날까지 꺼지지 않았다.

수적불이 마련되고 저녁이 되면 동네 사람들은 하나둘씩 상갓집으로 모여들었다. 전기가 없던 시절이었기에 손에는 남포등을 하나씩 들고 있었다. 바람이 많이 닿는 바닷가에서는 촛불이나 등잔보다는 유리로 된 호야등이나 남포등을 주로 사용했다.

상갓집에 갈 때는 호야등이 아닌 남포등을 들고 갔는데, 손전등 대신 사용하는 용도도 있었지만 사실은 다른 이유 때문이었다. 미륵도만의 독특한 장례문화 중 하나가 바로 이 남포등이다.

사람들은 상갓집에 가기 전 남포등에 석유를 가득 담는다. 상갓집에 도착하면 이 등불을 상주에게 건넨다. 상주는 이 등불을 집 주위에 빙 둘러서 걸어놓는데, 마을의 가구 수만큼 등불이 걸리게 되는 것이다. 마을사람들의 정성으로 불을 밝혔으니 망자는 평안하게 길을 떠났으리라.

참고로, 미륵도에서는 상이 나지 않았는데도 일 년에 딱 한 번, 집이나 배 등 구석구석에 밤새도록 불을 밝혀놓는 날이 있는데, 바로 섣달 그믐날이다. 조상들을 불러 준비한 음식을 드리면서 새해를 맞이하기 위해서다.

상갓집에 모인 사람들은 수적불 주위에 둘러앉아 밤을 새우는데, 이들을 '수적꾼'이라고 불렀다. 호상일 경우 밤이 깊어지면 수적꾼들의 노래자랑이 열리곤 했다. 노래를 부르다 흥에 겨우면 수적불을 들어 흔들기도 했다. 이렇게 시간이 흘러 새벽이 오면 상주는 수적꾼들을 위해 팥죽을 끓여 가져왔다. 이때 먹는 팥죽 맛은 제삿밥만큼이나 맛있었다. 수적꾼들은 날이 밝아서야 각자 집으로 돌아갔다.

2장
고향의 맛

"청정한 통영의 바다는 맛의 보고"

아름다운 바다 도시 통영은
바다를 떼어놓곤 생각할 수 없는 곳이다.
육지에서 나는 모든 맛, 그리고 사람까지
바다를 닮아 있다.
통영의 바다에는 우주의 별만큼이나
많은 먹거리들이 넘쳐난다.

나는 요식업에 종사하는 음식 전문가가 아니다. 맛집으로 소문난 곳을 찾아다니며 음식을 맛보는 미식가도 아니다. 단지 통영에서 나고 자랐다는 이유로 그곳의 맛에 대해 알고 있을 뿐이다.

나는 어업을 크게 하던 종갓집에서 자랐다. 명절과 제사 등 집안 행사 때마다 어머니는 갖은 정성으로 음식을 만드셨다. 당연히 통영 전통의 맛을 접할 기회가 많았다. 어장 일을 했던 어부들 덕분이기도 하다. 그들과 어울리면서 그들의 삶이 내 삶의 일부가 되었고, 그 때문에 통영의 보편적인 맛을 알게 되었다.

주변의 지리적 환경도 영향을 끼쳤다.

집 안 담장 아래와 고개만 돌리면 보이는 뒷산이나 몇 발짝만 걸어가면 있는 앞마당 같은 바다에는 흔한 게 먹거리였다. 특히 청정한 바다는 맛의 보고였다. 사리 때가 되면 개조개와 우럭을 팠고, 해삼과 멍게, 우무 같은 각종 해산물과 해초류를 잠수하여 건져 올렸다. 정치망으로 멸치와 각종 활어를, 통발로는 꽃게, 바다메기, 바다장어 등을 잡았다. 나는 통영에서 나오는 거의 모든 맛을 생산하거나 채취하면서 자랐고, 이런 이유로 온전하게 통영의 맛을 기억할 수 있었다.

'김장주의 통영여행'을 운영하며 각별히 공을 들였던 게 통영의 먹거리다. 대충 헤아려보니 먹거리 칼럼만 백여 개를 썼다. 물론 통영의 먹거리들을 인터넷을 통해 우리나라 처음으로 소개했다는 자부심도 있다.

먹거리 소개 중 기억에 남는 것을 고르라면 '오미사 꿀빵'과 시락국이다. '오미사 꿀빵'은 내가 처음으로 인터넷에 소개했는데, 오미사 꿀빵에 대해 글을 쓰기 위해 두세 번 주인 내외분을 찾아갔었다. 오미사 꿀빵이 사이트에 올라가고 얼마 지나지 않아 그곳은 통영의 먹거리 명소로 전국적인 이름을 얻게 되었다.

시락국도 같은 과정을 거쳐 통영의 대표 먹거리로 소개했다. 맛보다는 음식을 준비하는 과정과 재료를 중심으로 한 소개였다. 음식을 담는 그릇에 냉기를 전달하기 위한 특수 냉장고 주문과정과 장어 대가리를 주재료로 만든 건강식품이라는 점을 부각했다. 여기에 통영의 흔한 밑반찬 문화를 덤으로 설명했다. 내 사이트에 글이 올라간 뒤 우리나라는 물론 일본에서도 취재를 올 정도로 통영의 시락국은 유명세를 타게 됐다.

하지만 꿀빵과 시락국, 충무김밥만이 통영의 먹거리는 아니다. 이 세 가지가 통영을 대표하는 먹거리라고 할 수도 없다. 통영의 진짜 먹거리는 통영의 곳곳에 숨어 있다. 너무 많아서 일일이 소개하는 것도 숨이 벅찰 지경이다.

통영은 아름다운 바다 도시다. 바다를 떼어놓곤 생각할 수 없는 곳이 통영이다. 육지에서 나는 모든 맛도 사실은 바다를 닮아 있다. 사람도 그렇다. 바다를 닮은 사람들이 바다의 맛을 지켜가는 곳이 통영이다. 또 하나의 우주, 바다. 통영의 바다에는 우주의 별만큼이나 많은 먹거리들이 넘쳐난다.

씹는 맛이 일품인 무시김치

오랜 역사와 경쟁률 때문인지 몰라도
통영 김치의 맛은 어디에 내놓아도 맛있다는 소리를 듣는다.

우리나라에서 사업적으로 김치를 팔기 시작한 건 언제부터였을까?

지금은 일본과의 어업협약으로 어선의 수가 많이 줄었지만 수십 년 전 이 배들은 한번 출항하면 보름에서 한 달간 바다에서 작업했는데, 육지에 들어오면 시꾸미(바다에서 필요한 작업복, 어구, 음식)를 준비했다. 배가 많으니 서호시장에서는 시꾸미를 대행해주는 상인들이 따로 있을 정도였다.

시꾸미 중 가장 중요한 것이 김치였다. 바다에서 밥과 함께 매일 먹는 음식이 김치였기 때문이다. 당연히 경쟁이 치열했다. 전국에서 최초로 상업적으로 김치를 판매한 곳은 통영이 아닐지 몰라도 그 규모 면에서는 전국 최고였을 것이다.

오랜 역사와 경쟁률 때문인지 몰라도 통영 김치의 맛은 어디에 내

❶ 통영 농산물은 수확량이 많지 않아서 외지로 나가지는 않지만, 농산물 품질은 전국 최고라 할 수 있다. 무가 얼마나 잘 자라는지 종이컵을 놓고 크기를 비교했다.

❷ '무시'는 무의 통영 사투리다. 통영의 무김치는 깍두기와 달리 무를 굵직하게 잘라서 담근다.

❸ 아삭거리는 무 자체의 맛을 느낄 수 있도록 고추를 갈아서 넣은 무김치

❹ 생굴을 넣어 감칠맛을 더했다.

❺ 충무김밥에 딸려 나오는 무김치. 맛이 시원하고, 아삭거리고, 멸치젓의 감칠맛도 느껴진다.

❻ 싱싱한 어린 볼락을 넣어 담근 무김치. 김치보다 살점이 발갛게 익은 볼락 맛이 더 일품이다.

놓아도 맛있다는 소리를 듣는다. 통영 김치가 맛있는 데는 과학적이고 타당한 몇 가지 이유가 있다.

그 첫 번째 이유는 독특한 토질이다. 통영의 밭은 대부분 산을 깎아 만든 언덕이 많아 배수가 잘된다.

두 번째는 통영이 자랑하는 풍부한 일조량이다.

세 번째는 해풍이다. 통영의 이런 자연적 특성들은 농작물이 자라는 데 필요한 최적의 조건이 된 것이다.

이러한 조건하에서 자란 무는 아삭거리는 맛이 일품인데, 충무김밥이 유명해진 것도 따지고 보면 이 무맛의 역할이 컸다고 할 수 있다.

수분 함량이 적당한 통영 무는, 봄에 담근 젓갈로 간을 해서 김치를 담근다. 계절에 따라 갈치 육젓, 메기 아가미젓 등이 양념으로 들어가기도 한다. 어린 볼락, 생굴, 말린 청각을 넣기도 한다. 이런 통영의 무김치는 입안에 도는 향과 씹는 맛이 더해져 씹으면 씹을수록 감칠 맛이 난다.

봄의 전령사 방풍초

이끼섬에서 자라는 방풍초는 쑥과 함께
이른 봄에 가장 먼저 싹을 피우는 봄의 전령사다.

예전만 해도 매년 2월이면 미륵도 사람들은 방풍초(防風草)를 캐기 위해 마을 가까이에 있는 이끼섬을 자주 찾았다. 그런데 언제인가부터 사람들의 발길이 뜸해졌는데, 바로 '처니박굼터'의 전설이 알려지고 난 다음부터다.

처니박굼터는 미륵도 남단에 위치한 이끼섬에 있는데, '처니'란 처녀의 사투리이며, '박이'란 바위의 사투리다. '박이'는 '바구'의 줄임말이고, '굼터'란 '구석태기'를 의미한다. 지명을 풀이하면 '한 처녀와 관련된 바위 구석진 곳'이라는 의미가 된다.

들기만 해도 왠지 슬픈 느낌이 드는데, 당연히 이름에 얽힌 사연이 있다. 구구절절 다 얘기할 순 없지만, 간단하게 요약하면 이끼섬에 방풍초를 캐러갔던 한 처녀가 바위 밑으로 떨어져 죽었다는 전설 같은 얘기다.

실제인지 전설인지 확인은 불가능하지만 이름이 '처니박굼터'이니 아예 근거 없는 얘기는 아닐 테다. 실제로 이끼섬의 뒤편에 위치한 처니박굼터는 외질 뿐만 아니라 절벽이라 위험하다.

방풍초는 쑥과 함께 이른 봄에 가장 먼저 싹을 피우는 봄의 전령사다. 2월초가 되면 말라 있는 억새풀 사이로 수줍게 고개를 내미는데 노루 등이 좋아하는 식물이기도 하다. 서로 차지하기 위해 사람과 동물이 치열하게 경쟁하는 것이 바로 방풍초인 것이다.

해풍을 맞고 자라는 방풍초는 남해안의 섬이나 해안지방에서도 많이 서식한다. 지금은 밭에서 재배하기도 한다. 자연산 방풍초는 주로 양지 바른 절벽 같은 곳에서 자란다. 이런 이유로 방풍초를 캐기 위해서는 위험을 감수해야 하는 경우도 있다.

이끼섬, 사람이 살지 않는 무인도.
미륵도 사람들은 촉촉이 내린 봄비로
대지가 젖은 2월 초쯤이면
방풍초를 캐러 이곳으로 배를 몰고 간다.

이끼섬의 처니박굼터,
처녀가 죽었다던 전설의 절벽답게
깎아지른 절벽이 아찔하다.

방풍초는 예로부터 풍을 방지하는 효과가 뛰어나다고 알려져 있다. 풍을 막아주는 묘약일 뿐만 아니라 따뜻한 성질이 있어서 감기나 사지가 저리고 아플 때에도 좋다고 한다.

통영사람들이 방풍초를 유별나게 좋아하는 이유는 약효보다는 독특한 맛과 강한 향 때문이다. 향이 강한 방아잎을 생선 매운탕에 넣는 것만 봐도 알 수 있듯이 통영사람들은 씁쓰레하고 강한 향을 좋아한다. 데친 잎과 줄기는 생된장을 넣고 무쳐 먹거나 날로 초고추장에 버무려 먹는다. 뿌리는 한방 약재로 쓰이지만 해마다 잎을 먹으려면 뿌리를 캐지 말아야 한다.

향에 취하는 방아잎

바다와 함께 살아가는 통영사람들은
땅, 나무, 풀에 대한 애정이 각별한데 방아도 그중 하나다.

우리 집 뒤뜰에는 두 그루의 방아가 있다. 명절이나 잔칫날이 되면 방아는 마치 큰 태풍을 만난 것처럼 잎사귀가 사라지고 만다.

누가 처음에 음식에다 방아잎을 넣었을까? 그건 알 수 없지만, 삶의 지혜는 자연과 호흡했을 때만 얻을 수 있다. 바다와 함께 살아가는 통영사람들은 땅에 대한 애정이 깊고, 산에 있는 나무나 풀에 대해서도 각별한 관심을 쏟는다.

방아도 그중 하나다.

외지사람들이 통영에 와서 매운탕을 먹어보고 향이 좋다거나 맛이 좋다고 하는데, 향이 좋은 건 순전이 이 방아잎 덕분이다. 물론 외지사람들 중에는 매운탕에 깻잎을 넣으니 향이 좋다,라고 말하는 사람도 적지 않다. 방아잎은 깻잎처럼 생겼지만 깻잎이 아니다.

통영사람들은 방아잎을 넣지 않으면 매운탕을 먹지 않을 정도로, 방아잎은 '감초' 역할을 톡톡히 한다. 매운탕에 향을 만들어주는 특별한 음식재료다.

방아와 방아꽃.
명절이나 잔칫날이면 음식에 들어가기 위해 방아잎은 제 몸을 희생한다.

여름철 별미 우무

통영사람들은 여름철 우무를 먹지 않고는 여름을 날 수 없다고들 한다.
그만큼 여름철에 제격인 음식 재료다.

우뭇가사리를 통영에서는 그냥 '우무'라 부른다. 통영사람들의 여름철 별미 중 빼놓을 수 없는 것이 바로 우무다. 우무 한 그릇 먹지 않고는 여름을 날 수 없다는 말을 통영사람들은 자주 한다.

우뭇가사리는 여름에 먹기 때문에 여름에만 채취하는 것으로 알고 있는데 사실은 그렇지 않다. 쑥이 나올 때쯤인 2월에 나는 우무가 맛이 더 있다고 하여 2월에 채취해서 여름에 먹기도 한다. 우무 요리는 아주 간단하다. 중요한 것은 맑은 물에서 자라는 질 좋은 우뭇가사리를 좋은 시기에 채취하여 햇볕에 잘 말리는 것이다.

최근 들어 우무는 다이어트 식품으로 각광받으면서 여름에 통영을 찾는 외지사람들이 즐겨 먹는 음식 중 하나가 되었다.

   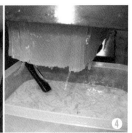

❶ 햇볕에 잘 말린 우뭇가사리

❷ 햇볕에 잘 말린 우뭇가사리를 솥에 넣은 후 물을 붓고 서너 시간 푹 고아서 식힌다.

❸ 묵은 채틀에 담아 손으로 눌러준다. 일정한 압력으로 똑같이 눌러야 면의 굵기가 고르게 뽑힌다.

❹ 별도로 콩국을 준비한다. 콩은 오랫동안 불린 후 살짝 삶아 곱게 간다. 이때 오래 삶으면 메 주 냄새가 나니 주의해야 한다.

콩국에 채썬 우무를 넣고 소금으로 간을 맞춘다. 바로 먹을 경우에는
얼음을 그냥 넣지만 나중에 먹을 경우에는 비닐에 얼음을 싸서 넣는다.
그래야 간이 변하지 않고 시원한 맛을 즐길 수 있다.

달고 맛난 최고의 간식 빼때기

적당히 불어오는 해풍은 고구마가 자라는 데 최적의 조건이다.
통영 고구마는 밤처럼 달면서도 보풀지 않고 촉촉하다.

통영 고구마가 전국에서 제일로 맛있다고 말한다면?

아마도 통영을 너무 사랑해서 그런 거라며 웃어넘길지도 모르겠다. 하지만 애향심만으로 잘난 척을 하는 것은 아니다. 통영은 농사를 지은 역사가 짧아 땅이 산성화되지 않았고, 일조량이 많고, 배수가 잘되는 언덕에 고구마를 심는다. 또한 적당히 불어오는 해풍 덕분에 고구마가 자라기에 최적의 조건을 갖추었다. 통영 고구마는 밤처럼 달면서도 보풀지 않고 촉촉한 맛이 특징이다. 통영 고구마가 전국적으로 이름이 알려지지 않은 것은 수확량이 적어 통영 안에서 전부 소화되기 때문이다.

예전에는 땅에 구덩이를 파서 고구마를 보관했는데, 이렇게 하면 가을에서 초겨울까지는 걱정 없이 먹을 수 있었다. 하지만 추운 겨울에는 고구마가 얼었고, 초봄에는 고구마에 싹이 나서 오래 먹을 수가 없는 애로사항이 있었다.

하루에 한 끼를 고구마로 먹던 통영사람들이 장기간 먹을 수 있도록 한 것이 바로 빼때기다. 빼때기는 고구마를 잘게 썰어 말린 것으로 이것을 드럼통이나 가마니에 보관하였다가 초봄 즈음 고구마가 떨어지면 죽으로 쑤어 먹곤 했다. 이것이 빼때기죽이다.

빼때기죽은 단순히 말린 고구마에 팥을 넣어 끓인 것이라고 해도 과언이 아닌데 그 맛은 과히 환상적이다. 통영 고구마의 구수한 맛도 맛이지만, 말리는 과정에서 나오는 당분과 팥의 단맛이 잘 어우러져 새로운 맛을 창조하기 때문이다.

외지 사람들에게는 생소하겠지만 빼때기죽은 불과 이십여 년 전만해도 통영, 특히 미륵도 일대에서 겨울철 점심식사 대용으로 먹던 음식이다. 통영이 워낙 다양한 바다 먹거리로 많이 알려지다 보니 통영의 고구마 맛을 아는 외지 사람이 드문데, 장담컨대 욕지도를 비롯한 미륵도의 고구마는 우리나라 최고의 맛이라고 할 수 있다.

일반 빼때기는 팥을 넣은 솥에 물을 조금만 넣고 삶은 다음 식힌다. 여기에 찬물을 둘러 한 번 더 끓인다. 이렇게 하면 딱딱하던 빼때기가 잘 퍼지는데, 마지막으로 조를 넣고 한 번 더 끓이면 빼때기죽이 완성된다. 먹을 때 설탕을 약간 넣어 먹으면 더욱 감칠맛이 난다. 하지만 빼때기가 너무 말랐다고 생각한 나머지 요리하기 전에 물에 넣고 불리게 되면 단맛이 빠져 맛이 없다.

채빼때기는 밥에 넣어 먹는 별식이다. 쌀이 귀했던 통영에서는 약

잘라낸 고구마를 말리면 당도가 더 높아진다. 납작하게 썰어서 말린 것을 그냥 '빼때기'라고 하고,
채로 썰어 말린 것을 '채빼때기'라고 하며 요리 방법도 다르다.

팥을 넣어 만든 빼때기죽,
그 맛이 일품이다.

간의 쌀에 미리 삶아놓은 보리쌀을 넣어 밥을 짓는데, 가끔 보리 대신 이 채빼때기를 넣어 밥을 지었다. 물론 그 맛은 일품이다. 채빼때기는 품질 좋은 고구마를 엄선하여 채로 썰고 정성을 다해 말려야 하므로 머슴을 둔 어장애비집에서나 먹었을 뿐 서민들에게는 사치스런 음식이었다.

통영사람들에게조차 잊혀졌던 먹거리인 빼때기죽은 요즘 들어 건강식이자 다이어트식품으로 새롭게 각광받고 있다.

해산물로 맛을 낸 통영의 떡국

통영의 떡국에는 육고기가 아닌 굴, 대구, 물메기가
들어가는데, 그 맛의 조화가 깜짝 놀랄 정도이다.

옛말에 '꿩 대신 닭'이란 말이 있다.

떡국에 꿩고기를 넣어야 맛이 나는데, 꿩은 비싸고 구하기가 힘들기에 닭고기를 대신 넣어 먹었다는 데서 유래되었다고 한다. 물론 꿩고기가 맛있기는 하지만 이는 겨울철 먹거리가 풍부한 통영에서 떡국을 먹어보지 못해서 생긴 말이 아닐까 싶다.

통영에서는 떡국에 굴이나 물메기(생메기)를 넣는다. 굴과 떡국은 최상의 콤비인데, 별다른 맛이 우러나지 않아 밋밋한 떡국에 생굴은 감칠맛을 더해준다. 굴도 맛있지만 살이 연하고 비린내가 안 나는 싱싱한 대구나 물메기를 넣고 끓인 떡국도 맛있다. 감칠맛과 시원한 맛을 동시에 느낄 수 있다.

육고기만 들어간 떡국 맛에 익숙한 사람들은 굴이나 대구, 물메기가 들어간 떡국 맛은 상상조차 하기 힘들 것이다. 아마 열에 아홉은 비릴 것이라고 예상할 테지만, 대구나 물메기가 들어간 통영의 떡국은 깜짝 놀랄 만큼 맛있다.

사실 통영에서 떡국은 여러 의미를 지니고 있다. 설날에도 먹지만 결혼식에 빠지지 않는 음식이 떡국이다. 다른 지역에서 결혼식 때 국수를 먹는 것처럼 통영에서는 떡국을 먹는다. 그래서 통영사람들은 결혼을 언제 할지 물어볼 때 "떡국 언제 먹여줄 거야?"라고 말한다.

❶ 굴로 맛을 낸 통영의 떡국
❷ 굴을 넣고 끓인 떡국은 구수한 맛이 일품이다.
❸ 물메기를 떡국에 넣는다니 맛이 어떨지 상상조차 하지 못하는 사람도 있을 것이다.

깨끗한 물에서만 사는,
청정 식재료 청각

아주 깨끗한 물에서만 서식하는 청각은
피를 맑게 해주기 때문에 웰빙 식품으로도 각광을 받고 있다.

민물에 은어, 쏘가리, 산천어 등이 살고 있으면 1급수라고 한다. 그렇다면 청정 바다는 무엇으로 어떻게 척도를 삼는 것일까? 볼락? 자연산 멍게? 잘피? 톳? 내 생각으론 청각이 그 척도가 되지 않을까 싶다.

청각은 바다수심 1~2미터 정도의 아주 깨끗한 물에서만 서식한다. 피를 맑게 해주기 때문에 웰빙 식품으로도 각광을 받고 있다. 주로 바닷속에 있는 갯바위나 밧줄 등의 부유물에 붙어서 자란다. 직접 채취를 해도 되지만 통영의 서호시장이나 중앙시장에서도 쉽게 구입할 수 있다.

청각요리에는 바지락보다는 홍합이 환상적인 궁합을 보이는데, 청각은 나쁜 피를 걸러주고 피를 맑게 해주는 효능이 있다.

일반적으로 바다 나물들은 요리할 때 물을 끓여서 데치지만 청각

278

은 물을 넣지 않고 데친다. 그렇게 데쳐야 색깔이 좋기 때문이다. 데치고 난 다음에는 물에 깨끗이 씻는다. 씹히는 맛이 좋지만 줄기가 약간 질기기 때문에 칼로 잘게 자르는 것이 좋다.

❶ 피를 맑게 해주는 청각을 준비한다.
❷ 홍합은 다듬을 때 독소가 있는 부분을 제거해야 하는데, 얇은 지느러미같이 생긴 부분이다. 홍합 손질이 끝나면 잘게 다진다. 이 정도만 준비하면 청각무침 요리의 준비는 다 끝난 것이나 다름없다. 통영의 요리가 대부분 그렇지만 청각요리에도 고춧가루를 넣지 않는다.
❸ 홍합을 달달 볶은 후 청각을 넣고 살짝 볶아 취향에 따라 쪽파, 붉은 고추, 깨소금 등 양념을 넣는다. 해산물의 비린 맛을 즐기는 사람도 있지만 비린 맛이 싫다면 소주나 정종을 한 숟가락 정도 넣으면 비린 맛이 가신다.

봄바람이 만들어낸 음식, 바지기떡

통영의 봄은 빛나고 아름답지만,
바람이 많아 근심도 많은 계절이다.

통영의 봄에는 특별한 설렘이 있다. 봄 햇살을 받으면 유난히 은색으로 반짝이는 바다, 그 아래 깊은 곳에도 어김없이 봄은 찾아온다.

산란을 마친 도다리가 살을 찌우기 시작하고 먼 바다에서 찾아온 멸치가 갯가로 몰려온다. 통영사람들은 이런 생선들에도 '봄'자를 붙여 '봄멸치', '봄도다리'라 부르며 특별한 애정을 표시한다.

통영의 봄은 바람이 많이 부는 계절이기도 해서 어민들에게는 근심의 계절이다. 봄에 제사가 많은 이유도 바람이 많이 부는 것과 무관하지 않다. 봄이면 바닷가에서 풍어제, 별신굿 등을 지내는 모습을 볼 수 있는데, 배와 사람, 그리고 풍어를 위해 소원을 비는 것이다.

이 중에서도 이른 봄 가정에서 지내는 '할만네'는 통영 고유의 풍습이다. '할만네'는 바람신을 달래기 위한 일종의 토속신앙이다. 통영사람들은 음력 2월을 '바람달'이라고 부른다. 바람이 많이 불기 시작하는 음력 2월 초가 되면 하늘에서 세 할매(할머니)가 바람을 타고 내려오는데, 이 세 할매는 각기 9일, 14일, 19일에 하늘로 돌아간다고 한다.

할만네는 바람 할매들이 내려온 첫날부터 마지막 날까지 지낸다. 첫날에는 대문 입구에 부정을 막기 위해 황토를 가져다 놓고 바지기 떡을 만들어 바친다. 그리고 소지(燒紙)를 태우면서 가정의 평안을 기원한다. 할만네 기간 중에는 작대기를 대문 앞에 받쳐놓고 부정한 사람들을 집 안에 못 들어오게 한다. 이 기간에는 혼사도 피한다.

초하루와 바람 할매가 하늘로 올라가는 9일, 14일, 19일에는 오곡밥을 지어서 바친다. 이때는 소복을 곱게 차려 입는데 통영 여인네들이 가장 아름답게 보이는 때이기도 하다.

마지막 바람 할매가 하늘로 올라갈 때는 대풍을 일으켜 풍랑이 몰아치게 되므로 이날에는 출항하지 않는다. 일 년에 한 번, 한식을 전후로 부는 이 풍랑을 한식너울이라고 한다. 만약에 한식너울 때가 되어도 큰 파도가 없는 경우에는 먼 바다의 바람을 떠와서라도 반드시 제를 지내야 한다. 그렇지 않으면 꿈에서라도 나타나 괴롭힌다는 말이 있다.

옛날 어렵던 시절에 '통영-거제-부산'을 오가던 객선을 타고 장사를 하던 아낙네들이 많았는데, 한식너울로 불리는 대풍랑을 만나 배가 뒤집히는 사고가 가끔 있었다고 한다. 그래서 이맘때면 통영에서는 같은 날에 제사를 지내는 집안이 제법 많다.

바람이 많이 불어서 걱정만 있는 것은 아니다.

새싹이 돋아날 즈음 강한 바람이 불면 불안을 느낀 나무들은 뿌리를 깊게 내리게 된다. 이는 자연의 법칙이다. 뿌리가 튼튼해진 나무는 많은 열매를 맺을 수 있고 가을 태풍도 거뜬히 이겨낸다.

바지기는 '바지개'의 통영 사투리. 바지기란 짐을 싣기 위하여 지게에 얹는 소쿠리 모양의 도구인데, 바지기떡은 바지기 모양을 본떠 만든 떡이다. 봄쑥과 맵쌀가루를 익반죽하여 찐 후 콩고물을 입혀서 먹는다. 쑥을 넣은 것과 맵쌀만 넣은 것 두 가지가 있다.

눈으로 먼저 먹는 진달래 화전

통영에서 진달래 화전을 만들 때는
남녀노소 할 것 없이 다들 진달래꽃을 따느라 바쁘다.

바다를 낀 야트막한 야산이 많은 통영에서는 소나무가 낮게 자라 땅까지도 햇볕이 잘 든다. 덕분에 다른 지역보다 진달래꽃이 많이 피는데, 배를 타고 가다 보면 섬이 온통 발갛게 보일 때도 있다. 진달래꽃이 많으니 당연히 화전도 많이 해먹는다.

일반적으로 진달래 화전은 빵을 만들 듯이 찹쌀가루를 되게 반죽하여 그 위에 진달래 꽃잎을 얹는다. 물론 이렇게 하는 것은 진달래의 향이나 맛보다는 모양을 예쁘게 하고 봄을 느끼는 데 의미가 있다.

하지만 통영의 진달래 화전은 그 차원이 다르다. 통영에서는 찹쌀과 진달래를 반반씩 섞어 버무린다. 진달래 자체가 전의 재료가 되므로 진달래의 맛과 향을 더욱 진하게 느낄 수 있다.

그래서 통영에서 진달래 화전을 만들 때는 다른 곳에 비해 많

❶ 통영의 진달래 화전은 진달래와 찹쌀가루를 반 반씩 섞는다. 꽃잎들이 잘 섞이도록 반죽을 약간 무르게 한다.

❷ 파전 크기 정도로 나누어 뭉친다. 색깔이 나무에 달려 있을 때보다도 더욱 붉게 보인다.

❸ 호떡을 굽듯이 눌러가면서 납작하게 만든다. 지 글거리는 소리에 절로 침이 고인다.

❹ 설탕을 살짝 얹으면 달콤한 맛까지 더해진다.

은 양의 진달래꽃이 필요하다. 통영에서는 남자들이 꽃을 따거나 만지는 일은 거의 없다. 하지만 진달래꽃을 딸 때만큼은 남녀노소 할 거 없이 자루를 들고 산을 헤집고 다니는데, 정신없이 진달래꽃을 따다 보면 어느새 우리는 봄에 취해 있었다.

뱃사람의 술 문화, 다찌집

뱃사람들에 의해 생겨난 통영만의 독특한 술집 문화인데,
통영에서는 바다, 어부와 분리하여 술 문화를 논할 수 없다.

봄비가 촉촉이 내리던 날 배 타는 친구들과 자리를 함께했다. 나는
이 친구들에게 듣는 바다 이야기가 참 좋다. 그럴 때면 우리는 다찌집
에서 만난다.

통영의 술 먹는 문화는 장소를 중심으로 크게 두 가지로 나누어
지는데, 횟집과 다찌집(일부는 실비집이라고 부르기도 한다)이다. 다찌
란 선술집의 업그레이드된 술 문화가 있는 곳이라고 보면 된다.

통영사람들의 입맛은 각종 회와 해산물에 길들여져 있다. 그래
서 손님들의 입맛을 맞추기 위해 다찌집 주인들은 늘 계절에 맞는 해
산물을 안주로 내놓는다.

다찌, 듣기에도 우리말 같지는 않다. 일본말일까? 통영의 다찌 문
화는 언제부터 시작되었을까?

일본에서는 '다찌'라는 단어 자체만을 사용하지 않고 다른 단어에 붙여 의미를 파생한다. 술과 음식을 먹는 것에 따라 다찌노미(立ちのみ)와 다찌구이(立ち食い)로 나뉜다.

다찌노미는 '술을 서서 마신다'라는 의미다. 바쁜 사람들이 부담 없이 간단하게 술을 한잔할 때를 일컫는다. 그렇다고 해서 다찌노미라는 술집이 따로 있는 것은 아니다. 서서 마시는 것(Drink while standing) 자체를 다찌노미라고 하는 것이다.

일본에서는 일부 테이크아웃 커피전문점에서 저녁에 술을 잔으로 팔기도 하는데, 이 경우에도 다찌노미라고 부른다.

다찌구이는 '음식을 서서 먹는 것'(Eat while standing)을 의미한다. 일본 역 주변 등의 식당에서는 우동이나 라면을 서서 먹는 모습을 종종 볼 수 있는데, 이를 다찌구이라고 한다.

이쯤 되면 다찌의 어원을 짐작하는 게 가능할 것이다. 통영의 '다찌'란 일본 '다찌노미'의 준말이다. 부담 없이, 편리하게, 저렴하게 술을 마신다는 의미가 담겨 있다고 보면 된다.

이 '다찌'라는 말과 문화가 통영에 생겨난 시기는 일제강점기 때일 것으로 추정된다. 통영은 기후가 온화하고 각종 해산물이 풍부하여 일제강점기 때 일본인들이 많이 살았다. 특히 미륵도 주변, 지금의 도남동 일대에 일본인들이 많았다. 이들 때문에 '다찌'가 시작되었을 거라는 추정은 할 수 있지만 기록으로 남아 있는 것은 없다.

통영에서 손님들을 상대로 음식문화가 발달하기 시작한 곳은 강구안 뱃머리, 서호시장과 중앙시장이다. 뱃머리라 불리던 강구안 근처는 '부산-옛충무-여수' 뱃길의 중심지였기 때문에 외지로 다니던 손님들을 상대로 하여 음식문화가 발달할 수밖에 없었다. 빵과 충무김밥이 대표적이다.

반면에 서호시장과 중앙시장은 생선을 팔고 장을 보러 온 섬사람들을 상대로 포장마차나 간이식당 등의 식사문화가 발달했다. 그 대표적인 것이 시락국, 죽, 밀장국, 우짜 등이다. 즉, 이런 음식들이 일본에서 다찌구이와 다찌노미라 불릴 수 있는 음식문화의 시작이었을 것이다.

상인들이 시장 골목에 서서 대포 한잔을 하던 것에서 다찌노미가 시작되었을지 몰라도 지금의 다찌 문화는 뱃사람들에 의해 발전된 것이라 보는 견해가 옳다.

통영에서는 바다, 어부와 분리하여 술 문화를 이야기하기 힘들다. 예전부터 통영은 배사업이 활발했다. 장어통발, 멸치잡이, 대구발이 등에 종사하던 어부들이 육지에 내리면 뱃머리의 여행객들과 시장 사람들을 위한 허기를 달랬던 식사 위주의 음식보다는 몇 점의 해산물과 회를 놓고 소주 한잔하면서 회포 풀기를 좋아했다. 이런 이유로 다찌라고 불리는 통영만의 술 문화가 만들어졌을 것이라 짐작된다.

즉, 다찌노미의 편리성, 어부들, 통영의 풍부한 수산물이 어우러져 오늘날 통영의 다찌 문화를 만든 것이다. 그래서 통영의 바닷가 근처, 서호동과 항남동 일대에는 다찌집들이 많이 있다.

❶ 각종 해산물. 좀 촌스럽지만 내용물은 알차다.

❷ 멸치회. 회로 만들어 먹는 굵은 봄멸치는 싱싱한 채로 유통을 하는 것이 쉽지 않으므로 외지에서는 맛보기 어렵다. 안줏거리가 떨어질 즈음이면 새로운 안주가 나오는 게 다찌집의 매력이다.

❸ 약방의 감초 같은 생선구이. 통영의 생선구이는 조금 특이하다. 통영에서는 여러 가지 야채를 넣어 만든 간장 소스를 생선 위에 얹어 살점이 촉촉하게 구워 나온다.

❹ 졸복찜. 고춧가루가 들어가지 않으면 졸복의 향을 그대로 살릴 수 있다.

❶ 눈볼대(아까모스). 다금바리보다 비싼 물고기. 단골이라 해도 아무한테나 주지 않는다.

❷ 아구 내장 수육. 고춧가루와 찜요리의 감초인 콩나물, 매운 고추장이 들어가지 않는데도 감칠맛이 난다.

❸ 살이 통통한 봄멸(봄멸치)구이. 볼락구이처럼 조선간장에 찍어 먹어야 제맛

❹ 메기국. 다찌집에서 생선국이 나오면 안주는 끝이라고 생각하면 된다.

백일할 때 제껵인 충무김밥

통영을 대표하는 충무김밥은 그저 한 개인의 브랜드가 아니다.
거기엔 통영의 문화, 통영사람들의 인심이 고스란히 담겨 있다.

외지 사람이 통영 하면 떠올리는 이미지는 동피랑, 충무공 이순신, 통영 꿀빵, 그리고 통영김밥(이하 충무김밥)이다. 충무김밥이 지역구가 아닌 전국구가 된 것은 서울에서 열린 '국풍81'이라는 관제 행사 때문이다. 통영 여객터미널 한 귀퉁이에서 김밥을 팔던 '뚱보할머니'(어두이(魚斗伊) 할머니)가 서울로 올라가 국풍81 현장에서 김밥을 만들어 팔았는데, 이게 대박이 났고 전국적으로 통영 김밥이 알려지게 되었다고 한다.[1]

가끔이지만 나는 지인들로부터 충무김밥을 사달라는 부탁을 받는다. 주로 단체관광객들이다. 충무김밥을 먹으려면 줄을 서야 하는 것

---

1 《통영은 맛있다》, 강제윤, 생각을담는집, 87쪽 참조.

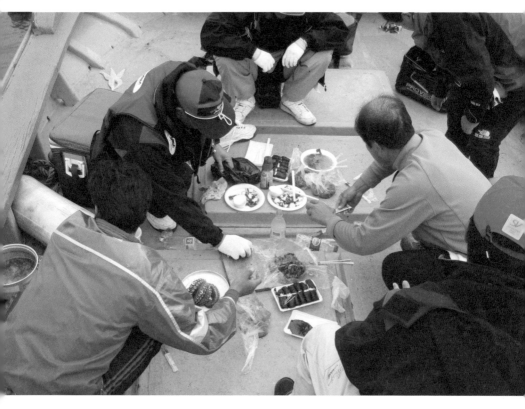

충무김밥은 야외에서 먹어야 더 맛있다.
김밥의 밥과 반찬을 분리하므로
일반 가정에서 밥을 짓는 것과 다르지 않기 때문이다.
일반 김밥은 밥과 반찬을 같이 말기 때문에 상하기 십상일 뿐 아니라
밥도 수분이 적은 고두밥이기 때문에
야외에서 먹으면 밥알이 딱딱한 느낌이다.

이 예삿일이고, 또 수십, 수백 명 분의 충무김밥을 당일에 주문하여 먹을 수 없기에 미리 준비를 하려는 의도이다. 물론 단체주문이기에 그만큼 싸게 주문할 수 있을 것이라는 기대도 한다.

처음에는 멋모르고 기쁘게 주문을 받아 충무김밥집에 전화를 했었다. 유명한 충무김밥집 서너 곳을 알고 있었기에 그쯤은 아무 일도 아니라는 생각이었다. 하지만 그것은 너무 순진한 생각이었음을 전화를 해보고 나서야 깨달았다.

내가 주문받은 것은 200인분의 충무김밥. 이 정도면 그래도 50원이나 100원 정도는 깎아주겠지 하는 기대를 갖고 있었는데, 결과는 뜻밖이었다. 100원은커녕 10원도 깎아주지 못한다는 대답을 들은 것이다. 여러 곳에 전화했지만 결과는 같았다. 선주문일 뿐만 아니라 식당에서 먹는 것도 아니고 포장만 해서 가지고 가는데도 할인이 안 된다는 거였다.

이유가 뭔지 궁금했다. 이윤이 박해서 할인을 해주고 싶어도 해줄 수 없는 경우가 있다. 또는 굳이 할인하면서까지 팔지 않아도 아무런 문제가 없는 경우도 있다. 내가 알기론 전자의 이유가 아닌 후자의 이유였다.

실제로 충무김밥집으로 돈을 벌어 큰 건물을 사서 이사한 사람도 있었고, 여러 곳에 분점을 낸 사람도 있었다. 그만큼 장사가 잘되니까 깎아줄 이유가 없었던 것이다. 나는 적잖이 당황할 수밖에 없었다.

게다가 최근 충무김밥을 사 먹고 정말 실망이 컸다. 값은 비싸고, 재료도 예전하곤 현저하게 달랐다. 오징어무침을 보니 절반 정도가 어묵이고, 무김치도 예전하고 맛이 달랐다. 값과 재료는 주인이 결정할 문제지만, 아무리 그렇더라도 충무김밥은 통영(옛 충무)의 문화와 지역민들의 애환이 담긴 음식이다. 충무김밥이 한 개인의 손맛으로 탄생한 음식이 아니라는 것이다. 외지 사람들은 식당이름이 아닌 '충무김밥'이라는 브랜드로 충무김밥을 찾는다는 사실을 유념했으면 좋겠다.

값싸고 맛있는 통영 꿀빵

꿀처럼 달다고 하여 이름 붙여진 꿀빵.
저렴한 먹거리를 찾는 이들에게 인기 있는 통영의 가장 핫한 간식이다.

최근 들어 충무김밥보다 통영 꿀빵이 더욱 유명세를 타고 있다. 요즘 말로 '대세'다.

통영 꿀빵은 팥을 소로 넣어 밀가루를 입혀 튀겨낸 빵이다. 물론 여기에 꿀이 아닌 물엿을 입힌다. 요즘은 속도 다양해져서 고구마와 콩 등이 들어간 꿀빵도 있다. 사실 통영 꿀빵이라고 해서 일반적인 도넛과 그다지 차이가 있는 것은 아니다. 별로 특색도 없는 빵 하나가 어쩌다가 많은 사람들에게서 사랑을 받게 되었을까?

평생 한 가지 빵만을 만들어온 장인정신이 있었기에 가능했던 일이다. 그리고 통영 꿀빵이 유명해진 것에는 십수 년 전부터 통영여행 블로그를 운영하며 통영 꿀빵을 홍보해온 내 공도 없지 않아 있다고 자부한다.

통영시청 홈페이지도 없던 15년 전쯤 나는 통영여행 홈페이지(지금은 블로그로 바꿨다)를 시작했다. 그 홈페이지에 '오미사 꿀빵'을 우리나라 처음으로 소개했다. 오미사 꿀빵을 소개하기 위해 그곳 주인 아주머니와 많은 이야기를 나눴는데, 이것이 이른바 스토리텔링이 된 것이다. 원래도 맛있지만 음식에 스토리가 덧씌워지면 그 맛은 몇 배 더 좋아질 수밖에 없다. 사람들의 호기심을 끄는 것도 당연하다.

오미사 꿀빵은 부부가 운영하는 곳으로, 남편이 빵을 만들고 아내가 판매한다. 그에 얽힌 이야기는 약 40여 년 전으로 거슬러 올라간다.

오미사라는 양장수선집 구석에 테이블 하나만 놓고 빵을 만들어 팔았는데, 그것이 시작이었던 것이다. 도넛 같은 팥빵에 꿀을 빙자한 물엿을 바른 둥근 빵이었는데, 사람들은 그 맛이 꿀처럼 달고 맛있다고 하여 '꿀빵'이라고 불렀다.

세월이 흘러 오미사 양장수선집 주인은 수선일을 그만두고 문을 닫았지만 부부는 오미사라는 간판을 그대로 사용했다. 그 이유는 당시 단골이었던 여고생들이 그곳을 '오미사 꿀빵집'이라고 불렀기 때문이라고 한다. 이런 내용을 홈페이지에 싣자 인터넷을 타고 오미사 꿀빵은 전국으로 알려지게 되었다.

오미사 꿀빵은 학생들의 간식거리와 어민들의 요깃거리로 시작했지만 지금은 어릴 적 통영에서 살았던 사람들의 추억거리가 되었다. 또한 통영을 대표하는 여행객들의 간식거리로 인정받고 있다.

간식거리 빵의 특성상 큰 수입을 올리기는 어렵기에 오미사 꿀빵도 이제 그 운명이 다하는가 싶었는데, 자식들이 도남동에 분점을 내

오미사 꿀빵

고, 꿀단지 등이 인터넷을 타면서 또다시 제2의 전성기를 맞이하고 있다. 식당은 깔끔해졌고, 인터넷 주문으로 택배판매도 몰라보게 늘었다.

오랜 역사를 가진 '오미사'와 '통영제과점', 그리고 혜성같이 나타난 '꿀단지'를 비롯하여 충무김밥집이 즐비했던 강구안 문화마당에 꿀빵집들이 우후죽순처럼 생겨났다. 시내에만 무려 70여 개나 되는 꿀빵집들이 장사하고 있다. 그만큼 충무김밥집은 줄어들었다. 얼핏 보면 통영을 대표하는 음식이 꿀빵인 것으로 착각할 지경이다. 하지만 이런 '꿀빵 현상'에 대해 통영의 식당주인들은 불만을 토로한다. 휴일만 되면 도로가 주차장이 될 정도로 관광객들이 많이 찾아오지만, 돈이 되는 생선회는 마다하고, 싼 꿀빵과 충무김밥만 사 먹는다는 것이다. 이 때문에 통영 경제가 제대로 돌아가지 않는다며 꽤나 불만을 갖고 있다.

다른 한편으로 생각해보면 통영의 비싼 음식값이 '꿀빵현상'을 만든 한 요인일 수도 있다. 통영의 음식은 값에 비해 내용이 알찬 것이 사실이지만 통영을 찾는 사람 중에는 주머니 사정이 넉넉하지 않은 실속파 여행객도 많다. 서울 등 수도권에서는 6,000원이면 한 끼를 해결할 수 있는 식당들이 수두룩한 반면 통영에서는 매운탕, 도다리쑥국, 졸복국, 메기국, 해물뚝배기, 잡어탕, 장어탕 등 점심으로 먹을 수 있는 음식이 1인분에 보통 1만 원이 넘는다. 어떤 음식은 아예 1인분은 팔지도 않는다.

관광객들의 발길을 끌어들이는 것은 식당주인의 노력 여하에 달려 있다. 여행객들이 비싼 횟집 같은 데서 돈을 쓰지 않고 싼 음식만 사 먹는다고 푸념만 할 게 아니라, 스스로 변해야 한다. 집으로 돌아가는 차 안에서 꿀빵 한 입 물고 미소를 짓는다면 그들의 머릿속에 통영은 다시 오고 싶은 곳으로 기억될 것이다.

통영의 음식 궁합

음식도 궁합을 잘 맞추면 그 맛이 배가 된다.
통영사람만의 음식 노하우를 알아보자.

 사람에게 궁합이 있듯이 음식도 궁합이 있다. 궁합이 안 맞으면 독
이 되는 음식도 물론 있다. 밭에서 생산되는 농산물에 대해서는 비
교적 문헌도 많고, 그만큼 사람들도 잘 알고 있는 것 같은데, 해초류
에 대해서는 많이 모르는 것 같다. 해초류가 많이 생산되는 통영에서
는 의외로 오랜 경험에 의해서 만들어진 음식 궁합이 생활 깊숙이 배
어 있다. 음식맛을 배가시키는 통영사람만의 음식 노하우를 공개한다.

갈치와 호박

 대부분의 사람들은 갈치를 주로 구워서 먹는다. 안타깝다. 통영사
람들은 갈치를 구워 먹지 않고 주로 국을 끓여 먹는다. 갈치국이 생
소하게 들리겠지만 한번 맛보고 나면 갈치만 봐도 입에 침이 고이게

될 것이다. 갈치국의 맛을 좌우하는 것은 호박이다. 호박을 넣으면 저절로 맛이 우러난다. 만드는 방법도 간단하다. 갈치를 손질한 후 냄비에 넣고 물을 약간 넉넉하게 붓는다. 애호박을 굵게 썰어 넣은 후 팔팔 끓인다. 통영 무전동에 가면 갈치국을 전문으로 하는 식당이 몇 개 있는데, 그곳에서 맛을 볼 수도 있다.

석모와 조개

'석모' 하면 쫄깃하고 새콤달콤한 맛을 떠올리게 된다. 그러나 석모를 아는 사람은 그리 많지 않다. 통영에서도 알려진 해초는 아니다. 석모를 즐기는 사람은 바다맛을 제대로 아는 사람이라 해도 과언이 아닐 것이다.

석모는 산파래, 가시리, 서실과 함께 조개와 궁합이 잘 맞는다. 일 년 내내 채취가 가능한데, 물때와 장소를 잘 알아야 한다. 미역, 톳, 파래, 몰 등은 주로 바위나 돌에 붙어 자라지만 석모는 자갈모래(자갈과 모래가 섞여 있는 곳)에서 자란다. 서호시장에 가면 가끔 석모를 뜯어다 파는 아줌마를 만날 수 있다.

먼저 물을 팔팔 끓여 데치는데, 진한 갈색이 파란색으로 변하게 된다. 이때 꺼내서 모래가 나오지 않도록 찬물에 깨끗이 씻는다. 원래는 재를 넣고 끓이는데 그러면 푸른색이 더 진해진다. 그런 다음 홍합에 물을 조금만 넣고 끓여 익힌 후 생된장, 참기름, 진간장, 마늘, 설탕, 물엿, 식초를 넣고 무친다. 식초 양은 취향에 따라 조절한다. 석모무침은 아삭아삭함이 느껴지는 것이 특징이다.

부드러운 음식과 단맛만 쫓는 요즘 음식들과 전혀 다른 새로운 맛을 경험하게 될 것이다.

도다리와 쑥

통영에서는 미역국에도 싱싱한 도다리를 넣어서 끓이는데, 이른 봄, 2월~4월까지 쑥이 나올 때는 미역 대신 쑥을 넣는다. 봄도다리 쑥국을 먹어본 사람은 도다리와 쑥이 왜 환상적인 궁합인지 이미 알 것이다. 뚝배기에 봄을 담아 먹는 환상적인 통영의 맛을 꼭 느껴보기 바란다.

청각과 홍합

굴은 겨울에 먹고 홍합은 여름에 먹지만 홍합은 굴과 비슷한 환경에서 자라기에 서로 사촌뻘이라고 할 수 있다. 물론 홍합은 그 자체로 따진다면 굴보다 맛이 덜하다. 하지만 다른 음식과의 궁합을 따진다면 홍합이 굴보다 여러 수 위다. 통영음식이 맛있는 이유가 이 홍합을 많이 이용하기 때문이라고 해도 과언은 아니다.

홍합은 각종 파전, 국, 무침 등에 감초처럼 들어가지만 청각 무침에 들어가면 그 맛이 한층 더 깊어진다.

먼저 홍합을 잘게 다져 끓인다. 미리 데쳐놓은 청각을 넣고, 마늘, 간장, 참기름, 깨소금을 넣어 살짝 한 번 끓여준다. 홍합 맛이 배어 더욱 맛이 깊어지는데, 바다나물의 진미를 느끼게 될 것이다. 청각 홍합 무침은 통영의 나물비빔밥 재료의 일부이기도 하다. 청각은 여름에는 냉국으로 해 먹으면 별미다.

멸치와 무청

멸치의 본고장인 통영에서는 작은 멸치를 잘 먹지 않고, 비타민이 풍부한 큰 멸치를 선호한다. 요리법도 다양하다. 큰 멸치 중에 생멸치는 멸치회나 멸치조림으로 먹고, 마른 멸치 중 아주 굵은 것은 무청과 함께 조림으로 먹는다. 무청은 줄기의 껍질을 벗겨 데친 후 생된장과 들깨가루를 넣고 멸치와 함께 조린다. 고추장은 넣지 않는다. 오랜 시간 조리면 멸치와 무청의 맛이 어우러져 깊은 맛이 난다. 무청 속에 있는 멸치의 뼈를 발라 먹으면 그 맛이 일품이다.

우무와 콩국

통영의 여름 별미 중 빼놓을 수 없는 것이 우무콩국이다. 통영사람들은 간단히 '우무'라고 부른다. 우무콩국은 음식이라기보다 일종의 주스 같은 개념에 가깝다. 더위를 식히기 위해 한 그릇 시원하게 먹는 것이다. 우무는 저칼로리 음식으로, 단백질이 풍부하고 고소한 맛이 나는 콩국과 궁합이 잘 맞는다.

유난히 바다가 푸르고 햇살이 따가워지는 오뉴월이면 미륵도 일대에서는 우뭇가사리를 채취하느라 분주하다. 채취한 우뭇가사리는 햇볕에 말려 오랫동안 가마솥에 달인다. 그런 다음 식히는데, 시간이 지나면 청포묵처럼 투명하게 변한다. 이것을 채로 썰어서 콩국에 넣은 후 얼음을 띄워서 마시는 것이 우무이다. 통영의 시장에 가면 할머니들이 노상에서 판매하고 있는 것을 쉽게 볼 수 있다.

매운탕과 방아잎

통영 또는 경상도의 일부 지역에서는 집 뜰과 담장 밑에 방아를 심는다. 각종 찌개에 방아잎을 넣으면 향이 좋고, 특히 매운탕에 넣으면 비린내를 없애준다. 얼큰한 탕과 함께 먹는 방아향은 덤이다. 통영 사람들 중에는 방아잎 마니아가 제법 많다. 방아의 향은 깻잎과 허브의 중간 정도의 독특한 향이다.

몰과 무

모자반 또는 몰이라고 부르는 이 해초류를 요리할 줄 아는 사람은 그리 많지 않다. 맛을 본 사람도 드물 것이다. 근래에는 대도시의 대형 할인점 수산물 코너에서 팔기도 한다. 몰은 파래처럼 무쳐 먹는데 반드시 무가 들어가야 한다.

남해안 바닷가에는 몰이 무척 많지만 몰이라고 다 먹는 것은 아니다. 먹는 몰 중에서 참몰이 제일 맛있다.

몰을 데친 후에 무를 채로 썰어 무친다. 몰무침은 냉장고에 장기간 보관하면 물러지기 때문에 바로 먹어야 제맛을 느낄 수 있다.

톳과 두부

통영에서는 톳무침을 '톳나물무침'이라고 한다. 당연히 톳을 톳나물이라고 부른다.

톳은 설날 전후로 바닷물이 많이 빠질 때 채취한다. 갯바위에는 여러 가지 해산물들이 붙어 사는데, 그중 파래, 김, 굴, 홍합은 얕은 바위에 붙어서 살고, 조금 더 깊이 들어가면 미역, 톳, 청각, 몰, 멍게, 해삼 등이 산다. 톳은 바닷물이 가장 많이 빠지는 사리 때, 그중에서도 겨울에만 채취가 가능하다. 이런 이유로 일 년에 서너 번밖에 채취 기회가 없다. 어촌에서는 날을 정해 마을에서 공동으로 채취 작업을 하는데 이 날을 일러 '역을 놓는다'라고 한다. 통영의 나물비빔밥이 겨울에 제일 맛있는 까닭이 바로 톳나물이 들어가기 때문이다. 톳을 데친 후 두부를 손으로 으깨어 같이 버무리면 톳의 비린 맛이 없어지면서 고소한 맛이 난다. 씹히는 맛이 독특하다.

3장
어부박물관

"세상에서 가장 작고 투박한 박물관"

미완성 도구통처럼 어부박물관 역시
미완성이다.
하지만 앞으로 어부박물관은 미륵도와
이곳에서 살았던 사람들의 기억들을
차곡차곡 쌓아갈 것이다.

바닷물이 많이 빠지는 날이면 어김없이 마을 가까이에 있는 벼락바(벼락이 떨어진 바위) 근처에서 해산물을 잡았다. 벼락바에는 큰 바위가 많아서 해산물이나 물고기뿐만 아니라 사람들도 좋아했다. 언제부터인지 몰라도 그곳 바위 중 하나에는 만들다 만 도구통(돌절구) 하나가 놓여 있었다. 이른바 미완성 도구통. 누가 이것을 만들다 말았을까?

마을에 돌쟁이 영감이 살았었다. 화강암 바위를 조각하듯 찍어내며 도구통을 만들었기에 돌쟁이 영감이라 불렸는데, 미륵도의 집에 있는 도구통은 대부분 그분이 만들었다. 세월이 흘러 돌쟁이 영감은 이 세상을 떠났다. 매서운 칼바람을 실어왔던 겨울 파도와 숨쉬기도 버거웠던 여름 태양을 견뎌온지 수십 년, 미완성 도구통은 돌쟁이 영감의 그 뜨거웠던 손길을 기억하고 있을까?

사람은 가도 그 사람의 흔적은 남는다. 세월의 더께만큼 켜켜이 쌓이는 것은 망각만이 아니다.

어느 날 작정하고 중장비를 동원하여 미완성 도구통을 우리 집 문 옆으로 옮겨다 놓았다. 미륵도가, 아니 미륵도가 품었던 기억들이 그곳으로 옮겨온 것 같았다. 이것이 어부박물관의 시작이다. 그리고 내 오래된 꿈의 시작이다. 이후로 나는 어부들의 삶의 흔적을 찾아 이리저리 발품을 팔았다.

어부박물관은 값비싼 물건들을 모아놓은 곳이 아니다. 비싸지 않아도 귀한 것들, 마땅히 기억해야 하는데 잊혀져가는 것들을 모아놓은 곳이다.

미완성 도구통처럼 어부박물관 역시 미완성이다. 앞으로 어부박물관은 미륵도와 이곳에서 살았던 사람들의 기억들을 차곡차곡 쌓아갈 것이다. 그들의 기억은 내 삶의 기억이기도 하고 우리가 잊고 있었던 고향의 향취이기도 하다.

어부박물관에 대하여

우리네 어부의 삶이자 내가 기억하고 있는
어촌의 진짜 모습이 담긴 세상에서 제일 작고, 세상에서 제일 투박한 박물관

고상한 취미를 가졌다고?

전혀 그렇지 않다. 누구나 할 수 있지만 쉽게 하지 못하는 것을 반강제적인 책임감으로 밀어붙이듯이 이 일을 진행했다. 처음부터 우리가 흔히 알고 있는 박물관의 모습을 카피하거나 치장할 생각은 전혀 없었다. '어부박물관'이라는 이름에서 느껴지듯이 그들의 삶이 내 삶이었고, 잊혀지고 지워지는 그들의 삶을 내 삶으로 부둥켜안고자 박물관을 만들었을 뿐이다.

직접 방문한 사람들은 알겠지만 어부박물관은 세상에서 제일 작은 박물관이다. 그리고 세상에서 제일 투박한 박물관일지도 모르겠다. 하지만 그것이 우리네 어부의 삶이자 내가 기억하고 있는 어촌의 진짜 모습이다. 어부박물관은 초라하긴 해도 부끄럽지 않은 박물관이

다. 시간이 지날수록 점점 좋아질 것이라는 건 분명하지만, 남의 눈을 의식하여 서둘러 이것저것 뜯어고치는 식의 어설픈 짓은 하지 않을 것이다.

이제 시작일 뿐이다. 어부박물관은 단순히 전시만 하는 공간이라기보다 전시될 물품 하나하나에 깃든 어부들의 숨결을 느끼고 무언의 소통이 가능한 공간이다. 또 그렇게 되도록 박물관을 만들어나갈 생각이다.

어부박물관에 대한 나의 애정과 희망이
이 부채 안의 글자에 새겨져 있다.

어부박물관의 트레이드 마크

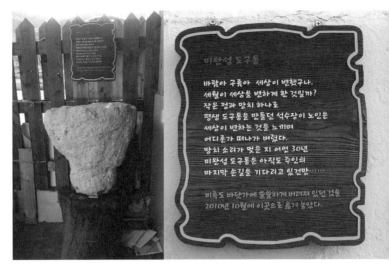

좌) 어부박물관 입구에 들어서자마자 대문 안쪽에 있는
　　'미완성 도구통'이다. 이것을 옮겨오기 위해 꽤 힘을 써야 했다.

우) '미완성 도구통'에 관한 유래를 적어놓았다.
　　모든 물건에는 인간의 삶에 얽힌 이야기가 깃들어 있게 마련이다.

어부박물관 바깥 풍경

왼편 건물이 제1전시실, 오른편 건물이 제2전시실이다. 왼편 입구에는
전통 목선을 올려놓았다. 이걸 만드느라 어머니한테 야단도 많이 들었
다. "쓸데 없는 짓 좀 고만 하거라. 넘부끄럽다." 저 목선도 원래는 집
안에 놓을 계획이었으나 어머니와의 협상(?) 후 저곳에 자리를 잡았다.

제1전시실 전경
'어부박물관'의 현판이 제법 멋스럽다.
저 현판이 완성되고 이곳에 걸던 날을 평생 잊지 못할 것이다.

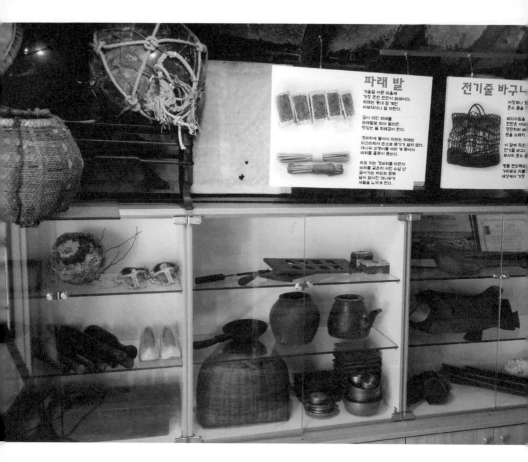

제1전시실은 '어부생활관'과 '해양어구관' 두 공간으로 나뉘어져 있다.
사진은 어부생활관이 있는 첫 번째 전시실 왼편이다.
어촌의 생활물품들을 모아놓았다.

❶ 제1전시실. 물동이, 호야, 남포등, 말되, 물동이, 얼레, 연, 뙤창문, 전깃줄
　바구니 등 어민들이 사용했던 생활물품들이다.
❷ 제1전시실. 벽면에 그물질하는 어부의 모습과 그물바늘대를 전시한 대형
　아크릴 액자가 걸려 있다. 오른편 벽면에 걸린 것은 머구리옷이다.
❸ 제1전시실. 해양어구관의 왼편 벽에 있는 전시물들. 그물추, 물바가지, 배
　키, 배등, 굴쪼시개, 들이용 망치, 노 종시, 홍합 채묘용 나팔, 그물추, 배
　솔 등이 전시되어 있다.

❹ 제1전시실. 해양어구관의 가운데 벽에 있는 전시물. 배나침반, 조개칼, 건지, 홍합 채묘용 마팔, 문어단지, 모데, 장어통발 등이 전시되어 있다.

❺ 제1전시실. 해양어구관 오른쪽 전시물. 대나무 장어통발, 쪽지, 물바리, 주낙, 각종 부표, 머구리 헬멧, 국내 최초의 선박용 레이더와 어탐기, 조개 파는 갈구리, 문어 주낙 낚시, 오동 등이 전시되어 있다.

❻ 제1전시실. 바닥에 있는 것은 머구리 펌프인데, 어렵게 구했다.

제2전실

제2전시실 입구에 있는 야외 전시실
평생 해녀일을 하신 어느 해녀 할머니가 기증한
해녀 잠수용품 세트와 통영의 명물인 빼때기
만드는 기계가 전시되어 있다.
제2전시실은 최근에 오픈했다.
덕분에 제1전시실보다 시설이 좋은 편이다.

똥장군

똥장군을 지고
높은 산을 오르다가
똥장군이 산 아래로 굴렀다.
데굴 데굴 데굴
데굴 데굴 데굴
데굴 데굴
······

어제도 굴렀고
오늘도 구르고 있다.
세상에서 가장 긴 이야기를
해 달라던 손자는 잠이 들었는데
할아버지의 이야기는 끝이 없다.

통영의 고구마 밭은
산을 깎아서 만들었다.
언덕배기 밭의 유일한
운송 수단이 지게였다.

똥장군은 척박한 고구마 밭을
기름지게 만든 고마운 친구이다.

제2전시실
미륵도의 밭은 산을 개간하여
만들었기 때문에 지게와 똥장군이 필수였다.
통영 고구마가 맛있는 이유 중 하나가
이 똥장군이 제대로 역할을 했기 때문이다.

배 바가지

장어통발을
연대별로
열거해놓은 모습

물동이와 종

제2전시실, 뙤창문
외지 사람들은 이해하기 힘들 수도 있는데,
통영 어촌마을의 정서를 잘 담아낸 글이다.
약간 흐린 글씨는 모시 위에다
커피로 적은 캘리그라피.

제2전시실, 굴쪼시개
굴은 통영을 대표하는 먹거리 중 하나다.

어부박물관은 일부러 구경하러 오실 필요는 없으나

지나는 길에 잠시 들르셔도 됩니다.

집에 사람이 없는 경우가 많으니 참고하시기 바랍니다.

경남 통영시 산양읍 풍화리 1549

최근 새롭게 정비한 제2전시실 전경

어부박물관 소사

소박하게 자리한 어부박물관의
소박한 역사를 들여다본다.

2010.10. 미완성도구통 이동 전시
벼락바(벼락이 떨어진 바위) 바닷가에 놓여 있던
미완성 도구통을 이동하여
어부박물관 입구에 전시하였다.

2010. 12.
문어단지, 파래발, 들이 망치,
주낙, 릴 확보

❶ 문어단지. 지금은 플라스틱 단지를 사용
하지만 이전에는 흙으로 구운 도자기 단
지를 사용하였다. 이젠 구하기도 어려운
귀한 물건이 되어버렸다.

❷ 파래발. 파래나 김을 말릴 때 사용하는
짚으로 된 발이다.

❸ 들이 망치. 통영 바다에 그 많던 도다리
가 귀해진 것은 들이가 만들어진 것과
무관하지 않을 것이다. 도다리 미끼로 사
용하던 홍합을 깰 때 사용하던 망치다.

❹ 주낙. 통영 근해에서 돔, 낙지 등을 잡을
때 사용한다.

❺ 릴. 오래된 나무로 만들어진 낚싯대 릴.

2011. 3. 물메기를 잡는 통발
주로 추도 앞바다에서 조업하며
수심 약 10~20미터 정도 깊은 바다에 통발을 놓는다.

2011. 7. 어부들이 사용했던 각종 바구니들
바닷가 아낙들이 개발(해산물을 채집하는 일)할 때
사용했던 다양한 바구니 확보.
고동, 해삼, 굴, 해초류 등 잡는 해산물에 따라 다른 바구니를 사용했다.
낡은 바구니들에는 세월의 흔적이 묻어 있다.

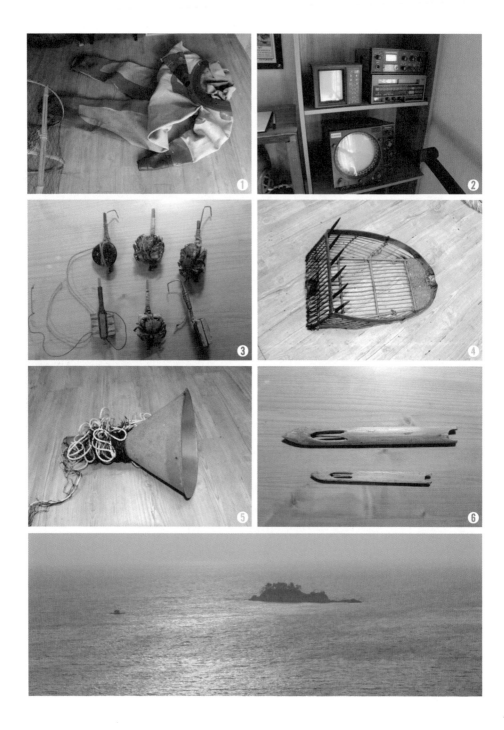

❶ 머구리 옷. 그동안 창고에 보관해오다가 이번에 전시하게 됐다.

❷ 선박용 레이더, SSB 무선통신기, 선박용 위치확인 장비. 금성정밀에서 만든 우리나라 최초의 국산 레이더이다. SSB는 선박 상호간에 통신하는 장비로 해양전자에서 국내 최초로 만든 의미 있는 제품이다. 선박 위치확인 장비는 GPS가 나오기 전에 사용하던 국내 최초의 국산 위치확인 장비인 로란C. 지상의 전파 송신국 수곳에서 전파를 발사하고 그 교차점을 계산하여 위치를 위도와 경도상으로 나타낸다. 최초의 전자 위치확인 장비다. 국내 해양, 전파 관련기관에서 전시용으로 탐내던 물품을 어렵게 구했다.

❸ 문어 주낙 낚시. 주낙으로 문어나 낙지를 잡을 때 사용하는 낚싯바늘. 통영 아니면 구경하기 힘들다. 돌문어나 돌낚지는 게를 아주 좋아하기 때문에 낚싯바늘에 게를 묶어 미끼로 사용한다. 게를 바늘에 고정시키고 바늘을 물속으로 가라앉게 하기 위해서는 납작한 돌 같은 것을 달아야 한다.

❹ 조개잡이용 갈고리. 통영운하 가운데에서 덴마를 타고 긴 작대기로 무엇인가를 잡는 모습을 볼 수 있다. 깊은 바다에서 조개를 채취하는 모습인데, 이때 물속에서 사용하는 갈고리다.

❺ 홍합 나팔. 홍합을 수하식으로 양식할 때 홍합 종묘(어린 홍합)를 그물에 넣어 키우게 된다. 홍합 뭉치를 길게 잘라 그물에 넣는데, 이때 나팔을 사용한다. 어릴 적, 추운 겨울에 맨손으로 작업을 하느라 손이 불어터졌던 기억이 있다.

❻ 그물 바늘대. 그물의 헤진 부분을 수선하고 그물을 서로 연결할 때 사용하는 대나무 바늘. 지금은 편리한 플라스틱 바늘을 사용하지만 옛날에는 직접 만들어 사용했다.

2012. 8. 아크릴 액자1

어부들이 그물을 깁고 손질하는 모습과 실제 그물들.
그물질할 때 사용하는 바늘대(대바늘)와
실제로 망가진 그물을 기운 샘플을 전시했다.
고기를 잡는 어구들도 중요하지만 어부들의
일상생활이 되어 있는 그물 깁는 모습도 중요한 자료다.
아크릴 액자 사이즈는 900×600

2012. 10. 나침반(왼쪽, 가운데)과 물바리 수경(오른쪽)

먼 바다에서 작업할 때 사용하던 배 나침반 두 개를 추가로 확보했는데,
보관상태가 아주 양호하다.
바닷물이 들어가지 않도록 동으로 된 커버도 있어 완벽하다.
물바리 수경은 물 위에서 바닷속에 있는 해산물을 찾을 때 사용하는데,
나무로 된 것도 있지만 구리로 된 것은 매우 귀하다.

2012. 10. 모데 등 확보
어부의 손때가 묻어나는 오래된 모데 세트로
한산도의 한 어부에게서 구입했다.

물바리
잠수하면서 해산물을 잡는 수경과는 달리
물바리 어업은 물 위에서 유리를 통해
바닷속을 들여다보면서 해산물을 잡는 어업방식이다.
주로 문어와 해삼을 잡았다.

물동이와 종

통영 어촌의 겨울은 물이 귀했다.
새벽에 종을 치면 마을사람들은
저 물동이를 들고 우물가로 모였다.
아침을 준비할 수 있도록 한 집에 한 동이씩만 길어갈 수 있었다.
하찮은 물품으로 보일지 모르지만 미륵도 어민들에게는
삶의 애환이 담겨 있는 물품이다.

2013. 1. 인테리어 공사

2013. 3. 테라스 설치
야외식사와 바비큐를 할 수 있도록 제2전시실 앞에
작은 테라스를 만들었다.
부식이 되지 않는 유리 테이블과 라탄 의자도 준비했다.

❶ 2013. 4. '해양어구관' 공사에 이어 '어부생활관' 공사를 마쳤다.

❷ 2013. 7. 새로 확보한 어구들. 바닷속에 가라앉은 어장줄이나
닻줄을 건져올릴 때 사용하는 건지다.

❸ 장어를 잡던 오래된 대나무 통발

❹ 배에서 사용하던 호야

❺ 배에서 사용하던 배등

❻ 나무로 된 오래된 부표

❼ 그물질할 때 사용하던 줄 감던 실패

❽ 기계식 배 키

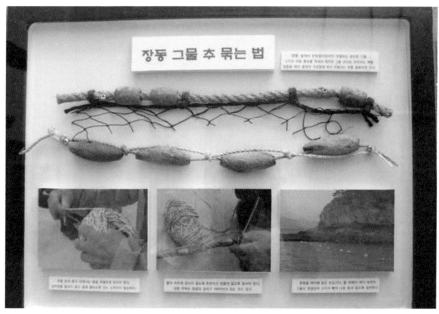

아크릴 액자2

정치망 그물을 바닷속에 가라앉게 하는 그물추에 대한 자료를 액자에 담았다.
그물추를 다는 일은 간단한 작업 같아도 많은 노하우가 필요하다.
수십 미터가 넘는 긴 줄에 추를 달아가는 과정을 간단하게 설명했다.

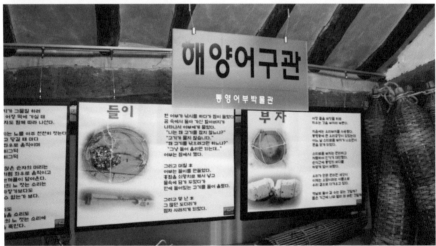

2013. 10.
박물관 표지판을 새로 정비했다.

2013. 11.

옛날 금성사(Gold Star) 자회사였던 금성정밀에서
국산 최초로 선박용 레이더를 개발 제작했는데,
이 물건은 17번째 제작(1985년 7월 15일) 판매된 귀한 제품이다.

2015. 2. 어부박물관 현판 교체
폐엔진 뚜껑에다 페이트로 직접 썼던 작은 간판을 떼어내고,
캘리그라피를 조각한 새 간판으로 교체했다.

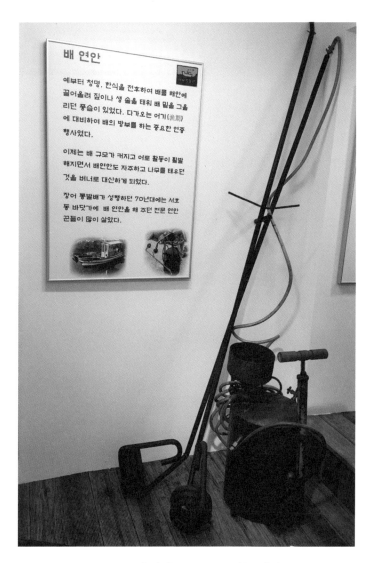

배 연안

예부터 청명, 한식을 전후하여 배를 해안에
끌어올려 짚이나 생 솔을 태워 배 밑을 그을
리던 풍습이 있었다. 다가오는 어기(漁期)
에 대비하여 배의 방부를 하는 중요한 인중
행사였다.

이제는 배 규모가 커지고 어로 활동이 활발
해지면서 배연안도 자주하고 나무를 태우던
것을 버너로 대신하게 되었다.

장어 통발배가 성행하던 70년대에는 서호
동 바닷가에 배 연안을 해 주던 전문 연안
꾼들이 많이 살았다.

2015. 3. 배 연안(이물질 청소)하는 기계

이것을 구하기 위해 지난 10년 동안 발품을 팔았다.
너무 구하기 힘들어 큰 철공소에 주문제작을 의뢰했는데,
이제는 이걸 만들 수 있는 기술자가 없다며 거절했다.
하지만 이 기계야말로 통영 어촌의 역사라고 생각한다.

2015. 4.
박물관 입구 벽면에 3미터짜리 대형 작품을 걸었는데,
캘리그라피를 나무에 조각했다.
'노' 라는 작품 위에 진짜 노가 걸려 있다.
저 노는 시의 내용에 있는 필자의 할아버지가 사용했던 진품(?)이다.

노

할아버지가 그물질하러
집 건너 어장 막에 가실 때
어린 손자도 함께 따라나선다.

할아버지는 노를 아주 천천히 젓는다.
노를 밀고 당길 때마다
덴마는 좌우로 움직이며
삐그덕 삐그덕
삐그덕 삐그덕

배 뒤에 앉은 손자의 머리는
시계 추처럼 좌우로 움직이고
어느새 눈꺼풀이 덮여온다.
할아버지의 노 젓는 소리는
엄마의 자장가보다도
더 참을 수 없는가 보다

파도 소리도
갈매기 울음 소리도
할아버지의 노 젓는 소리에
모두 숨을 죽인다

-김장주

2015. 5. 해녀들이 사용하는 어구 풀세트 확보
젊은 시절 제주에서 통영으로 오신 한 해녀 할머니께서 연로하여
물일을 못하신다면서 평생 사용해오던 해녀 물품을 기증해주셨다.
그물망태, 부이, 갈고리, 수경, 모자, 물갈퀴, 장갑 등에
세월의 흔적이 고스란히 묻어 있다.

2015. 5. 통영 전통 기바리연 전시
장인이 만든 통영 전통 기바리연을 구했다.
오래 깨끗하게 보존하기 위해서
액자에 넣었다.

통영 바다에서 길어 올린 인생 이야기

남자의 고향

초판 1쇄 인쇄 2015년 11월 20일
초판 1쇄 발행 2015년 11월 27일

지은이 김장주
펴낸이 신경렬 | **펴낸곳** (주)더난콘텐츠그룹

기획편집부 남은영 · 민기범 · 허승 · 이성빈 · 이서하
디자인 박현정
마케팅 홍영기 · 서영호 · 박휘민 | **디지털콘텐츠** 민기범
관리 김태희 | **제작** 유수경 | **물류** 박진철 · 윤기남
책임편집 이홍 · 조자경

출판등록 2011년 6월 2일 제2011-000158호
주소 121-840 서울특별시 마포구 양화로 10길 19, 상록빌딩 402호
전화 (02)325-2525 | **팩스** (02)325-9007
이메일 book@thenanbiz.com | **홈페이지** http://www.thenanbiz.com

ISBN 978-89-8405-833-0 03810